Anne Rie

Dunkelfel

Anne Riebel

DUNKELFELDER

oder ein bitterer Abgang

societäts\verlag

2. Auflage

Hedderichstraße 49 · 60594 Frankfurt am Main
vertrieb@societaets-verlag.de
Satz: Bruno Dorn, Societäts-Verlag
Umschlaggestaltung: Bruno Dorn, Societäts-Verlag
Umschlagabbildung: fotolia.de
Druck und Verarbeitung: Bookwire
Printed in EU 2024

ISBN 978-3-95542-333-9

Für Thomas,
Julia und Simone

SAMSTAG, 25. NOVEMBER

Ich habe meine Eltern getötet.

Stünde ich vor Gericht, ich könnte mich nicht auf eine Tat im Affekt berufen. Ich stieß sie mit voller Absicht und mit der größten Klarheit meiner Gedanken. Ich stieß sie hinein, in die Grube, die gut angefüllt war. Denn ich wusste in diesem Moment, dass es nicht aufhören würde. Solange sie lebte, würde ich ihren beharrlichen, detailversessenen Nörgeleien ausgesetzt sein. Solange er lebte, würde er sich in seiner Selbstherrlichkeit vor mir aufbauen. Sie fiel, und er sprang, nachdem er mich ungläubig, entsetzt und für den Bruchteil einer Sekunde erwartungsvoll angestarrt hatte.

1

Lautlos sank Josefines schlanker Körper auf einen Klappstuhl, der ganz hinten in der Ecke neben dem Eingang stand. Sie stützte ihren Kopf auf die Handballen und vergrub die Hände in ihrem sanft gewellten, rotblonden Haar. Nur mit Mühe schaffte sie es, ein Stöhnen zu unterdrücken. Sie sah an sich hinab, um sicherzugehen, dass ihre Beine nach wie vor ihre Beine waren und nicht die eines Elefanten. Sie konnte sich nicht erinnern, jemals dermaßen durch die Gegend gehetzt worden zu sein. Frau Laux, haben Sie. Frau Laux, können Sie. Die fünfzig Gäste, die nun friedlich im großen Veranstaltungsraum ihres Weinguts saßen, hatten fast alle eine dämliche Frage, eine Unverträglichkeit oder sonst ein besonderes Anliegen mitgebracht. Von den Ansprüchen des Veranstalters selbst ganz zu schweigen.

Dr. Hans-Peter Thiel vom Institut für ganzheitliches Zeitmanagement war ein hochgewachsener, charismatischer Mann. Mit seiner weichen, vollen Stimme hatte er die Zuhörer schon nach wenigen Sätzen in seinen Bann gezogen. Am Nachmittag, als er kurz hergekommen war, um anzusagen, wie der Raum vorbereitet und bestuhlt werden sollte, war er allerdings alles andere als charmant gewesen. Unruhig war er herumgeschritten, hatte immer wieder betont, wie es unbedingt zu laufen hätte und was auf gar keinen Fall passieren durfte. Als ob Josefine auch nur auf die Hälfte der Punkte einen Einfluss gehabt hätte. Er war ungehalten, weil sie seine Anweisungen nicht so schnell mitschreiben konnte, wie er sie von sich gab. Und weil sie manches wiederholte, um sicherzugehen, dass sie ihn richtig verstanden hatte.

Nun stand er da. Blickte wissend, vielleicht auch ein bisschen amüsiert über sein Publikum hinweg, während er darauf wartete, dass von einem der drei Beamer, die er mitgebracht hatte, ein Schaubild an die Wand projiziert wurde. Es zeigte eine große weiße Fläche mit einem Smiley, darunter befand sich ein Herzchen und darunter wiederum ein Kreis mit einem Punkt in der Mitte.

„Das Leben", sagte er dann, „ist einfach."

Ein erstauntes und zugleich protestierendes Raunen ging durch die Reihen der Gäste. Doch Thiel hob beschwichtigend die Hände.

„Es ist geradezu lächerlich einfach! Und es ist auch immer noch exakt dasselbe Leben wie früher ..." Einige lachten. Andere protestierten nun wirklich lautstark oder schnaubten genervt. „Meine Damen! Meine Herren! Lassen Sie mich zuerst in aller Ruhe ausführen, was ich für Sie vorbereitet habe. Schauen Sie, wir haben hier einen Menschen. Und dieser Mensch hat Kopf, Herz und Bauch." Thiel trat nun in den Lichtkegel des Projektors, sodass der Smiley über seinem Gesicht, das Herz auf der Brusttasche seines hellen Seidenhemdes und der Punkt im Kreis dort lag, wo Josefine seinen Bauchnabel vermutete.

„Ja", sagte Thiel zufrieden. „Das ist unser Mensch. Seine Mitte. Körper, Geist und Seele. Und es wird immer davon gesprochen, dass wir die in Einklang bringen müssten. Doch tun wir einfach mal so, als sei das gar nicht die Frage. Tun wir einmal so, als seien wir schon zentriert. Und dann schauen wir uns an, was wir in diesem Leben zu tun haben." Er zeigte in die linke untere Ecke des Schaubildes. „Wir arbeiten. Wir brauchen einen Broterwerb. Üben einen Beruf aus oder leben unsere Berufung." Er schnippte mit den Fingern, und die drei Begriffe erschienen dort. „Dabei haben wir zwangsläufig mit anderen Menschen zu tun. Also müssen wir kommunizieren. Uns auseinandersetzen. Und um das hinzukriegen, brauchen wir Freunde.“ Er schnippte abermals mit den Fingern. Die Worte *Menschen und Freunde* wanderten oben links ins Bild. Oben rechts folgten die Hobbys. Besondere Begabungen, die im Berufsfeld nicht ausgelebt werden könnten. Entspannung, Ausgleich oder auch Haustiere seien hier einzuordnen. „Und irgendwann wollen wir ja auch einmal zur Ruhe kommen. Wir brauchen einen Ort, wo wir uns zurückziehen, wohlfühlen und neue Kraft sammeln können. Wenn das gelingen soll, müssen wir aber etwas tun. Nämlich putzen, Wäsche waschen, einkaufen und kochen. Und wir begegnen denen, kümmern uns um die, mit denen wir unser Zuhause teilen.“

Thiel hatte zum letzten Mal mit den Fingern geschnippt, und der Begriff Zuhause stand in der rechten unteren Ecke des Schaubildes. Er lächelte stolz. „Das war es. Meine Damen, meine Herren. Das ist schon alles. Ganz einfach, oder?“ Er machte eine Kunstpause. „Bevor ich mich gleich den vielen Fragen widmen werde, die Sie auf dem Herzen haben, lassen Sie mich noch einen großen Mythos ausräumen. Den Mythos vom Hamster im Rad.“ Mit seinem Arm beschrieb er einen weiten Kreis, der sogleich in Rot auf dem Schaubild erschien. „Das Leben, meine Damen und Herren, ist eine runde Sache. Arbeit, Menschen, Hobbys, für sich und die Lieben sorgen. Im engeren wie im weiteren Sinne, denn Geist und Seele wohnen im Körper, und der Körper wohnt in den Räumen, die wir Zuhause nennen. Und dann fängt es alles wieder von vorne an.“ Thiel grinste. „It's the circle of life.“ Die Melodie des Stückes aus dem ‚König der Löwen‘ wurde leise eingespielt. „Der Kreis des Lebens. Jeder hat seinen eigenen. Ob wir da hineingeworfen werden von einem Gott, dem Schicksal oder sonst einer höheren Macht? Ob wir das, was da heute drinsteht – bewusst oder unbewusst – selbst so geschaffen haben? Darüber ließe sich lange philosophieren. Doch bringt uns das weiter? Bei uns im Institut für ganzheitliches Zeitmanagement haben Sie die Möglichkeit, sich Ihren persönlichen Lebenskreis einmal ganz genau anzuschauen. Sie können ihn aufräumen, effektiver gestalten, ändern oder erweitern. Und Sie selbst können das Tempo bestimmen, mit dem Sie dieses Rad künftig drehen möchten. Doch genau das, was ich jetzt gerade mache", Thiel trat aus seinem Schaubild heraus, „das können Sie im wirklichen Leben eben nicht tun!" Seine Stimme klang nun tief und bedeutungsvoll. „Wir können nicht aussteigen. Wir können nicht raus aus dem Rad, wie es im klassischen Zeitmanagement seit über dreißig Jahren empfohlen wird. Das Leben ist ein ewiger Kreis. Und dieses große, lebendige Getriebe funktioniert nun einmal durch das Zusammenspiel vieler einzelner Räder und Rädchen, in denen jemand sitzt, der selbstverantwortlich steuert." Er zwinkerte schalkhaft. „Das kann ein Hamster sein." Die Musik schwoll an. Auf beiden Seiten des Schaubildes wurden nun Fotos und kleine Filme eingespielt. Eines zeigte tatsächlich einen fröhlich marschierenden Goldhamster. In einem geblümten Rhönrad drehte eine Frau kunstvolle Schleifen. Ein Mädchen auf einem Mini-Traktor, ein Mann auf einem Roller, in entgegengesetzter Richtung fuhren sie auf einem Rasen immer im Kreis herum. Ein junges Paar auf der Achterbahn. Eine Biene beim Rundtanz …

Josefine sprang auf und eilte nach nebenan ins Flaschenlager. Gleich wäre der erste Teil des Vortrags zu Ende, und sie musste noch die Frischhaltefolie von den Platten mit den Schnittchen und Käsespießchen nehmen. Die Mini-Quiches, die sie am Vormittag gebacken hatte, standen zusammen mit den Sektgläsern schon auf den Stehtischen bereit. Sie nahm den Spätburgunder brut aus dem Kühlschrank und öffnete die Flaschen so leise wie möglich.

„Soll ich dir beim Einschenken helfen?“ Charlotte hatte sich wohl unbemerkt aus dem Raum geschlichen und war hinter sie getreten. Über sie war der Kontakt zustandegekommen. Die engagierte Buchhändlerin hatte sich zu ihrem fünfzigsten Geburtstag im Januar selbst ein individuelles Coaching bei Dr. Thiel geschenkt und Josefine mit wachsender Begeisterung davon erzählt.

„Meinst du wirklich?“ Josefine schaute ihre Freundin forschend an. Ihre blassblauen Augen wanderten nervös umher. Als sie sich eine Strähne ihres kinnlangen, weißblonden Haares hinters Ohr strich, sah Josefine, wie sehr ihre Hand zitterte. „Bist du nicht zu aufgeregt?“

„Oh. Ja. Doch. Aber – ich habe … Ich fühle mich irgendwie mitverantwortlich. Sowohl dir als auch Hans-Peter gegenüber …“ Sie sah sich um. „Es ist ja wirklich ein großer Aufwand gewesen.“ Aus dem Raum war verhaltener Beifall zu hören.

„Wieso stellst du dich nicht an die Tür und drückst jedem der Teilnehmer ein Klemmbrett mit dem Ausdruck dieses Schaubildes in die Hand? Sie sind da drüben auf dem Wägelchen gestapelt.“

„Ja“, atmete Charlotte erleichtert auf, „das mache ich gerne! Da kann ich keinen großen Schaden anrichten.“ Sie lächelte verzückt, als sie das erste Brett in die Hand nahm. „Der Gestaltungsrahmen. Oder auch der Rahmen unserer Möglichkeiten. Meinen habe ich damals auch zusammen mit Hans-Peter ausgefüllt.“

„Wieso Rahmen?“, fragte Josefine verwirrt. „Sagte er nicht gerade, es sei ein Kreis?“

„Es ist die Quadratur des Kreises, meine Liebe. Seit ich damit arbeite, bin ich wirklich ein anderer Mensch!“

Charlotte wäre bestimmt einmal mehr ins Schwärmen geraten, wenn nicht nach und nach die Gäste hereingekommen wären und sie mit Fragen überhäuft hätten. Sie gab gezielt Auskunft, sprach mehr allgemein und doch überaus begeistert von ihrem Coaching und bemerkte zum Glück den überaus missbilligenden Blick nicht, den Dr. Thiel ihr zuwarf, als er zu der Gruppe stieß. Josefine wunderte sich darüber. Gab es denn bessere Werbung als eine zufriedene Kundin? Noch dazu eine wie Charlotte, die dermaßen seriös wirkte, sich wunderbar ausdrücken konnte und andere mit ihrem Enthusiasmus anstecken würde?

„Sie haben ein Wertungsproblem“, hörte sie ihn nun das Wort an sich reißen. Das machte er so geschickt, dass es außer Josefine wahrscheinlich niemandem aufgefallen war. Die ältere Frau, die eine Frage zur Hausarbeit gestellt hatte, würde ihn wahrscheinlich als äußerst aufmerksam und zugewandt empfinden. Da Josefine Nachschub für das kleine Büffet herbeischaffen musste, bekam sie leider nicht mit, was Thiel zu dem Thema zu sagen hatte. Doch irgendetwas an ihm, an der ganzen Situation, machte sie zornig. War es der Umstand, dass die Frau wahrscheinlich seit dreißig oder vierzig Jahren einen Haushalt führte, wohingegen Thiel lediglich ein Konzept entwickelt hatte? Josefine hatte sich abgewöhnt, zu sagen, dass ihr die häuslichen Tätigkeiten lagen und meist Spaß machten. Dass sie dabei entspannen, in Ruhe ihre Gedanken schweifen lassen konnte, wie bei einer Art von Meditation. Selbst Charlotte, die täglich eine Stunde auf ihrem Kissen im Schneidersitz zubrachte, schaute sie, wenn sie davon sprach, verständnislos an. Wenn aber einer nach Nepal ging, sich dort ein paar Wochen in ein Kloster setzte, dann zurückkam und ein Buch herausgab mit dem Titel ‚Nach der Erleuchtung Socken waschen‘, dann war Charlotte hingerissen.

Und hingerissen sahen die Frauen nun auch Thiel an, der sagte: „Bleiben Sie in der Liebe, meine Damen. Egal was Sie tun. Sie sind ja die Trägerinnen der Liebe. Waschen Sie Ihre Kartoffeln – ja jede einzelne Kartoffel –, als würden Sie einen kleinen Buddha baden."

Nach der Pause gab sich Dr. Thiel zerknirscht. „Ich möchte Abbitte leisten. Natürlich ist es nicht ganz so einfach." Er hob den Blick. „Oder – um es mit den Worten eines großen Dichters zu sagen: ‚Zwar ist es leicht, doch ist das Leichte schwer'."

„Er meint Goethe", flüsterte Charlotte, die nun auf dem Klappstuhl saß. Josefine lehnte, die Arme vor der Brust verschränkt, daneben im Türrahmen.

„Ja. Es wäre leicht. Es könnte ganz einfach sein, wenn unsere Lebensenergien frei fließen könnten. Wenn wir emotional total erwachsen geworden wären. Und Kind geblieben! Wenn wir wüssten, wofür es sich für uns zu leben und zu sterben lohnt, denn dann wüssten wir auch, warum wir jeden Tag aufs Neue unser Rad drehen. Und es wäre die natürliche Folge, dass wir das seelische Anhaften an Status und Hierarchie überwinden. Warum spreche ich im Konjunktiv? Ist es nur eine schöne Utopie, die ich hier beschreibe? Oder spürt der eine oder die andere doch eine gewisse Wahrhaftigkeit darin? Eine Sehnsucht oder Lust, sich auf den Weg zu machen? Doch wo führt dieser Weg hin? Auf eine einsame Insel? Ans andere Ende der Welt? In ein Kloster?" Thiel genoss den Moment, da alle Augenpaare im Raum erwartungsvoll auf ihn gerichtet waren. „All das können wir natürlich tun. Wir können aber auch einfach bleiben, wo wir sind, und nach innen reisen. Das ist nicht weniger spektakulär. Wir können nach innen reisen und unsere Lebens-Geister aufwecken."

Wieder entstand Unruhe im Raum. Die Teilnehmer sahen sich an. Grinsten. Zeigten sich gegenseitig den Vogel. Ein fragender Blick aus Josefines grünen Augen wanderte von Thiel zu Charlotte. „Ich verstehe das auch nicht", flüsterte diese betrübt. „Dabei hat er es mir schon mehrmals erklärt. Es geht irgendwie darum, die eigenen Lebensenergien in Form von Bildern oder inneren Figuren sichtbar werden zu lassen. Ich kann überhaupt nichts damit anfangen. Würde viel lieber aufhören mit dem Coaching. Nur Woche für Woche meinen schönen Rahmen füllen und meine Maßnahmenliste abarbeiten."

Es kostete Thiel einige Mühe, die Aufmerksamkeit der Gäste erneut auf sich zu ziehen. Er sprach davon, dass jeder einen Kampf-Geist hätte, der im Zuhause anzusiedeln sei, aber auch die Verantwortung für das Gesamtkonzept trage. Männliche Kampf-Geister seien im Allgemeinen mehr fakten- und zielorientiert, weibliche wollten die Ursachen verstehen und dass es allen gut ginge. Er sprach von der Jung'schen Archetypenlehre, und Josefine bemerkte, dass einige überfordert wirkten, unter anderem auch die ältere Frau mit dem Wertungsproblem im Haushalt.

„Diesen Teil übernimmt normalerweise seine Partnerin. Madame Mercier", raunte Charlotte Josefine zu. „Sie soll eine besondere Begabung dafür haben, die Lebens-Geister der Leute aufzustellen. Angeblich kann sie sie sehen …"

Josefine schwirrte allmählich der Kopf. Und sie hatte nur noch einen Wunsch: dass dieser Thiel, der jetzt vom Frei-Geist, von inneren Närrinnen und Narren, vom Kasperltheater und in ermüdender Ausführlichkeit über die Figuren der Commedia dell'Arte sprach, ein Ende finden würde.

STELLA

Seit ich akzeptiert habe, dass ich verrückt bin, schaffe ich es ganz gut, in den Augen der anderen als normal zu gelten. Ich höre Stimmen. Ich sehe Dinge, die es gar nicht gibt. Seit ich nicht mehr dagegen ankämpfe, komme ich einigermaßen klar.

Ich träume nicht mehr von der Brücke. Und wenn ich an die Brücke denke, ergreift mich nicht mehr dieser dunkle warme Sog, sondern Angst. Diese Angst, sagt Hans-Peter, ist eine gute, eine schützende Angst. Und *die Tante* sieht das genauso. Sie kann Hans-Peter nicht besonders gut leiden. Obwohl sie in ziemlich vielen Punkten genauso denkt wie er, wäre es ihr lieber, ich würde mich von ihm trennen.

Ohne Hans-Peter würde ich *die Tante* und die anderen gar nicht kennen. Wenn er nicht dagewesen gewesen wäre, in jener Nacht, gäbe es mich nicht mehr. Ich kann mich nicht daran erinnern, über das Geländer geklettert zu sein. Ich weiß nur noch, dass ich da stand und hinabsah, auf die Schienen, die dunkel glänzten. Und ich dachte, dass sie in die Tiefe, die Stille führen. Eine gewaltige Sehnsucht durchströmte mich. Wie ein schwerer Mantel legte sie sich über mein Herz. Eingehüllt in diese samtige Schwärze spürte ich meinen Schmerz nicht mehr. Ich hatte keine Angst. Es würde nicht wehtun. Ich würde schweben. Sanft auf die andere Seite getragen werden.

Er roch nach schwarzen Kirschen und Leder, nach Rasierwasser und einem Hauch Tabak. Er hielt mich im Arm. Über das Geländer hinweg hielt er mich. Und dann begann er zu sprechen. Ganz behutsam und leise. Ich weiß nicht mehr, was er gesagt hat, nur, dass seine Stimme immer wärmer und tiefer wurde. Und dass sie mich getragen hat. Den ganzen Weg von der Brücke bis zu mir nach Hause.

Wir saßen auf meinem Sofa, wo ich endlich wieder anfing zu sprechen. Im Morgengrauen stand er auf, kochte starken Kaffee und sagte, ich dürfe mich jetzt nicht in ihn verlieben. Das sei der falsche Weg. Es sei viel Liebe in mir, doch sie sei blockiert. Und er könne mir helfen, diese Blockaden zu lösen. Wir würden meine Lebens-Geister wecken. Und dann müsste ich keine Angst mehr haben. Angst wovor, habe ich ihn gefragt. Und er hat gelächelt. Vor dem Leben?

Seit diesem Morgen, das ist jetzt zwei Jahre her, bin ich nicht mehr allein. Meine Lebens-Geister sind immer bei mir. Als Erstes kam *die Tante*. Hans-Peter hat sie buchstäblich auf den Plan gerufen. Er hat mir wirklich einen solchen aufgemalt. Und ich sollte ihn ausfüllen. Das war schnell erledigt. Meine Arbeit hatte ich verloren. Längst gab es keine Freunde mehr, mit denen ich in Kontakt stand. Weil mich alles so sehr anstrengte, ich für die einfachsten Aufgaben eine Ewigkeit brauchte, hatte ich kaum noch Freizeit. Ich hatte von klein auf eine große Schwäche für Filme und Serien gehabt. Habe mir DVDs ausgeliehen. Bin gerne ins Kino gegangen. Aber seit mein Leben so düster geworden war, schaffte ich selbst das nicht mehr. Ich mochte mir keine dramatischen oder gruseligen Filme ansehen, weil mich das noch weiter runterzog oder zu sehr aufregte. Aber auch die leichten Komödien, die schönen Filme fürs Herz machten mir Angst. Sie waren irgendwann zu Ende, und ich würde mich nur in dem Elend wiederfinden, zu dem mein Leben geworden war.

Als Hans-Peter mir sagte, in mir gäbe es einen Kampf-Geist, eine Kraft, die dafür zuständig sei, dass alles wieder in Ordnung käme und einigermaßen rundliefe, protestierte ich heftig. Doch er meinte, es sei sogar jemand, der sich dieser Herausforderung gerne stellen würde. Ich lachte. Ich lachte und hatte die Stimme meiner Tante Birgit im Ohr. Herzje, was machst du denn für Sachen? Und ich sah sie vor mir. Schlank, tüchtig, immer nett zurechtgemacht. Sie hatte blonde Haare, eine schicke Föhnfrisur. Sie liebte schmale, kurze Röcke. Hohe Schuhe, allerdings nur mit breiten Absätzen. Und feine Blusen. Ich erinnerte mich, wie sie samstagabends die Treppen zu unserem Haus hochkam. Den Koffer immer an derselben Stelle abstellte. Ihren Mantel an der Garderobe auf einen Kleiderbügel hängte. Dann ging sie ins Wohnzimmer und nahm den Zustand der Räume, an dem sie den Zustand meiner Mutter ablesen konnte, in Augenschein. Meistens stemmte sie dann die Hände in die Hüften. Ei, wie sieht's denn bei euch bloß wieder aus? Sie hatte eine besondere, eine freundliche Art zu tadeln. Dafür habe ich sie geliebt. Denn die anderen spotteten über meine Mutter und lachten sie insgeheim aus.

Ich brauchte eine Weile, bis ich begriffen hatte, dass mein Kampf-Geist, *die Tante,* nicht Tante Birgit ist. Sie ist ihr nur in vielem ähnlich. Vielleicht hat Birgit ja gesehen, was ich bis dahin nicht sehen konnte? Vielleicht hat sie mir deshalb ihre Wohnung überlassen?

Jedenfalls war ich ein paar Wochen lang ziemlich nah am Wasser gebaut. Immer wieder ergab ich mich einem subtilen Schmerz, der in der Erkenntnis steckte, dass Birgit, meine echte Tante, längst nicht mehr – wie in meinen Erinnerungen – Ende dreißig ist, sondern vielmehr auf die sechzig zugeht. Dass sie weggegangen ist und nicht mehr zurückkommen wird. Und ich schluchzte eine übergroße Rührung aus mir heraus, als ich endlich begriff, dass die jüngere Ausführung dieser tüchtigen kleinen Person, auf die ich unbewusst die ganze Zeit über gewartet hatte, tatsächlich ein Teil von mir selbst ist.

Es ist schon spät. Gleich halb elf. Ich bin immer noch im Institut. Warte auf Hans-Peter, obwohl er gesagt hat, dass ich nicht warten soll. Auch *die Tante* ist der Meinung, dass es besser wäre, nach Hause zu gehen. Wir haben alles erledigt, sagt sie.

Schon bald nachdem sie das Heft in die Hand genommen hatte, konnte ich hier als Hausdame anfangen. Es ist nur ein Minijob, meinte Hans-Peter, zwölf Stunden in der Woche. Für mich war es ein Megajob. Zumindest am Anfang. Im Nachhinein hat er sich als Anker erwiesen, an dem ich mich aus den Tiefen meiner Verzweiflung herausziehen konnte.

Und trotzdem ist es wichtig, auch weiterhin gut auf sich aufzupassen, sagt *die Tante*. Immer gut für alle zu sorgen. Sie hat recht. *Mein Mädchen* wird müde. *Mein Mädchen*, das ist mein Frei-Geist. Mein inneres Kind. Zuständig für Hobbys und Freizeitgestaltung. Und auch das war erst einmal eine verwirrende Begegnung für mich. Denn der kindliche Teil in uns, der muss … wie hat Hans-Peter das ausgedrückt? Er muss nicht in dem Sinne erwachsen werden, aber er soll wissen, wie alt er ist und wo er im Leben steht. Und das wusste *mein Mädchen*. Sie sei acht Jahre alt und eine berühmte Schauspielerin, sagte sie, als wir uns zum ersten Mal trafen. Hans-Peter hielt sie zuerst für eine großartige Schaumschlägerin. Doch das stimmt nicht. *Mein Mädchen* kommt sehr nach meiner Mutter. Sie ist sensibel und hat viel Fantasie.

Irgendwann hat meine Mutter die Esoterik für sich entdeckt, und bald kannte sie sich aus mit der Aura und blockierten Chakren. Sie wusste, wann welcher Engel angerufen werden musste. Und alles hatte eine Bedeutung. Auch dass ich Bambi liebte. Von klein auf Bambi war, in meinen Spielen. Ich verband damit die wundersame Freude, einen Schmetterling zu beobachten. Oder an einer Blume zu riechen. Dazu hatte mich das Hörspiel angeregt. Ich hatte das Cover der Schallplatte vor Augen. Meine Mutter den Medienpreis – sie sah eine große Zukunft in mir. Und sie beglückwünschte sich dazu, mich in weiser Voraussicht Stella genannt zu haben. Stella Römer. Nicht nur ihr Augenstern, sondern eines Tages auch ein leuchtender Stern am Kinohimmel.

Es war hart für mich zu erkennen und anzunehmen, was mir meine Mutter mit ihrer Weltflucht und ihren Luftschlössern angetan hatte. Vor allem eben *meinem Mädchen*. Alles, was ich als Kind tat, war immer wunderbar, großartig und sehr besonders. Auch als meine Freundinnen in der Schule anfingen, mich Romy zu nennen, wegen meines Nachnamens, sah sie darin ein Zeichen. Sie bestellte sämtliche Romy-Schneider-Filme, die es auf DVD gab, und in Vorbereitung meiner Karriere als Schauspielerin haben wir sie immer wieder zusammen angeschaut.

Ohne Hans-Peter hätte ich es niemals geschafft, meinen kleinen Frei-Geist aus der Traumwelt herauszuholen. Ich musste zurückgehen in die Kindheit, das Vertrauen *meines Mädchens* gewinnen, sie an die Hand nehmen und ihre Sicht auf die Welt sanft entzaubern. Ihr behutsam, in kleinen, verträglichen Häppchen erzählen, was in meinem Leben zwischenzeitlich wirklich passiert war. Damit habe ich in meinem ersten Jahr nach der Brücke einen Großteil meiner Zeit zugebracht. Im Oktober konnte ich, mit klopfendem Herzen und nervöser Blase eine Halbtagsstelle im Café Harlekin antreten. Hans-Peter hatte mich über das Institut vermittelt. Der Chef wusste also, worauf er sich einlässt. Denn auch wenn *mein Mädchen* nun meist wieder mit aufgerichteten Flügeln durchs Leben geht, weiß, dass sie sechsundzwanzig ist, als Kellnerin und Hausdame arbeitet und sich mit großer Begeisterung ihrer Verantwortung der Freizeitgestaltung widmet, gibt es Tage, an denen sie fürchtet, dass unsere schöne, in ihren Augen neu geschaffene Realität wie einst die Luftschlösser in sich zusammenfallen könnte. Dann jammert sie in einem fort, und Kaffee zu servieren kann zu einer unüberwindbaren Herausforderung werden.

SONNTAG, 26. NOVEMBER

Ich habe meine Eltern getötet. In Wahrheit aber haben sie mich getötet. Sie haben mir das Leben geschenkt und zugleich mit der Zerstörung alles Lebendigen in mir begonnen.

Meine Mutter war eine schwarze Sonne. Sie wärmte mich, doch sie leuchtete nicht für mich. Sie nährte mich, doch mit der Milch, die ich saugte, saugte ich auch ihre Trauer, ihre Angst und ihre tiefe Resignation in mich hinein.

Mein Vater war ein kalter Mond. Er spendete Licht, doch es war ein eisiges Leuchten, das von ihm ausging. Menschen, die weder Güte noch Gnade kannten, waren es, die ihm folgten. Auf dem Weg zurück, ins ewige Gestern. In einen Urzustand des Daseins, der in ihren Vorstellungen existierte.

2

Nur widerwillig schälte sich der Sonntagmorgen aus der zähen Umklammerung der Nacht, Nebel und tief hängende Wolken hatten die Hügel der Haardt verschluckt. Die Häuser des Winzerörtchens Rittersheim waren nur als ferne Schemen zu erkennen. Josefine fröstelte, knöpfte ihre Schafwolljacke zu und leerte die Aschenbecher. Das hohe alte Holzfass, das im Hof zwischen der Bürotür und dem Eingang zum Weinprobierraum stand, hatte auch gestern wieder die Raucher um sich versammelt. Sie holte die Sonntagszeitung aus dem Briefkasten und ging nach oben in die gemütliche Wohnküche, in der es nach Kaffee und frisch aufgebackenen Brötchen roch. Ralf saß im Schlafanzug am Esstisch und lächelte sie an.

„Bist du schon wieder fleißig?"

„Guten Morgen, mein Schatz!" Sie küsste ihn, fuhr durch sein dichtes, schwarzbraunes Haar, das ihm in allen Richtungen vom Kopf abstand. Ihr Mann war Ende vierzig und hatte die Figur eines Menschen, der nahezu ständig in Bewegung war. Trotz Vollbart und einer strengen schwarzen Brille strahlte er eine gewisse Jugendlichkeit aus. „Ich habe die Technik und all die Utensilien, die Dr. Thiel gestern dabeihatte, schon einmal in den Bus geladen."

„Warum hat er die Sachen nicht mitgenommen?"

„Als ich ihn darauf ansprach, fühlte ich mich wie eine lästige Bittstellerin."

„Na, aber?!"

„Du hättest seine Miene und die entsprechende Handbewegung sehen sollen! ‚Das bringen Sie mir halt irgendwann vorbei!'"

Ralf Laux schüttelte missbilligend den Kopf. „Ich hätte nicht gedacht, dass meine Sitzung so lange dauern würde – und ihr habt noch alles picobello aufgeräumt." Er gähnte und schenkte sich Kaffee nach.

„Ich auch", raunte es gedämpft aus der Tür von Josefines Kammer. War es der hellblaue Seidenpyjama, der da sprach? Oder der weinrote, mit allerlei Blüten und Ornamenten bedruckte Morgenmantel? Charlotte selbst war jedenfalls noch nicht anwesend.

„Ich hatte dich in dem Wörtchen ‚ihr' mit eingeschlossen", in Ralfs kleinen, dunklen Augen lag ein schelmisches Blitzen. „Oder war sonst noch jemand da?"

„Nein. Wir haben es ganz allein geschafft, die Reste aus sämtlichen Sektflaschen auszutrinken. Und mein ‚ich auch' bezog sich auf Kaffee. Viel Kaffee. Am besten intravenös."

Ralf grinste. „Na, immerhin ist das Plaudertäschchen schon wach."

„Es funktioniert unabhängig von mir selbst, ich weiß. Es ist manchmal sehr nervenaufreibend. Oft auch peinlich. Vor allem wenn ich müde, abgelenkt oder ängstlich bin."

Josefine lächelte, weil einer der genannten Gemütszustände fast immer bei Charlotte vorherrschte. Sie legte der Freundin ein Croissant auf den Teller und butterte für sich selbst ein Mohnbrötchen.

„War es denn sonst okay?", wollte Ralf wissen, der sich an der Wurst- und Käseplatte zu schaffen machte.

„Na ja", sagte Josefine. „Es war sehr anstrengend. Diese Leute! Sie haben mich ja schon im Vorfeld völlig fertiggemacht!"

„Inwiefern?"

„Ob irgendwelche Zusatzstoffe im Essen wären. Warum wir nicht mehr Parkplätze gebaut hätten. Ob wir laktosefreie Milch mit hinstellen könnten. Und dass es doch eine Unverschämtheit sei, wenn man in einem Lokal heutzutage keine kalte Cola serviert bekäme."

Ralf verdrehte die Augen. „Ihr Armen. Haben sie wenigstens ein bisschen was gekauft?"

„Nicht eine Flasche." Josefine winkte ab. „Aber das will ja nichts heißen. Der eine oder andere kommt vielleicht später wieder. Oder erzählt es weiter."

„Und Thiel?"

„Ich hoffe, er war zufrieden." Josefine warf ihrer Freundin einen fragenden Blick zu.

„Das denke ich schon. Hans-Peter hatte eine ganze Liste mit Interessenten, und ich glaube, dass sich einige sogar direkt für ein Coaching angemeldet haben."

„Ich habe immer noch nicht verstanden, wozu das gut sein soll", stichelte Ralf und griff nach der Zeitung. Doch Charlotte, die mit einem Mal hellwach wirkte, ließ ihn nicht zu seiner Lektüre kommen.

„Was Thiel gestern an die Wand geworfen und für die Teilnehmer ausgedruckt hat, war ja nur der Grundrahmen. Der wird im Laufe des Coachings individuell ausgefüllt und bei Bedarf angepasst." Sie sprang auf, verschwand in der Kammer und kam mit einem Blatt Papier wieder zurück. „Das absolut Geniale ist, dass dieser Lebensplan auf eine einzige DIN-A4-Seite passt!"

Josefine betrachtete das mit vielen winzigen Listen, Kästchen zum Abhaken und einer Tabelle versehene Werk eingehend und meinte: „Das ist aber nicht gerade wenig."

„Natürlich nicht. Aber ich habe es im Überblick. Ich habe

nicht mehr ständig das Gefühl, etwas zu vergessen. Und darüber hinaus habe ich für dieses Pensum jede Woche über hundert Stunden zur Verfügung."

Ralfs Stirn legte sich in kritische Falten. „Stimmt", meinte er dann erstaunt. „Einhundertzwölf, wenn wir davon ausgehen, dass wir acht Stunden am Tag schlafen." Er sah sich das Papier genauer an. „Und morgen früh nimmst du das her und fängst an abzuhaken?"

„Ja. Dinge, die einfach erledigt werden müssen, hake ich ab. Anderes trage ich ein. Zum Beispiel ein lachendes Gesicht für eine Stunde Meditation oder Lesen. Da ich für jeden Tag eine andere Farbe benutze, habe ich immer die Übersicht, was wann gelaufen ist. Und ich sehe, dass mein Leben, trotz der vielen Routineaufgaben und Wiederholungen wild und bunt ist. Das Allerbeste aber ist, dass ich nicht mehr ständig mit einem schlechten Gewissen im Nacken herumlaufe."

Ralf nickte bestätigend. Josefine, die sich irgendwie unwohl bei der Vorstellung fühlte, alles so rational und haarklein strukturiert angehen zu müssen, beäugte das Papier skeptisch. „Hauptsache, es hilft dir." Sie hatte wohlwollend klingen wollen, dieses ungute Gefühl, das sie inzwischen mit Thiel verband, wohl aber nicht aus ihrer Stimme heraushalten können.

„Du magst Hans-Peter nicht besonders", schloss Charlotte.

„Ich weiß nicht … Ich …"

„Du bist eben mehr der kreative Typ. Du wärst bei Madame Mercier wahrscheinlich besser aufgehoben. Schade, dass sie gestern nicht da war. Sie hält einen Workshop in Münster."

„Ist das die Frau, die die Lebens-Geister der Leute sieht?", fragte Josefine. Ralf musste lachen und verschluckte sich an seinem Kaffee.

„Das ist kein Scherz", belehrte ihn Charlotte. „Es läuft wohl ähnlich wie bei einer Familienaufstellung. Nur dass eben eine Art inneres Team gebildet wird; jeder Lebens-Geist ist für einen der Lebensbereiche, die Hans-Peter gestern vorgestellt hat, verantwortlich. Ich habe mit einigen gesprochen, die total begeistert waren …"

„Begeistert von den eigenen Lebens-Geistern?!" Ralf schüttelte sich vor Lachen. „Das passt zu diesen Egozentrikern!"

„Ich selbst kann ja auch nichts damit anfangen", versetzte Charlotte kläglich, „aber …"

„Es ist doch ganz einfach, einer deiner Geisterlein ist Hamilkar Schaß." Ralf nahm seine Brille ab und wischte sich die Augen. „Und du zahlst denen wirklich achtzig Euro die Stunde?!"

„Wieso Hamilkar Schaß …?"

„Hamilkar Schaß, mein Großvater, ein Herrchen von, sagen wir mal, einundsiebzig Jahren, hatte sich gerade das Lesen beigebracht, als die Sache losging", murmelte Josefine vor sich hin. Und lächelnd fügte sie hinzu: „Nur noch das Kapitelchen zu Ende."

„Ahhh! Ja. ‚So zärtlich war Suleyken'." Charlotte strahlte. „Das könnte ich wirklich mal wieder lesen!" Dann schaute sie ihre Freundin verblüfft an. „Du zitierst Siegfried Lenz auswendig?"

Josefine zuckte die Achseln: „Ich kenne nur den Leseteufel so gut. Mein Vater hat diese Geschichte geliebt. Er hat sie mir oft vorgelesen."

Josefine spürte in der darauffolgenden Stille ihre Augenwinkel heiß werden. Ihre Kehle schnürte sich zu. Sie raffte die Teller zusammen und floh in die Küche. Tränen rannen ihr die Wangen hinab. Tränen der Wut. Sie verstanden sie nicht. Sie dachten wohl, dass sie über den Verlust ihres Vaters nicht hinwegkam. Natürlich vermisste sie Eugen. Sie vermisste seine zu stark gebackenen Pfannkuchen. Seine viel zu festen Umarmungen. Seine freundlichen, humorvollen Sprüche. Sie war traurig, dass er nicht mehr da war. Was ihr aber wirklich zu schaffen machte, war der Umstand, dass es ihr unmöglich war, mit den beiden über ihn zu sprechen. Charlotte, die unter hastig vorgetragenen Entschuldigungen im Bad verschwunden war, versuchte ihr jedes Mal ein Verdrängungsproblem einzureden, wenn sie nicht wehklagen und jammern, sondern von den schönen Momenten mit Eugen sprechen wollte. Und was Ralf ritt, der sich mit seiner Zeitung ins Wohnzimmer verkrümelt hatte, verstand sie noch weniger. Er hatte ihren Vater doch so gut gekannt. Hätte so viele Erinnerungen mit ihr teilen können. Fünfundzwanzig Jahre lang war ihr Mann in das kleine Häuschen in Eußerthal gekommen, in dem die Zeit irgendwie langsamer vorangeschritten war. Josefine war dort aufgewachsen, in den zugigen Räumen mit ihren Holz- und Ölöfen. Einer winzigen Küche, in der es anstelle einer Spüle einen Wasserstein mit Boiler und ein altmodisches Radio gegeben hatte.

Sie sah ihren Vater dort stehen, wie er im Sommer seinen Salat wusch und Radieschen schnitt. Wie er sich freute, wenn er etwas frisch aus dem Garten, der sich steil hinter dem Haus den Hang hinaufzog, auf den Tisch bringen konnte. Sie dachte an seine Unfähigkeit, sich zu organisieren, den Haushalt zu führen. Zum Ende hin war es zuweilen mühsam gewesen, da nahezu alles an ihr hängen geblieben war. Sie dachte an seinen Durst, den sie zweifelsohne von ihm geerbt hatte. Oder sie hatten eben beide eine Reblaus als Lebens-Geist an ähnlich prominenter Stelle in ihrer Persönlichkeit sitzen. Josefine konnte sich ohnehin nicht vorstellen, dass es nur vier dieser Geister geben sollte. Die Menschen waren doch vielseitiger. Eugen mit seinen tausend Interessen war es in jedem Fall gewesen.

Als sie ihn an jenem Samstagnachmittag im vergangenen August auf der schweren Holzbank oben im Garten fand, den Kopf etwas schief an den Stamm der Eberesche gelehnt, war er weit über achtzig gewesen. Der Strohhut hatte vor ihm auf dem Boden gelegen. Das wenige schüttere Haar wiegte sich im Wind, und sie hatte seine Stimme im Ohr. Die Stimme des leidenschaftlichen Lehrers. ‚Die Vogelbeere gehört zur Familie der Rosengewächse. Wenn die Beeren im Sonnenlicht leuchten, hat der Sommer seinen Zenit erreicht.'

Er hatte ein ausgefülltes, intensives Leben gehabt. Ganz ohne Gestaltungsrahmen oder sonstigen Schnickschnack. Dabei hatte er sein Tal und die Villa Himmelreich, wie er sein Häuschen nannte, nur selten verlassen. Und er war gestorben, wie er es sich gewünscht hatte. Ohne aus seinem Haus ausziehen zu müssen. Und ohne zu frieren. Denn vor der Eiseskälte, die der Tod seiner Einschätzung nach mit sich brachte, hatte er sich sehr gefürchtet und während des letzten Winters so tüchtig eingeheizt, dass sie ein ums andere Mal Angst gehabt hatte, er könnte ersticken. Oder die Villa Himmelreich in Flammen aufgehen lassen.

Josefine schnäuzte sich. Wenn sie etwas von ihrem Vater gelernt hatte, dann, dass die Vergänglichkeit zum Leben dazugehörte. ‚Wir sterben nicht am Ende, Kind. Das sieht nur so aus. Jeden Abend stirbt ein Tag. Und in einem toten Baum wird ein Universum geboren.' Vielleicht war er deshalb auf die Idee verfallen, in einem Wald beigesetzt zu werden. In einer Urne aus einem kompostierbaren Material. An jenem Tag, als sie ihm dort einen Baum mit einem besonders schönen Ausblick reserviert hatte, saßen sie am Küchentisch in der Villa Himmelreich beisammen, lachend und weinend zugleich.

Ja, sie vermisste ihn. Doch das heiße Gefühl, dass sich, wenn sie an ihn dachte, in ihrer Brust ausbreitete und ihr zuweilen noch immer die Tränen in die Augen trieb, entsprang nicht Trauer oder Schmerz, sondern einer tief empfundenen Dankbarkeit, einem geradezu überwältigenden Gefühl der Gnade. ‚Was für ein schöner Tod.' So hatten es seine Freunde bei der Trauerfeier ausgedrückt. Die einen sehnsüchtig. Die anderen voller Bewunderung, als wäre es Eugens eigener Verdienst.

3

Charlotte trug gefütterte Leggins, Funktionsshirt und Softshell-Jacke sowie spezielle Nordic-Walking-Schuhe. Alles war farblich aufeinander abgestimmt, sogar die Stöcke passten dazu. „Laufen wir nicht von hier aus los?“, fragte sie erstaunt, als sie sah, wie zielstrebig Josefine auf ihren Wagen zuging.

„Ich dachte, wir bringen dem guten Dr. Thiel noch schnell seine Technik vorbei. Dann können wir nach Gleisweiler weiterfahren, wenn du möchtest. Oder lieber Richtung Eschbach?“

Charlotte wollte es sich überlegen und stieg auf der Beifahrerseite ein. Vom Weingut, das von Reben umschlossen außerhalb lag, fuhren sie auf der schmalen Landstraße nach Rittersheim. Das malerische Winzerdorf lag noch in friedlichem Schlummer. Die Fachwerkfassaden schwiegen. In den von Bundsandstein eingefassten Fenstern waren nur vereinzelt Lichtquellen auszumachen. Zu ihrer Linken führte eine Straße steil bergan in ein Neubaugebiet. Ganz oben ragte ein gewaltiger Felsen weit über die Dächer der Häuser hinweg in die Landschaft.

Sie fuhren an dem kleinen Dorfplatz vorbei, passierten Kirche und Friedhof, Schuhmanns Weinstube und die Apotheke am Ortsausgang. Dahinter öffnete sich der Blick auf die Ebene, in der Landau lag. Sie erkannten die Zwillingstürme der Marienkirche, dem aus dieser Richtung betrachtet wohl markantesten Bauwerk der Stadt. Keine zehn Minuten später standen sie vor einem protzigen Haus im Fliegerviertel. Die gewaltigen Säulen, die sich dem Besucher aufdringlich in den Weg stellten, ließen ein entsprechend dimensioniertes Eingangsportal erwarten. Tatsächlich aber fanden sie sich vor einer einfachen Haustür wieder. Auch in der Höhe verloren sich die Säulen, sie verjüngten sich bis auf die Hälfte ihres Durchmessers und stützten lediglich einen winzigen Balkon. Neben der Tür war ein Schild befestigt: *„Institut für ganzheitliches Zeitmanagement, Dr. Hans-Peter Thiel, Beratung. Coaching. Seminare.“*

„Es ist nicht sehr rücksichtsvoll von uns, am Sonntagmorgen um diese Zeit zu erscheinen“, gab Charlotte zu bedenken.

„Nein. Ist es nicht.“ Josefine verkniff es sich, hinzuzufügen, dass der gute Dr. Thiel auch alles andere als rücksichtsvoll mit ihr umgegangen war. „Aber da das Licht an ist, wird er vermutlich schon wach sein.“

„Wo? Ich sehe gar nichts.“

„Auf der rechten Seite. Ich habe es bemerkt, als wir von der Straße hergefahren sind.“

„Also klingle ich jetzt?“

Josefine nickte. Sie vernahmen einen voluminösen Gong, aber weiter geschah nichts. Charlotte versuchte es erneut, dann dreimal hintereinander. Alles blieb ruhig.

„So ein blöder Hund“, grummelte Josefine, die in einer Art von lakonischem Scherz die Kiste mit den Projektoren an die Tür presste. Sie hätte fast das Gleichgewicht verloren, als diese nach innen aufschwang.

„Das können wir doch nicht machen, Josefine. Das ist mehr als unhöflich.“

„Ich will die Verantwortung für diese teuren Dinger los sein.“

„Ich weiß nicht. Mir ist irgendwie nicht wohl dabei …“

Doch Josefine hatte bereits den kurzen Windfang durchquert und stand in einer atriumartigen Halle, die in der Höhe zwei Geschosse umfasste und Licht von oben hereinließ. Frei schwingende Konferenzstühle waren in Reihen aufgestellt. An der gegenüberliegenden Wand befand sich ein Rednerpult, daneben ein Tisch, auf dem Bücher und Broschüren arrangiert waren.

„Hallo“, rief Josefine. „Hallo, ist jemand da?“

„Wir sollten wieder gehen“, flüsterte Charlotte, die ihr nur zögernd gefolgt war.

„Irgendwie ist das doch merkwürdig“, murmelte Josefine, die sich nach rechts wandte, hin zu dem Raum, aus dem sich das Licht in die Halle ergoss. Sie stellte die Kiste auf den Boden und klopfte an den Türrahmen. Sie wollte abermals rufen, doch die Worte blieben ihr im Hals stecken: Das Zimmer wirkte durch seine wuchtigen Möbel eng und beklemmend. Dunkle Teppiche und schwere Vorhänge taten ein Übriges. Die Wand zur Halle hin wurde von Bücherregalen eingenommen, allesamt mit abschließbaren Glastüren versehen. Am Ende des Raumes befand sich eine Sitzgruppe, bestehend aus einem antiken Sofa, zwei Sesseln sowie einem überdimensionierten Couchtisch aus Mahagoni. Dahinter führte eine schmale Treppe in die obere Etage.

Ihr Blick wanderte zurück und blieb an einem Buchhalterschreibtisch hängen. Auch wenn sie den Einrichtungsstil als ungewöhnlich empfand, so gab es doch zwischen all den Stücken, angefangen von den Lampen bis hin zu den Accessoires, etwas Verbindendes. Selbst der immense, mit grünem Leder bespannte Bürosessel mochte mit dem restlichen Mobiliar auf einen gemeinsamen Nenner zu bringen sein. Nicht jedoch jener unförmige, aus rohem Naturholz gefertigte Schreibtisch.

„Er schläft“, hauchte Charlotte mit Blick auf das andere Ende des Raumes, wo eine mit tiefviolettem Samt überzogene Chaiselongue stand. „Ich finde nicht, dass wir ihn aufwecken sollten. Ich glaube, das wäre ihm unangenehm.“

Josefine trat näher. Sie betrachtete Thiel. Das dunkle, leicht ins Rötliche changierende Haar, das sein blasses, fein geschnittenes Gesicht einrahmte. Die ungewöhnlich vollen Lippen. Seine Arme, die in schmale, gepflegte Hände mündeten, lagen locker neben seinem Körper. Seine Augen waren geschlossen. Ja, man hätte ihn leicht für einen Schlafenden halten können, wäre da nicht ein rostroter Fleck auf dem hellen Seidenhemd gewesen und der dem Tod unmittelbar auf den Fersen folgende widerwärtige Geruch.

4

Marius Hilzendegen schwang sich auf den Sattel seines hellgrünen Retrovelos. Das klassische Herren-Spazier-Fahrrad, ein Geschenk seines Lebensgefährten, ächzte unter dem Gewicht des großen, breitschultrigen Mittdreißigers. Zum Glück war es nicht so kalt. Zwölf Grad, schätzte er. Doch der Ostwind fuhr ihm eisig ins Gesicht und durch sein dichtes, weizenblondes Haar.

Der Kriminalhauptkommissar wollte nicht glauben, was ihm da gerade durchgegeben worden war. Es war mehr als unwahrscheinlich, dass sie es mit einem Mord zu tun bekämen. In der Kriminalstatistik nahmen sich die Straftaten gegen das Leben klein aus. Im letzten Jahr hatte sich die Polizei in Rheinland-Pfalz mit sechsundsiebzig Delikten befassen müssen, wobei es schon allein in vierzig Fällen bei einem Versuch geblieben war. Zog man von der verbleibenden Anzahl die Fälle von fahrlässiger Tötung, Tötung auf Verlangen und die strafbaren Schwangerschaftsabbrüche ab, so blieben ungefähr ein Dutzend. Ein Dutzend für das ganze Bundesland.

Er überquerte die Eichbornstraße und radelte an den schmalen Reihenhäusern entlang, die den Alten Messplatz nordwestlich begrenzten. Der Dynamo surrte. Ein breiter Lichtkegel lotste ihn durch den verhangenen Morgen und den schmalen Weg entlang, der sich zwischen Zoo und Gymnasium krümmte. Auf der Hindenburgstraße musste er kräftiger in die Pedale treten, um der Steigung zu trotzen. Rechter Hand bog er kurz darauf ins Fliegerviertel ein. So nannten die Landauer diesen Teil ihrer Stadt, weil die Straßennamen an berühmte Piloten erinnerten. Seine Hände waren schon ganz steif geworden und begannen wehzutun und auch die Ohren brannten vor Kälte.

Dass ein Streifenwagen mit blinkendem Blaulicht in der Einfahrt des besagten Anwesens stand, musste noch nichts heißen. Hilzendegen klammerte sich weiter an seine Hoffnung. Irgendjemand hatte bestimmt überreagiert und die Kollegen mussten ja erst einmal vor Ort die Lage checken. In einer halben Stunde wäre er wieder zu Hause und … Ein wüster Fluch entfuhr ihm, als er den dunkelblauen Kleinbus mit einer ihm wohlvertrauten Bacchus-Darstellung auf der anderen Straßenseite entdeckte. Josefine! Er sah seine Statistik schwanken.

Josefine Laux und ihr Mann Ralf betrieben ein kleines Weingut. Wie eine bunte Oase lag es in den weiten Rebflächen zwischen Rittersheim und Birkenfeld. Ralf war ein feiner Mensch. Er hatte seinem Liebsten damals sehr geholfen, als dieser von seinem tyrannischen Vater einen viel zu großen und hoffnungslos vergreisten Betrieb geerbt hatte. Ohne seine Hilfe, seine Rechenkünste und klugen Ratschläge hätte es Matti wahrscheinlich niemals über sich gebracht, das Weingut zu verkaufen, sich eine Teilzeitstelle als Winzer zu suchen und sich mit ganzer Seele dem zu widmen, wovon er schon als Kind geträumt hatte – der Musik. Auch Josefine war Hilzendegen an sich nicht unsympathisch. Doch sie hatte nun einmal das unselige Talent, überall, wo sie auftauchte, zufällig über Leichen zu stolpern. Sie könnte sich natürlich auch einmal geirrt haben. Ihre Fantasie könnte mit ihr durchgegangen sein. Oder ihre Freundin, Charlotte Messerschmidt, war wieder einmal in einen ihrer merkwürdig-zerstreuten Zustände abgeglitten. Das war ihr eine Zeit lang ziemlich häufig passiert. Was sie dann von sich gab, war mit diffus noch äußerst galant umschrieben. Andererseits konnte die Buchhändlerin auch sehr couragiert sein. Vor einigen Jahren hatte sie mithilfe der gesammelten Werke Shakespeares maßgeblich dazu beigetragen, einen Triebtäter dingfest zu machen.

Im Türrahmen des irgendwie grotesk anmutenden Gebäudes stand Paul Geiger und nickte ihm zu. Der Kommissar grüßte den Beamten in Uniform. Er schätzte den um einiges älteren Kollegen vor allem wegen seiner korrekten und unaufgeregten Art.

„Dann ist es also wahr?"

„Unnatürliche Todesursache durch Fremdeinwirkung. Dr. Hans-Peter Thiel. Hat hier gewohnt. Sie haben das Schild gelesen?"

„Da es so eindrucksvoll illuminiert ist, lässt es sich nur schwer übersehen."

„Er hängt mit einem Bewegungsmelder zusammen."

„Wer?"

„Der kleine Strahler, der das Schild beleuchtet."

„Ah! Ich verstehe."

„Die Tür war nicht verschlossen." Geiger deutete auf das Schließblech im Türrahmen. „Sehen Sie diesen Schnapper hier, wenn der umgelegt ist, kann jeder hinein. Man muss nur dagegendrücken."

„Das ist ungewöhnlich."

Geiger reichte ihm ein paar Überzieher für die Schuhe. Hilzendegen streifte sie über seine Waldläufer. Während er dem Kollegen folgte, öffnete er seine gefütterte Wildlederjacke. „Wie ich sehe, sind die Damen noch hier." Er nickte einer blonden Schutzpolizistin, Josefine und Frau Messerschmidt zu, als er die nahezu quadratische Halle betrat.

Geiger räusperte sich. „Die Kollegin Eichborn hat sich erst einmal um die beiden gekümmert. Wollen Sie übernehmen?"

„Ja, aber zuerst will ich mir den Toten ansehen."

Der Kommissar betrachtete die Leiche eingehend, die wie drapiert auf der dunklen Chaiselongue lag und musste dabei an ein Gemälde denken. Durch die Schräge am Kopfende des Möbelstückes war dem Mann der Unterkiefer nicht entglitten, sondern hatte über dem Brustbein Halt gefunden.

Er wandte sich an Geiger, der ihm gefolgt war: „Nun gut. Frau Laux und Frau Messerschmidt haben ihn also gefunden. Ist der Notarzt verständigt?"

„Notarzt, Spurensicherung und zwei weitere Streifenwagen sind unterwegs. Die Staatsanwaltschaft werden Sie selbst benachrichtigen wollen. Frau Dr. Wingerter hat heute Bereitschaftsdienst."

„Sehr gut", Hilzendegen zog sein Smartphone aus der Innentasche seiner Jacke. „Haben Sie das Haus schon durchsucht?"

Geiger schüttelte bekümmert den Kopf. „Dazu müssten wir zu zweit sein, und wir wollten die Zeuginnen nicht alleine lassen …"

„Kein Problem", er schenkte Geiger, den er um den Gang durch dieses düstere, absonderliche Gebäude nicht beneidete, ein aufmunterndes Lächeln. „Ich spreche gleich mit den beiden." Als er auf Josefine und ihre Freundin zuging, versuchte Hilzendegen zu scherzen. „Wieso tut ihr mir das an? Es wäre mein erster freier Sonntag seit vier Wochen gewesen."

„Oh, wie schrecklich! Es tut mir so leid, Herr Hilzendegen", hob Charlotte Messerschmidt an. Er hatte vergessen, dass sich die mittelgroße und etwas rundliche Buchhändlerin mit Ironie meist schwertat. Sie war sehr blass, sogar leicht grün im Gesicht und hielt Josefines Hand. „Sie dürfen nicht glauben, dass wir kein Herz hätten. Wenn wir das geahnt hätten, dann … Aber schauen Sie, im Grunde sind wir ja gar nicht verantwortlich für den ganzen Schlamassel, sondern der, der den armen Hans-Peter auf dem Gewissen hat."

„Das ist richtig", bekräftigte der Kommissar und zwinkerte Josefine zu. „Deshalb muss ich euch jetzt auch als Zeuginnen befragen. Erzählt mir einfach möglichst genau, wie es dazu kam, dass ihr ihn gefunden habt. Was ihr über ihn wisst."

Josefine berichtete von der Veranstaltung am Vorabend im Weingut.

„Warum wurde sie nicht hier durchgeführt?"

„Hans-Peter meinte, es sei zu wenig Platz", warf Charlotte ein.

„Es sind dreißig Stühle", bekräftigte Josefine. „Und sie sind sehr klein. Außerdem glaube ich, dass die Halle auf den ersten Blick größer wirkt, weil sie nach oben hin offen ist."

Sie kann es nicht lassen, dachte Hilzendegen und konnte nur mit Mühe ein spöttisches Grinsen unterdrücken. Dieses Mal würde er versuchen, sich so professionell wie irgend möglich zu geben. Und das würde sie hoffentlich davon abhalten, sich wieder in seine Ermittlungen einzumischen.

Weiter erfuhr er, dass die beiden heute Morgen so gegen zehn Uhr hier angekommen waren, um Thiels technisches Equipment und Veranstaltungsmaterial zurückzubringen. Thiel selbst war gestern Abend von Viertel vor sechs bis halb zwölf im Weingut gewesen und mit seinem eigenen Wagen, einem silbernen Mercedes, gekommen. Schließlich versuchte Frau Messerschmidt, ihm zu erklären, was es mit den Inhalten, die im Institut vermittelt wurden, im Einzelnen auf sich hatte. Hilzendegen konnte das allerdings nur schwer greifen. Er konnte sich unter einem ganzheitlichen Lebensplan nicht viel vorstellen. Josefine empfahl ihm, sich die Flyer, die auf dem Tisch neben dem Rednerpult ausgelegt waren, einmal genauer anzusehen.

„Damit muss ich warten, bis die Spurensicherung fertig ist“, entgegnete er etwas unwirsch und fing sich einen genervten Blick aus ihren katzengrünen Augen ein. Er wandte sich wieder an die Buchhändlerin. „Wissen Sie, ob außer Hans-Peter Thiel noch weitere Personen hier gewohnt haben oder tätig waren?“

„Also – da ist erst einmal Madame Mercier. Sie sieht die Lebens-Geister der Menschen, wissen Sie?“

Josefine verdrehte die Augen. Wahrscheinlich hätte sie sich diese Information ihm gegenüber verkniffen. „Eine Seherin also“, versuchte er, die Befragung so neutral wie möglich fortzusetzen.

„Na ja. Schon. Wenn auch eben sehr bezogen auf das Konzept, das hier Anwendung findet ... Ich glaube, sie hat es sogar erfunden.“

„Madame Mercier. Eine Französin?“

„Ich weiß es nicht. Vielleicht ist es ja so eine Art ... Künstlername. Sie soll früher auch hier gewohnt haben. Ich habe was läuten hören, dass sie und Thiel ursprünglich miteinander ... Also, dass sie anfangs auch ein Paar gewesen sein sollen. Jetzt soll sie aber eine eigene Wohnung in der Innenstadt haben.“

„Sie wollte ursprünglich mitkommen, gestern Abend“, warf Josefine ein. „Erst am Nachmittag, als Thiel bei uns im Weingut aufschlug, um über die Bestuhlung und die Details für die Veranstaltung zu sprechen, hat er mir gesagt, dass sie verhindert sei.“

„Sie hatte einen Workshop in Münster“, ergänzte Frau Messerschmidt.

„Wer hat Ihnen das gesagt?“

„Hans-Peter.“

„Sie haben sich also mit ihm unterhalten, gestern Abend?“

„O ja. Schon bevor es losging, haben wir kurz miteinander

geplaudert. Ich war ein bisschen enttäuscht, denn ich hatte von anderen, die regelmäßig ins Institut kommen, schon viel von Madame Mercier gehört. In der Pause waren wir dann beide in Gruppengespräche verwickelt. Doch bevor er fuhr, hat er sich von mir verabschiedet." Tränen traten Charlotte Messerschmidt in die Augen. Josefine reichte ihr geistesgegenwärtig ein Taschentuch. „Ich wusste doch nicht, dass es ein Abschied für immer sein würde", schluchzte sie. „Warum sterben denn immerzu alle netten Menschen um uns herum weg? Erst Moritz Wolff. Er war so ein wunderbarer Therapeut! Wohin sollen wir uns denn jetzt wenden, wenn wir mit dem ganzen Kummer nicht mehr klarkommen?"

Josefine strich ihr mitfühlend über den Arm. „Moritz ist vor fünf Jahren umgekommen", sagte sie sanft.

„Was macht das für einen Unterschied? Ich habe ihn wirklich gerngehabt. Er fehlt mir. Und du bräuchtest ihn doch auch! Wie willst du über diesen unsäglich schweren Verlust deines Vaters jemals hinwegkommen? So ein wunderbarer Mann! Und jetzt Hans-Peter. Gut, dir hätte Hans-Peter nicht helfen können. Du konntest ihn ja nicht leiden. Und die Chemie muss stimmen, sonst klappt es nicht." Sie schnäuzte sich, wischte sich die Augen und entschuldigte sich umständlich.

„Es ist in Ordnung, jemanden zu mögen", sagte Hilzendegen herzlich. „Nichts ist beklemmender, als wenn wir in einem Todesfall ermitteln und keiner mit Trauer oder Betroffenheit reagiert."

„Siehst du", sagte Frau Messerschmidt vorwurfsvoll zu Josefine.

„Warum konntest du Thiel eigentlich nicht leiden?", wollte der Kommissar von Josefine wissen.

„Ich … Ich kann es nicht erklären. Es war …"

„… mehr so ein Gefühl?“ Diesmal konnte er sich ein Grinsen nicht verkneifen. „Hat denn deine Intuition schon eine Idee, wer es war? Oder wer es auf gar keinen Fall gewesen sein kann?“

Sie schaute ihn wütend an, doch er schenkte ihr sein charmantestes Lächeln, und es gelang ihr nicht, es unerwidert zu lassen.

Ich habe furchtbar schlecht geschlafen, und das hasse ich. Ich bin dann dünnhäutig und verliere mich leicht in Träumereien. Wobei meine Lebens-Geister zum Glück auch die Grenzen meiner Fantasiewelt bewachen. Inzwischen weiß ich, dass es – wenn mich ein romantischer Moment anfliegt – besser ist, einen Liebesfilm anzuschauen, als mir selbst etwas zusammenzuträumen. Dabei käme ich nämlich nicht umhin, auf Personen zurückzugreifen, die ich in meinem wirklichen Leben kenne, wie zum Beispiel einen gut aussehenden Stammgast aus dem Café. Vor allem *mein Mädchen* passt auf wie ein Schießhund, dass ich mit diesem Unsinn gar nicht erst anfange, denn sie will nicht, dass ich wie meine Mutter werde. *Die Tante* ist dabei auch ganz auf ihrer Seite, schon allein, weil ihr eine spätere Begegnung mit dem Objekt meiner eingebildeten Romanze peinlich wäre, und auch, weil sie fürchtet, irgendwann nicht mehr zu wissen, was mit wem wirklich passiert ist und was ich mir nur ausgemalt habe.

Die schwarze Katze findet, das sei alles übertriebenes Getue. Sie ist mein Quäl-Geist und eigentlich für die Arbeit zuständig. Dass ich meine Ausbildung zur Hotelfachfrau nur wenige Wochen vor der Prüfung geschmissen habe, um in einer Serie mitzuspielen, aus der ich einige Monate später rausgeschrieben wurde, findet sie nicht weiter tragisch. War halt eine Erfahrung, sagt sie und räkelt sich in den Kissen. Immerhin wissen wir jetzt, dass Filme zu machen keine genüssliche Spielerei ist, sondern ein Knochenjob wie jeder andere, schnurrt sie. Es störe sie nicht, eine ungelernte Kraft zu sein. Es gebe ja inzwischen den Mindestlohn. Und außerdem hätte Hans-Peter gesagt, dass die Menschheit die Illusion von Macht, Geld und Hierarchien zu überwinden hätte, wenn sie fortbestehen wolle.

Die Tante hält ihr dann immer vor, dass wir uns mehr als glücklich schätzen können, für die Wohnung keine Miete zahlen zu müssen. Aber das kann sich natürlich von heute auf morgen ändern. Sie regt sich über *die Katze* sehr oft auf. Ich kann das verstehen, denn es ist zuweilen wirklich anstrengend, sie aus der von ihr so geschätzten horizontalen Haltung herauszuholen. Weder mit vernünftigen Argumenten noch mit Freundlichkeit ist ihr beizukommen. *Die schwarze Katze* reagiert im Grunde nur, wenn alle anderen mit vereinten Kräften den Körper übernehmen oder wenn die Aussicht besteht, Hans-Peter zu sehen.

Doch heute Morgen bringt selbst das wiederholte Aussprechen seines Namens sie nicht dazu, sich aus dem Bett zu schwingen. Sie richtet sich nur halb auf und sieht nachdenklich aus, was sehr ungewöhnlich ist. Er war komisch gestern, sagt sie.

Das stimmt. Ich hatte mich zurechtgemacht für den Abend. Eine gute Jeans und dazu eine Hemdbluse angezogen. Rote Mokassins, ein kleiner Seidenschal und ein farblich abgestimmtes Augen-Make-up. Schon um fünf war ich im Institut. Wir – vor allem *mein Mädchen* und *die schwarze Katze* – hatten uns so auf ihn gefreut. Euphorisch riss ich die Tür zu seinem Raum auf und merkte, dass er mitten in einer hitzigen Diskussion mit Jarek, dem Sekretär, steckte.

Ich verzog mich in die Küche. Kochte Kaffee. Rauchte einen Zigarillo. Sobald Jarek weg war, kam Hans-Peter zu mir. Er küsste mich abwesend. Fragte, was ich hier wolle. Schüttelte den Kopf, als ich ihn daran erinnerte, dass er mich gebeten hatte, ihn ins Weingut zu begleiten. Er sagte, das ginge nicht. Er müsse alleine fahren. Warte nicht auf mich, Kleines. Seine

Hand lag in meinem Nacken. Seine Stimme auch. Die Art, wie er Kleines sagt, lässt mir immer noch die Knie weich werden.

In jener Nacht, da er mich von dieser Brücke gepflückt hat, hat er mir gesagt, ich dürfe mich nicht in ihn verlieben. Später, als ich die ersten Wochen im Café Harlekin erfolgreich hinter mich gebracht hatte, hat er mir gestanden, dass er sich auf den ersten Blick in mich verliebt hatte.

Verliebt hätte, korrigiert *die Tante.* Sie ist sich da nicht so sicher. Traut Hans-Peter, trotz allem, was er für mich getan hat, nicht über den Weg. Er ist selbstsüchtig, ich weiß. Er hat sich nicht nur um meinetwillen so bemüht, mich aus diesen depressiven Schichten, in denen ich feststeckte, herauszuholen. *Die Tante* betont auch immer gerne, dass Hans-Peter fast zwanzig Jahre älter ist als ich. Aber ich spüre das nicht. Er wirkt auf mich nicht so wie mein Vater oder all die anderen Männer seines Alters. Ich fühle mich wohl mit ihm. Und wahrscheinlich habe ich mich deshalb gegen alle Vernunft und auch gegen seinen ausdrücklichen Wunsch gestern Abend von *der schwarzen Katze* überreden lassen, auf ihn zu warten.

Da *die Tante* nicht untätig herumsitzen wollte, haben wir die antiken Messer geputzt, die über dem Sofa an der Wand hängen. Ich weiß nicht, warum sie immer so schnell anlaufen. Und ob ich überhaupt das richtige Putzmittel benutze. Es ist eines, das eigentlich für Kupfertöpfe gedacht ist. Doch Hans-Peter meint, das hätte alles seine Richtigkeit, und er freut sich jedes Mal, wenn ich seine Messersammlung zum Glänzen bringe.

Als er kam, polierte ich das kleinste, ein filigranes Stilett. Er nahm es mir aus der Hand, legte es auf seinen Schreibtisch. Er hat so eine Art, solche winzigen Gesten mit einer großen Behutsamkeit, ja fast zärtlich, auszuführen. Als er mich küsste, lag mein Kopf in einer seiner Hände. Mit der anderen hielt er mich dicht bei sich. *Die schwarze Katze* schnurrte lautlos, sah sich schon auf die Chaiselongue sinken. Von meinen Knien gar nicht zu reden. Umso überraschter war ich, als er sagte, er würde mich nach Hause fahren.

Ich fragte ihn, wie es gelaufen sei. Die einen stehen im Leben, die anderen haben ein Bewusstsein dafür, meinte er lakonisch. Er war ganz grau im Gesicht und in seinen Augen lag ein merkwürdiger Glanz. Er wollte nicht mehr mit raufkommen. Sehen wir uns morgen?

Er schüttelte den Kopf, schaute aus dem Fenster. In die andere Richtung. Doch! Sagte er dann. Komm. Aber nicht zu früh. Er sah mich an. Allmählich verstehe ich, wie großartig so ein kleines Leben sein kann, flüsterte er. Seine Stimme war weich und leise. Wenn es in meiner kranken Seele, meinem geschundenen Herzen etwas gibt, das irgendwie an ein Gefühl von Liebe herankommt …

Schade, dass er nicht weitergesprochen hat, seufzt *mein Mädchen. Die schwarze Katze* nickt. Sie ist längst nicht so tiefenentspannt wie sonst. Ich richte mich auf, setze mich auf die Bettkante und spüre ihn wieder, diesen dunklen Sog. Und in meinem Nacken, dort wo gestern noch Hans-Peters Hand gelegen hat, packt mich eine kalte Angst.

5

Marius Hilzendegen sah den Kleinbus des Weinguts am Ende der Straße um die Ecke biegen. Erleichtert, dass die beiden Frauen den Fundort der Leiche endlich verlassen hatten, wandte er sich um und stieg über das rot-weiße Band, mit dem die Schutzpolizei das Gebäude abgesperrt hatte. Er hob die Hand, erwiderte den Gruß zweier Kollegen in Uniform, die aus dem Haus nebenan kamen und die Straße überquerten, um die Nachbarn gegenüber zu befragen. Der Notarzt hatte sich gerade verabschiedet. Auf dem vorläufigen Totenschein, den er ausgestellt hatte, waren Anhaltspunkte für einen nicht natürlichen Tod vermerkt. Ein Stich direkt ins Herz. Das Opfer war wahrscheinlich innerlich verblutet. In der Garage, der Halle und in dem Raum, in dem der Tote gefunden worden war, waren die Mitarbeiter der Kriminaltechnik jetzt dabei, Beweisstücke und Spuren sicherzustellen. Sie trugen weiße Schutzanzüge mit Kapuzen, Hand- und Überschuhe. Auch Bernd Fischlein, der Leiter der Abteilung, war unter ihnen. Der korpulente Endfünfziger instruierte gerade einen Fotografen, als Hilzendegen hinzutrat. „Wir haben da etwas, Herr Kollege." Fischlein hatte sich kürzlich von den spärlichen Resten seines dünnen, dunkelblonden Haares verabschiedet. Sein kahl rasierter Kopf verlieh ihm ein völlig verändertes Aussehen, ließ ihn offener und jugendlicher wirken. „Hier an der Wand hängen neun antike Messer …"

Hilzendegen ließ seinen Blick über säbelartig gekrümmte, breite und schmale Klingen schweifen. „Sie denken, die Tatwaffe ist dabei?"

„Vielleicht. Vielleicht ist sie aber auch nicht dabei.“ Der Kommissar sah ihn interessiert an. „Ich habe mich gefragt, wie die Teile befestigt sind. Auf den ersten Blick sieht man das gar nicht“, grinste Fischlein zufrieden. „Schauen Sie, es sind winzige, direkt in die Wand eingelassene Magnete!“

„Ich verstehe.“ Hilzendegen kniff die Augen zusammen. „Es gibt hier noch eine Halterung für ein weiteres, sehr kleines Messer.“

„Hhm“, bestätigte Fischlein. „Die Sammlung wird nach unten hin immer filigraner. Und der Täter hat eine dünne, sehr scharfe Klinge benutzt.“

„Dann könnte das verschwundene Messer unsere Tatwaffe sein?“

„Könnte. Und es kann auch nicht schaden, zumindest den unteren Teil der Sammlung auf Fingerabdrücke zu untersuchen.“

Fischlein machte sich sogleich an die Arbeit. Kurz darauf drückte einer seiner Mitarbeiter Hilzendegen den Personalausweis des Toten in die Hand. Hans-Peter Thiel war in Landau geboren, er war fünfundvierzig Jahre alt, was Hilzendegen, der das Opfer wesentlich jünger eingeschätzt hatte, nicht weniger überraschte, als dass der Doktortitel des Mannes nicht in dem amtlichen Dokument eingetragen war. Ein anderer Kollege der Spurensicherung hatte im Schreibtisch einen Schlüssel gefunden. „Sieht aus wie der Schlüssel zu einem Bankschließfach“, bemerkte Fischlein.

„Den bräuchte ich, wenn Sie damit fertig sind, schnellstmöglich zurück“, bat Hilzendegen.

„Natürlich“, sagte Fischlein, der sich gleich selbst um die Nummerierung des Beweisstückes kümmerte. „War denn schon jemand oben?“

„Die Kollegen Geiger und Eichborn …“ Er wandte sich um und sah die beiden die Treppe am Ende des Raumes herunterkommen. „Oben ist niemand“, erklärte Geiger an Fischlein gewandt. „Sie können dort weitermachen.“

Ein Klackern von Absätzen auf harten Steinfliesen durchbrach plötzlich die konzentrierte Stille. Hilzendegen fluchte. „Wie kann das sein? Wieso kommt jemand durch die Absperrung …?!“

Geiger und Eichborn, auf dem Weg zurück in die Halle, blieben alarmiert stehen. Der Schutzpolizist, der im Begriff gewesen war, seine Schusswaffe wieder wegzustecken, hielt zögernd inne.

Die junge Frau sah auf, lächelte und begann, die Bänder ihres kurzen Wollmantels zu einer formvollendeten Schleife zu binden. „Was ist denn hier wieder los?“, fragte sie aufgeregt.

Geiger nickte der Kollegin zu. Diese belehrte die Frau und tastete sie ab.

„Das kitzelt“, kicherte sie. „Langweilig wird es hier wirklich nie. Er denkt sich immer neue Szenarien für mich aus. Und ich hatte mir schon Sorgen gemacht.“

„Ihr Gesicht habe ich schon irgendwo gesehen“, raunte Hilzendegen Fischlein zu.

„Wer schaut einer Frau ins Gesicht, die solche Beine hat?“

Hilzendegen stellte sich der jungen Frau vor und fragte sie nach ihren Personalien. Eine würdevolle Haltung einnehmend, streckte sie ihm eine schmale Hand, mit kantigen, bunt gestalteten Fingernägeln entgegen. „Ich bin Stella, mein Lieber. Und ich hoffe, du amüsierst dich. Trotzdem wäre es ganz süß, wenn du das hier eine Weile unterbrechen könntest.“ Sie sprach seinen Namen in einer Art aus, als würden sie sich seit Jahren kennen, auf vertrautestem Fuß miteinander stehen. „Ich brauche nämlich erst einmal einen Koffein-Kick. Komm doch einfach mit, ich mache dir einen schönen Café au Lait."

Fischleins unterdrücktes Lachen entwich in einem Grunzlaut, Geiger und Eichborn wechselten verständnislose Blicke, während die Mitarbeiter der Spurensicherung kopfschüttelnd ihre Arbeit fortsetzten.

„Okay, Stella", fragte Marius Hilzendegen. „Haben Sie auch einen bürgerlichen Namen?"

„Ach, Marius, ich bin ja so unendlich erleichtert, dass hier alles seinen Gang geht", rief sie aus. „Und Hans-Peter gönnt dir die kleine Spielpause, da bin ich mir absolut sicher!" Sie lachte und versuchte sich bei ihm einzuhaken. „Vielleicht stößt er ja auch zu uns. Wo steckt er überhaupt?"

Der Kommissar schwieg. Unter ungewöhnlich dichten, stark geschwungenen Wimpern sah sie zu ihm auf, dann zu Fischlein und schließlich zum anderen Ende des Raumes. „Hans-Peter spielt das Opfer?", fragte sie, doch in ihrer Stimme klang ein leiser Zweifel mit.

„Es tut mir sehr leid, Frau ...", hob Hilzendegen an.

Langsam durchquerte sie das Zimmer. Sie setzte sich auf den Rand der Chaiselongue, legte eine Hand an die Wange des Toten. Sie zuckte kurz zurück. Dann strich sie ihm durchs Haar.

„Bitte", stammelte Hilzendegen, der von der Szene merkwürdig ergriffen war. „Sie dürfen hier nichts anfassen."

Über die Schulter blickte sie zu ihm hoch. „Es ist echt." Wieder betrachtete sie den Toten. Sie schluckte, stand auf und kicherte. „Sie sind ein richtiger Kommissar?!"

Er zeigte ihr seinen Dienstausweis.

Die Befragung erwies sich als äußerst anstrengend. Sie saß an einem Klapptisch in der winzigen Küche, die sich in einer Nische am anderen Ende der Halle befand. Die langen Beine übereinandergeschlagen betrachtete sie eingehend den Pumps an ihrem wippenden Fuß. Der Kommissar, der gegenüber am Fensterbrett lehnte, gab sich alle Mühe, ihr den Ernst der Lage begreiflich zu machen, doch wenn sie überhaupt aufsah, lächelte sie ihn nur über den Rand ihrer Kaffeetasse hinweg an. Immerhin hatte er es geschafft, ihre Personalien zu erfahren. Sie hieß Stella Römer, war sechsundzwanzig Jahre alt und von Beruf Schauspielerin. Zuletzt hatte sie eine der weiblichen Hauptrollen in der Serie „Waldhotel Asselstein" gespielt.

„Anna-Maria Schönhorst." Sie setzte sich auf, gab sich freundlich und damenhaft. Dann verzog sie ihr Gesicht zu einer Grimasse. „Sie haben mich rausgeschrieben. Und dann war es zu Ende mit der brünetten Ernährungsberaterin, die gerade erst den Juniorchef des Waldhotels geheiratet hatte." Ein Schatten legte sich über ihre Augen. „Mit ihr ist so viel gestorben."

„Mit wem?"

„Na, mit Anna-Maria! Um ein Haar hätte sie uns alle mit in den Abgrund genommen."

Er überlegte, ob er auf diese anderen zu sprechen kommen sollte. Für gewöhnlich waren Kriminalpolizisten froh, wenn die Befragten erst einmal offen und frei erzählten. Alles, was sich zugetragen hatte, detailliert schilderten. Umso einfacher wäre es später, sich ein Bild von der Befragten, dem Wahrheitsgehalt ihrer Aussage und der Situation zu machen, die es zu rekonstruieren galt. Diese Zeugin aber antwortete so ausschweifend, redete so unbedarft am Thema vorbei, dass er sich dagegen entschied, nachzuhaken. Auf keinen Fall wollte er das Gespräch noch weiter vom gestrigen Abend wegdriften lassen, denn der Arzt und Fischlein gingen davon aus, dass Dr. Thiel zwischen zwei und vier Uhr am Sonntagmorgen getötet worden war.

Stella Römer stellte ihren Kaffee auf den Tisch, holte aus einer Schublade eine Schachtel Zigarillos hervor, nahm einen heraus und schaute hilfesuchend zu ihm auf. Als ihr klar wurde, dass er keine Anstalten machen würde, ihr Feuer zu geben, suchte sie nach Streichhölzern und ließ sich mit einem schweren Seufzer wieder auf den Stuhl fallen. Und plötzlich erinnerte er sich. Er hatte sie im Fernsehen gesehen. Äußerst elegant und distinguiert war sie in der Rolle dieser brünetten Anna-Maria gewesen, das Haar schulterlang, glatt und seidig glänzend. Jetzt war es wesentlich kürzer, fransig geschnitten, fast schwarz, mit pinkfarbenen Strähnen.

„Sie wollen wissen, wer ich bin?“, fuhr sie dramatisch fort. „Stella Römer ist ein Nichts. Ich hatte kein Selbstgefühl. Immer nur Rollen gespielt. Sie haben mir Komplimente gemacht. Mir gesagt, dass ich mich so gut zurücknehmen könnte. Erst später, als ich mit Hans-Peter alles aufgearbeitet habe, begann ich zu begreifen, was sie gemeint haben. Da war nichts, das ich hätte zurücknehmen müssen. Das bedeutete aber auch, dass es kaum etwas gab, das ich hätte hervorholen können, als die Drehzeit zu Ende war.“ Sie steckte sich den Zigarillo zwischen die Lippen und zündete ihn an. „Anfangs war alles super! Aber die Welt des Waldhotels – es fiel mir immer schwerer, sie zu verlassen. In Gedanken habe ich jede freie Minute dort verbracht. Wieder und wieder habe ich mir die fertigen Folgen angeschaut. Immer von Anfang an, bis zu der letzten Sendung. Die Realität wurde immer bedeutungsloser und zugleich auch belastender für mich. Ich war Anna-Maria Schönhorst. Meinen Mann in der Serie nahm ich nicht länger als Schauspielerkollegen wahr. Im Waldhotel bekam ich ein Kind, hatte Freunde, einen Hund, nette, gut aussehende Gäste und einen interessanten Beruf. Von den winzig kleinen, alltäglichen Konflikten einmal abgesehen, die eine solche Serie am Laufen halten, war alles immer schön und harmonisch. Und ich überglücklich. Doch dann begannen die Fehler. Die Kollegen waren irritiert, peinlich berührt." Sie inhalierte tief und beim Ausatmen stieß sie mit dem Rauch ein bitteres Lachen hervor. „Weil ich aus der so sehr geliebten Rolle nicht mehr herauskam, konnte ich sie schließlich nicht mehr spielen."

„Wann war das?"

„Im November 2013."

„Und das war Ihr letztes Engagement?"

„Ja. Sie waren fair. Verdammt fair. Ich war dankbar, auch für die Diskretion. Aber ich stürzte ins Bodenlose."

„Haben Sie zu diesem Zeitpunkt Herrn Dr. Thiel kennengelernt?"

„Nein. Das war erst später. Zwei grässliche Jahre später." Sie lächelte etwas schuldbewusst. „Ich wollte mich von einer Brücke stürzen. Und er hat mich davon abgehalten." Sie nahm einen letzten Zug und drückte den Zigarillo aus. „Er hat mir geholfen, wieder auf die Füße zu kommen. Ich wollte keine Rollen mehr spielen, wissen Sie. Nie mehr wollte ich eine dieser gottverdammten Rollen spielen. Weder auf der Bühne noch vor einer Kamera. Und dieses widersprüchliche, verwirrende Engagement, das man Leben nennt, schon gleich gar nicht. Doch Hans-Peter hat nur gelacht. ‚Wer keine Rolle spielt, spielt keine Rolle', hat er gesagt."

6

Das Büro des Instituts war in einer spiegelbildlich zur Küche gelegenen Nische, nur durch eine Trockenbauwand von der großen Halle abgetrennt. Das hatte Geiger durch fachmännisches Abklopfen festgestellt. Und auch er hatte sich erstaunt gezeigt über die Unverhältnismäßigkeit der räumlichen Aufteilung. Im Gegensatz zur Küche konnte das Büro nicht einmal ein Fenster aufweisen und bot gerade genug Platz für einen Schreibtisch, einen Stuhl und einen hohen Aktenschrank.

Die Aufmerksamkeit des Kommissars blieb an einem verschnörkelten silbernen Bilderrahmen auf dem Schreibtisch hängen, aus dem eine weißhaarige Frau mit einem merkwürdigen Gesichtsausdruck herausschaute. Im Schrank standen nur einheitlich schwarze Akten. Er schlug ein paar auf und fand die gängigen buchhalterischen Unterlagen entsprechend der Beschriftung auf den Ordnerrücken vor. In einer Schublade des Schreibtisches lagen ein Diktiergerät und eine Kassette, die er der Spurensicherung übergab. Schließlich entdeckte er in dem schmalen Auszug, zwischen Kleingeld, Briefmarken und Büroklammern einen Stapel Visitenkarten von Jarek Balustrach, „Generalsekretär".

Der Kommissar wählte die dort angegebene Mobiltelefonnummer und hatte Glockengeläut im Ohr sowie einige Takte Orgelmusik. „Entschuldigen Sie bitte sehr", hörte er dann eine Stimme sagen, „Mama und ich sind nach Lourdes gefahren übers lange Wochenende. Wir kommen am Montag, den 27. November wieder zurück und stehen Ihnen dann wie gewohnt zur Verfügung." Es erklang noch ein gesungenes Halleluja, dann das Besetztzeichen.

Hilzendegen starrte etwas ungläubig auf das Display. Er bedauerte, dass es nicht wenigstens die Möglichkeit gegeben hatte, eine Nachricht zu hinterlassen und steckte eine der Visitenkarten in seine Jackentasche. Als er Fischlein auf sich zukommen sah, wählte er die Nummer erneut und hielt ihm das Handy ans Ohr. „Ist das irgendein Ansagentext, den man sich aus dem Internet herunterladen kann? Oder existiert dieser Mensch wirklich? Was glauben Sie?"

„Ich wollte Ihnen gerade sagen, dass dieses Haus meiner Meinung nach eine irgendwie unheimliche Atmosphäre hat. Vielleicht überträgt sich das ja auch auf die Menschen, die hier ein und aus gehen." Fischlein bat Hilzendegen, noch einmal mit ins Büro des Toten zu kommen. Hinter der Chaiselongue stand Staatsanwältin Dr. Wingerter und telefonierte. Die Mitarbeiter der Kriminaltechnik hatten nummerische Schilder zur Kennzeichnung der Spuren aufgestellt. Außerdem hatten sie die Glastüren der Bücherregale geöffnet.

Der Kommissar streckte die Hand aus, um sich ein Buch zu greifen, zog sie aber irritiert wieder zurück. Die bunten Bände, die scheinbar schweren in Leder gebundenen Folianten, es waren alles Attrappen.

„Nur bedruckte Pappe."

„Aber sie wirken so echt", wunderte sich Hilzendegen.

Fischlein stimmte ihm zu. „Die Dinger waren bestimmt nicht billig."

„Warum kauft jemand so etwas?"

Fischlein nahm ein Exemplar aus dem Regal. „Sie sind oben offen. Er hat sie ganz offensichtlich als Stehsammler genutzt." Ob des konsternierten Gesichtsausdrucks seines Kollegen lachte er kurz auf. „Sie sind alle voll."

„Voll?! Womit?"

„Gebundene Ausdrucke, Kladden mit Notizen, Klarsichthüllen mit Skizzen. Notizbücher. Werbebroschüren. Kataloge. Persönliche Dokumente. Fotos."

„Wer soll das alles sichten?", sagte der Kommissar mehr zu sich selbst. Es gab noch immer eine unbesetzte Planstelle im K1. Florian Bäumler war erst seit Kurzem dabei. Der junge Kriminalkommissar hätte nach jahrelanger Unterbesetzung sein Team endlich vervollständigen sollen, doch als er zu ihnen gestoßen war, wurde seine langjährige Kollegin mit ihrem zweiten Kind schwanger und war in Elternzeit gegangen.

„Immerhin scheint er chronologisch vorgegangen zu sein", erklärte Fischlein aufmunternd. „Was wir bis jetzt stichprobenartig angeschaut haben, lässt diesen Schluss zu. Er hat hinten an der Treppe angefangen und sich dann immer von unten nach oben gearbeitet. Hier in diesem Schrank finden sich die neuesten Sachen. Die Sammelbehälter auf dem obersten Regalbrett sind noch leer."

„Was wollte er damit?"

„Ich habe keine Ahnung. Und es ist auch längst nicht alles. Wenn Sie mir nach oben folgen möchten …" Fischleins Stimme klang so sanft und freundlich, dass er fast fremd wirkte. Der Kommissar vermisste plötzlich den leisen Spott, der ihnen sonst half, die nötige Distanz zu wahren, und oft dazu beitrug, dass sich hie und da ein Mundwinkel nach oben zog. Doch als er hinter ihm einen großzügig geschnittenen, quadratischen Raum im ersten Stock betrat, verstand er, warum sich der Schalk aus dem Nacken des Kriminaltechnikers vorübergehend verabschiedet hatte.

Ein Vampir, ein affenähnliches Monster, ein perfide grinsender Kasper, der Teufel, der Tod, ein feister Mönch und etliche andere, wenig vertrauenerweckende Gestalten starrten die beiden Ermittler an. Sie hatten fast die Hälfte des Raumes okkupiert. „Es sind natürlich alles Kostüme." Fischlein räusperte sich. „Aber im ersten Moment ..."

Hilzendegen trat näher und sah sich gründlich nach allen Seiten hin um. „Das liegt auch daran, dass sie alle auf Schaufensterpuppen entsprechend drapiert sind und von oben angestrahlt werden."

Fischlein zog die Schultern bis zu den Ohren und wies mit den Augen auf einen einfachen Bürotisch, der die Mitte des Zimmers einnahm. Darauf standen vier Schreibmaschinen. Eine antike schwarze, eine Olympia mit klotzartigen, beigefarbenen Tasten, eine schwere, eisengraue Elektrische und eine elektronische Reiseschreibmaschine. „Ich habe den Verdacht, dass etliche der Seiten, die sich unten in den Schubern befinden, auf diesen Schreibmaschinen getippt worden sind. Ich werde das genauer untersuchen, denke ich?"

„Kann vielleicht nicht schaden. Aber ..."

„Ich beneide Sie nicht, Hilzendegen. Sie müssen nun versuchen, sich einen Reim darauf zu machen." Fischlein atmete schwer, Schweißperlen standen ihm auf der Stirn. „Wenn Sie mich kurz entschuldigen, ich muss mal an die frische Luft." Im Gehen wandte er sich noch einmal um. „Aber unterschätzen Sie die Regale mit dem Gerümpel nicht. Noch ist der Gang durchs Panoptikum nicht zu Ende."

Hilzendegen wandte sich einer Reihe von einfachen Metallregalen zu, die quer aufgestellt waren, fast so, als sollten sie den Monstern die Stirn bieten. Sie waren vollgestopft mit allen möglichen Spielen, Bastel- und Handarbeitsmaterialien. Ein paar Zauberutensilien lagen verstreut herum. Er begann sich schon zu fragen, ob Fischlein mit zunehmendem Alter die Nerven schwach wurden, bis er auf einen Vogelkäfig stieß, in dem ein vertrocknetes Etwas am Boden lag, was wohl einmal ein Nymphensittich gewesen war. Daneben türmten sich Blumentöpfe mit dürren Pflanzen in staubtrockener Erde. Ein leeres Aquarium. Briefmarken, Münzen und Steine. Der aufklappbare Plastikrumpf eines Mannes, wie man ihn aus dem Biologieunterricht kannte. Holzkisten mit gläsernen Deckeln enthielten auf Nadeln aufgespießte Käfer, Insekten und Schmetterlinge. Die bedrückende Atmosphäre des Raumes begann allmählich auch nach ihm zu greifen, und als er in einem Berg aus bunten, einstmals flauschigen Stofftieren schließlich in die toten Augen eines ausgestopften Pavians schaute, entfuhr ihm ein missmutiges Grummeln.

Auf der Treppe blieb er kurz stehen, schloss die Augen und massierte sich den Nacken. Er war es gewohnt, sich ganz auf die Fakten zu konzentrieren. Er erfasste sie, notierte sie geistig, und wenn er am späten Nachmittag in der nachlassenden Betriebsamkeit des Büros oder abends an seinem Schreibtisch zu Hause saß, schrieb er alles in seinen Berichten und Dokumentationen nieder. Hier aber jagte eine skurrile Entdeckung die nächste. Und ihm begann der Kopf in einer Weise zu schwirren, die er von sich selbst nicht kannte.

Dr. Kathrin Wingerter wartete in der Halle auf Hilzendegen. Sie kramte etwas aus ihrem bunt karierten Rucksack und steckte es sich unauffällig in den Mund. Als sie sich aufrichtete, wurde hinter dem Vorhang ihres seidigen dunklen Haares das schöne Gesicht der Staatsanwältin wieder sichtbar. Formell gesehen war es an ihr, die Ermittlungen zu leiten. Der Kommissar aber wusste, dass die etwas füllige Mittvierzigerin sich nicht über Gebühr in seine Arbeit einmischen würde. Wie er stand sie für einen modernen Führungsstil. Es war nicht ihre Art, Anweisungen zu bellen oder eine endlose Flut von kritischen Fragen oder Kommentaren abzusondern. Vielmehr war sie bestrebt, Hilzendegen und sein Team so gut wie irgend möglich zu unterstützen.

„Wenn Sie noch weitere gerichtliche Beschlüsse benötigen, lassen Sie es mich umgehend wissen." Sie ließ von ihrem Smartphone ab, mit dessen Hilfe sie sich alles notiert hatte. Ihr Einverständnis zum Abtransport der Leiche hatte sie den Kollegen schon mitgeteilt und eine Obduktion beantragt. Mit dem zuständigen Professor vom gerichtsmedizinischen Institut war sie übereingekommen, dass eine Leichenschau vor Ort in diesem Fall nicht als notwendig zu erachten sei. Der Professor hatte versprochen, die Untersuchung von Thiels Leichnam am Dienstag um zwölf Uhr einzuschieben. „Hilzendegen, könnten Sie mit dabei sein? Ich habe unglücklicherweise einen Gerichtstermin."

„Selbstverständlich." Der Kommissar lächelte in sich hinein. Während die Staatsanwältin eine himbeerrote Lesebrille in ihrem Rucksack verstaute, blickte er zu Fischlein, der ihm spitzbübisch zuzwinkerte. Es war ein offenes Geheimnis, dass sie eigentlich immer unabkömmlich war, wenn eine Autopsie auf der Agenda stand.

„Gut, Herr Hilzendegen." Sie hob die Hand und deutete ein leichtes Winken an. „Wenn noch Fragen aufkommen sollten, erreichen Sie mich mobil. Und es wäre schön, wenn Sie mich zeitnah informiert halten könnten."

Der Kommissar und Fischlein nickten beflissen und blickten der Staatsanwältin teils dankbar, teils sehnsüchtig hinterher.

„Wie weit sind Sie?“, beendete Hilzendegen das kurze Schweigen.

„Meine Leute sind fertig. Ich glaube, wir können davon ausgehen, dass er zwischen zwei und vier Uhr erstochen worden ist. Und zwar auf diesem Diwan oder wie immer man das nennt. Der Fundort der Leiche wäre also mit dem Tatort identisch.“

„Haben wir Unterlagen gefunden, Anhaltspunkte, was seine engeren familiären Kontakte angeht? Eltern, Geschwister, Kinder und dergleichen?“

Fischlein schüttelte den Kopf. „Vielleicht müssen wir uns bei ihm eher aufs Geschäftliche konzentrieren. Es gibt ja solche Leute. Könnte mir gut vorstellen, dass er so ein Typ war. Was denken Sie, sollen wir den PC mitnehmen?“

„Das haben wir mit der Staatsanwältin gar nicht besprochen.“ Hilzendegen klopfte nachdenklich mit einer der Broschüren, die er zu einem Rohr aufgerollt hatte, auf seinen Handballen. „Wenn die Ansage auf seinem Handy ernst zu nehmen ist, sollte dieser Generalsekretär morgen wieder zurück sein. Ich werde versuchen, ihn zu erreichen. Oder besser noch, hier abzufangen. Vielleicht kooperiert er ja. Wenn nicht, können wir Frau Dr. Wingerter immer noch anrufen.“

„Gut“, sagte Fischlein. „Und ist Ihnen zu dieser Bücherwand schon eine zündende Idee gekommen?“

„Ich bin im Moment noch etwas ratlos. Aber wahrscheinlich wird uns nichts anderes übrigbleiben, als die Sachen zumindest grob zu sichten. Gerade wenn er, wie Sie vermuten, ein Typ war, der eher zurückgezogen lebte, könnte es doch sein, dass sich in seinen geistigen Ergüssen zentrale Hinweise finden.“

„Oder eben ein Familienfoto, ein Adressbuch oder Testament.“

„Ansonsten bleibt nur noch Frau Römer.“ Hilzendegen gähnte. „Wo ist die eigentlich abgeblieben?“

„Sie ist noch oben. Unter Aufsicht der Kollegin Eichborn hat sie ein paar persönliche Dinge eingepackt. Es ist ja nicht davon auszugehen, dass sie die Stelle als Hausdame hier behalten wird.“

„Hausdame?“

„Ist wahrscheinlich etwas hochgestapelt, wie bei dem Herrn Generalsekretär auch. Machen die wahrscheinlich, um diesen fragilen Seelen ein bisschen Selbstwert einzuflößen.“

„Diesen Beruf gibt es wirklich?“

„Aber natürlich. In großen Hotels leiten Hausdamen zum Teil sehr umfangreiche Teams von Zimmermädchen und sonstigen Servicekräften. Sie sind dafür verantwortlich, dass alles sauber, ordentlich und funktionstüchtig ist und bleibt.“

„Bestimmt auch nicht immer ein Zuckerschlecken“, bemerkte Hilzendegen trocken.

„Welcher Beruf ist das schon.“ Fischlein gähnte und verdrehte theatralisch die Augen. Dennoch machte er keine Anstalten, zu gehen.

Irgendwo am Rande seines Bewusstseins registrierte der Kommissar, dass Fischlein die erschöpft wirkenden Kollegen Geiger und Eichborn in den Feierabend verabschiedete, nachdem man ihm eine Rolle Siegelband übergeben hatte, und dass er sich des Koffers der jungen Frau annahm und noch einmal durch alle Räume schritt, während Marius Hilzendegen seine Zeugin erneut befragte. Er hatte auf konkrete Antworten und Fakten gehofft, auf eine gewisse Klarheit, die sich dann später am Abend, sobald er alles niedergeschrieben, miteinander verknüpft oder auseinanderdividiert hätte, wie von selbst einstellen würde. Doch Frau Römer log oder verstrickte sich zumindest in Widersprüche, was die entscheidenden Punkte anging.

Auch auf die Frage, ob Thiel am Vorabend seines Todes irgendwie anders gewesen sei als sonst, antwortete sie nicht überzeugend. Sie schwieg zu lange. Und ihre langen Wimpern verrieten ihm jedes zusätzliche Blinzeln.

„Als Sie vorhin hier ankamen, äußerten Sie sich in einer Weise, die vermuten lässt, dass hier öfter irgendwelche Events oder Theaterstücke inszeniert worden sind?"

„Ja. Ab und zu wurden Szenen nachgestellt für die Seminarteilnehmer zur Trauma-Bewältigung."

„Und wer hat das gemacht?"

„Die anderen aus der Gruppe. Manchmal wurden auch Schauspielschüler engagiert. Oder sie waren selbst involviert. Also auch verkleidet."

„Und sonst ist hier niemand ein und aus gegangen?"

Sie schüttelte den Kopf.

„Keine Freunde, Bekannte oder Verwandte?"

„Nein." Mittlerweile jammerte sie vehement. „Er wollte das so. Bitte. Ich bin müde. Ich und … Ich muss … Die anderen. Wir müssen nach Hause."

„Selbstverständlich, Frau Römer." Er versuchte ein verständnisvolles Lächeln zustande zu bringen. „Wir werden Sie gleich nach Hause bringen lassen. Aber es wäre uns eben wirklich sehr geholfen, wenn Sie uns sagen könnten, wer diese anderen sind und in welcher Verbindung sie zu Herrn Thiel gestanden haben." Ihr Schweigen kam ihm trotzig vor. „Sie sprachen vorhin von einer Tante. Und von einer Frau Schwarz. Sind das Kunden? Verwandte oder Angestellte? Bitte, Frau Römer. Es ist wirklich wichtig …"

„Das sind meine Lebens-Geister", rief Stella Römer schließlich verzweifelt. „Die sind nur in meiner Fantasie, verstehen Sie. Die können niemanden umbringen!"

Hilzendegen begann, sich Sorgen zu machen. „Haben Sie irgendwelche Drogen eingenommen?“

„Verdammt!“ Sie raufte sich das Haar, holte tief Luft, als wollte sie noch etwas Wichtiges von sich geben. Doch stattdessen begann sie zu weinen.

7

Das Wohnzimmer war der schönste Raum der großzügig geschnittenen Wohnung, die Ralf Laux über den Betriebsräumen des Weinguts nach und nach ausgebaut hatte. Die gewaltigen Dachbalken hatte er in die Gestaltung mit eingebunden; sie dienten als Raumteiler und verbargen zum Teil den mit Sachbüchern und Unterlagen übersäten Holztisch, an dem er einen Großteil seiner Freizeit zubrachte. Auch jetzt saß er dort, trotz des heftigen Niesens, das ihn ab und an schüttelte, in eine Fachzeitschrift vertieft.

„Wieso gibt es eigentlich noch keinen DVD-Wechsler?", stöhnte Charlotte. Sie rappelte sich aus einem der tiefen anthrazitfarbenen Sessel hoch.

„Vielleicht gibt es das längst, und wir wissen es nur nicht", meinte Josefine.

„Das ist sehr gut möglich. Ah, jetzt kommt bald der zweite Heiratsantrag. Ich wüsste keinen, der diese Szene glaubhafter darstellen könnte als der junge Colin Firth. Aber es ist auch und vor allem Jennifer Ehle als Elizabeth Bennet zuzuschreiben, dass bislang keine andere Verfilmung von *Stolz und Vorurteil* an diese alte BBC-Produktion heranreicht."

Ralf trat aus seinem Arbeitsbereich, räkelte sich und öffnete das Türchen seines umbrischen Kaminofens, um Holz nachzulegen.

„Schatz, hier drin ist es schon fast so heiß wie in einer Sauna", bemerkte Josefine.

„Aber ich friere so sehr."

„Weil du eine Erkältung hast. Das ist doch offensichtlich."

„Nein, ist es nicht. Es kann doch nicht sein, dass einen das einfach so anfliegt." Er trat neben Charlotte, die sich wieder gemütlich hingesetzt hatte. „Was ist das für ein Film?"

„Es ist kein Film, sondern eine Mini-Serie. Gestaltgewordene Literatur vom Feinsten. Jane Austen ist eine meiner Lieblingsautorinnen."

„Aha." Ralfs Blick blieb eine Weile an den Bildern hängen, die über den raumgreifenden Flachbildschirm wanderten. „Ist das wie Rosamunde Pilcher? Eine Stunde romantisches Aneinander-Vorbeireden für einen einzigen Kuss?"

„Es spielt ungefähr einhundertfünfzig Jahre früher", sagte Charlotte abwesend.

„Was bedeutet, dass wir insgesamt sechs Stunden schmachten." Josefine, die es sich auf der Wohnlandschaft bequem gemacht hatte, nahm ihre Handarbeit wieder auf.

„Was ist eigentlich aus deinem kriminalistischen Spürsinn geworden?", wunderte sich Ralf und deutete auf die Utensilien, die Josefine neben sich ausgebreitet hatte. „Missbrauchst du den, um zu ergründen, wie man einen Filzpantoffel strickt?"

„Zwei. Und sie werden gehäkelt."

„Wo ist der Unterschied?"

„Es ist ein gewaltiger Unterschied! Zum Stricken brauchst du zwei Nadeln oder auch fünf und ..."

Ralf hustete und winkte ab. „Ich werde das nie begreifen."

Josefine schnitt einen Faden ab, zog ihn durch eine Schlaufe und vernähte ihn. Dann stellte sie den fertigen Pantoffel neben sich. Als sie wieder aufblickte, bemerkte sie, dass der erwartungsvolle Blick ihres Mannes noch immer auf ihr ruhte. „Was ist denn?"

„Genau das ist die Frage!"

„Wir erholen uns bei einem schönen Film von dem Schock, den wir heute Morgen erlitten haben."

„Kein Geschnatter? Keine Fragen und Spekulationen, keine Versuche der Wahrheitsfindung auf eigene Faust?"

„Warum sollte ich? Marius hat uns sehr deutlich gesagt, dass wir uns heraushalten und unseren Sonntag genießen sollen." Josefine schnitt eine Grimasse. „Wir sitzen hier also nicht nur zu unserem Vergnügen, wir befolgen auch eine höchstamtliche Anweisung!"

Das Blitzen in Ralfs glasigen Augen verstärkte sich, er holte Luft, sagte aber nichts, denn Charlotte gab ein tiefes Seufzen von sich. „Man hätte damals leben müssen! Ein schönes Haus auf dem Lande, eine Bibliothek ..."

„Du hast doch ein schönes Haus, quasi auf dem Land", bemerkte Ralf näselnd hinter einem Taschentuch.

„Ja, aber meine Bibliothek ist ein einziges Chaos, weil ich es bislang nicht geschafft habe, mich auf ein System festzulegen. Mein Haus ist nicht so idyllisch gelegen, und ich habe kein Personal, sodass ich immerzu mit der Aufrechterhaltung des Schönen beschäftigt bin und gar nicht zum Residieren komme ..."

„Ich komme auch nur selten zum Residieren. Das ist halt so, wenn man selbstständig ist. Ich wollte jedenfalls nicht in einer Epoche leben, in der es weder fließend warmes Wasser noch Aspirin gegeben hat."

Josefine musterte ihn besorgt. „Du solltest dich hinlegen. Wir können auch ein anderes Mal weiterschauen."

Ralf winkte ab und wandte sich an Charlotte. „Aber vielleicht kannst du dir für alle Fälle einmal den Donnerstagabend freihalten, Charlotte. Falls es mich wirklich umhaut, bräuchten wir einen Probensprecher."

„Eine Probensprecherin", erwiderte diese mit steiler Stirnfalte, doch da war Ralf schon zur Tür raus. „Und ich kann mich im Moment unmöglich vor eine Menschenmenge stellen, so durcheinander wie ich bin. Außerdem habe ich doch überhaupt keine Ahnung vom Wein. Wie stellt er sich das vor?“

„Vielleicht sollten wir erst einmal zusehen, dass wir Eliza und Fitzwilliam unter die Haube kriegen“, sagte Josefine, griff wieder nach ihrer Häkelnadel und begann mit Luftmaschen.

STELLA

Der kleine dicke Polizist, der alles nach Spuren abgesucht hat, hat mich nach Hause gefahren. Er war sehr freundlich. Doch ich weiß nicht, ob ich ihm trauen kann. Wahrscheinlich versucht er auch nur, eben auf nettere Art, die Wahrheit aus mir herauszukitzeln. *Die Tante* findet ihn total sympathisch. Sie ist geradezu hingerissen, was mich überrascht, denn sie lässt sich eigentlich nicht so leicht beeindrucken. Herr Fischlein hat darauf bestanden, den schweren Koffer, den ich aus dem Institut mitgebracht habe, nach oben zu tragen. Er ist ein Kavalier der alten Schule, meint *die Tante*.

Ich sitze im Dunkeln auf dem Sofa. Habe meinen Mantel noch an. Aus dem kleinen quadratischen Flur fällt ein Lichtkegel herein. Dort steht mein Koffer. Wie ein einsamer Clown auf einer Bühne, für die es kein Publikum mehr gibt.

Die schwarze Katze starrt teilnahmslos vor sich hin. *Mein Mädchen* weint. Ich nehme sie in den Arm. In Wirklichkeit halte ich ein Kissen im Arm, aber wen interessiert das schon?

Ich kann es, wenn überhaupt, nur gemeinsam mit meinen Lebens-Geistern schaffen. Der Gedanke, wieder allein zu sein, allein in der blanken Realität zurechtkommen zu müssen, treibt mir den Angstschweiß über den Körper. Das Gefühl der Sinnlosigkeit würde sich bestimmt wieder wie eine Mischung aus Gummi und Blei in meinen Armen und Beinen festsetzen. Seit *die Tante* bei mir ist, hat es sich nicht ein einziges Mal blicken lassen!

Sie findet es übrigens vollkommen in Ordnung, auf diese Art zu denken und zu fühlen, was mich auch überrascht hat, wo sie doch sonst so rational und vernünftig ist. Wenn mich, wie gerade jetzt, die Zweifel packen, fordert sie mich immer auf, zurückzublicken. Mich daran zu erinnern, wie es vorher war. In der Zeit vor der Brücke. Und was wir alles geschafft haben, seit wir gemeinsam unterwegs sind. Und das, obwohl ein *kleiner Wirrkopf* dabei ist.

Der kleine Wirrkopf ist mein Team-Geist und eigentlich für die Gespräche mit anderen Menschen zuständig. Doch er ist unruhig und kann sich nicht gut konzentrieren. Kommt vom Hölzchen aufs Stöckchen. Stöckchen im Gras. Grashüpfer. Kieselstein. Stachelschwein. Polstermoos. Wann gehen wir mal wieder in den Wald? Ohne Moos, nichts los. Nächste Woche ist ein Event im Café!

Die schwarze Katze seufzt dramatisch. Am liebsten würde sie den ganzen Tag nur daliegen und ihre Ruhe haben. Sie ist oft genervt und schimpft, weil *der kleine Wirrkopf* so zappelig ist und sich leicht ablenken lässt. Warum kann er nicht einfach mal die Klappe halten, raunt sie. Ich kann doch nichts dafür, jammert *der kleine Wirrkopf*, sie weiß doch, dass es in meinem Kopf immerzu wandert.

Und es stimmt, dass er das nicht abstellen kann. Zumindest nicht so, wie das *die schwarze Katze* gerne gehabt hätte. Sie hat ihn immer nur angefaucht, wenn er etwas Falsches oder in ihren Augen Peinliches gesagt hat oder ihm die Worte fehlten. Sie hat ihm eingeredet, dass er dumm sei. Dabei gibt es fast keine wirklich dummen Menschen. Es gibt aber sehr viele in den unterschiedlichsten Ausprägungen verstörte, verunsicherte und verletzte Menschen. Hans-Peter hat mir erklärt, dass man immer zuerst schauen sollte, wie jemand tickt, bevor man versucht, ihn etwas zu lehren. Es würde nämlich nichts bringen, einem sinnlichen oder kreativen Wesen etwas in aller Ausführlichkeit zu erklären. Einem solchen müsse man zeigen, wie etwas geht, und ihn selbst ausprobieren, riechen, spüren und schmecken lassen. Doch keiner konnte *den kleinen Wirrkopf* einschätzen. Der denkt um sieben Ecken herum, meinte Hans-Peter ratlos, der passt in keine Schublade. Er ist mitfühlend, kreativ, geschickt und er hat ein erstaunlich gutes Gedächtnis. Er ist alles!

Ich bin nichts, sagte mein *kleiner Wirrkopf* und brach in Tränen aus, denn er war es überhaupt nicht gewöhnt, beachtet zu werden.

Schließlich wurde Hans-Peters Partnerin im Institut um Rat gebeten. Wenn wir wenigstens wüssten, was ihn anspricht, meinte diese nachdenklich. Was ihn fasziniert. Wo seine Leidenschaften liegen. Aber er … er kann sich ja für alles begeistern. Über die banalsten Kleinigkeiten kann er staunen!

Die Tante hatte aber bemerkt, dass es im Institut etwas gab, das die Aufmerksamkeit *des kleinen Wirrkopfs* stärker bannte als alles andere. Das waren die vier Schreibmaschinen, die oben im Kreativraum standen und auf denen Jarek manchmal Hans-Peters Diktate tippte. Er schrieb mit dem Zehnfingersystem, ohne auf die Tastatur schauen zu müssen. *Die Tante* besorgte sich ein Buch, und während der vielen Stunden, die wir im Institut zubrachten, um auf Hans-Peter zu warten, übte sie mit *dem kleinen Wirrkopf.*

Die schwarze Katze unterstützte sie dabei, indem sie nicht müde wurde, sie wegen ihrer Emsigkeit aufzuziehen und zu beteuern, dass dieser Schwachkopf das ohnehin niemals lernen würde. Das hat den kleinen Kerl dermaßen angespornt, dass wir schon nach wenigen Wochen anfangen konnten, seine wirren Gedanken niederzuschreiben. *Der kleine Wirrkopf* war glücklich. Endlich hatte er eine Möglichkeit gefunden, sich auszudrücken. Endlich hört mir mal jemand zu, schrieb er, das ist wunderbar!

Inzwischen ist es für ihn keine so grässliche Tortur mehr, geordnet denken zu müssen, weil er ja weiß, dass er sich früher oder später an den fröhlich klappernden Tasten der Olympia zu schaffen machen darf. Und *die Tante* ist sehr beruhigt, denn sie hat die Texte alle immer sofort mit nach Hause genommen und hier in einem bunten Ordner abgeheftet.

Tja, raunt *die schwarze Katze* hämisch. Am Anfang hat er ja wirklich noch die winzigsten Gemütsbewegungen aufgeschrieben. Auch deine Aversionen gegen Hans-Peter habt ihr sehr ausführlich geschildert. Nicht, dass sie unsere gute *Tante* am Ende verdächtigen, ihn erstochen zu haben. Und sie ins Gefängnis stecken!

Dann gehst du auch mit ins Gefängnis, ruft *der kleine Wirrkopf* erregt, wir müssen nämlich immer alle zusammenbleiben. *Die Katze* verdreht die Augen.

Schreiben wir nicht?, fragt *der kleine Wirrkopf* schließlich leise. Abends setzt sich *die Tante* sonst immer mit ihm und *meinem Mädchen* an den Esstisch und nimmt einen großen Terminkalender zur Hand. Er ist wunderschön. In Leinen gebunden, mit Sprüchen und Illustrationen. Wir gehen dann im Geist den Tag noch einmal durch, schreiben auf, was schön oder besonders war. Worüber wir uns gefreut haben. Wofür wir dankbar sind. Oder was wir gelernt haben. Manche kochen Gurken und Marmelade ein, sagt *die Tante* oft, wir konservieren jeden einzelnen Tag unseres Lebens.

Danach geht sie die Termine und Aktivitäten für den nächsten Tag ganz langsam und detailliert mit *dem kleinen Wirrkopf* durch. Freundlich und behutsam erklärt sie ihm, was wir vorhaben. Warum das sein muss. Sie spricht ihm vor, was man in einer solchen Situation sagen kann. Und erinnert ihn daran, was man auf gar keinen Fall sagen sollte.

Wenn zum Beispiel der Zahnarzt eine frappierende Ähnlichkeit mit einem Seehund hat, dann ist es nicht so gut, ihm dies direkt mitzuteilen. Auch empfinden die wenigsten Frauen es als Kompliment, wenn man ihnen verzückt versichert, dass einer ihrer Lebens-Geister eine Biene, eine weiße Ziege oder ein fleißiges Lieschen sei. Überhaupt ist das Nachdenken über die Lebens-Geister der anderen eine äußerst gefährliche Angelegenheit, von der ich nur abraten kann. Ich bin mehrere Wochen mit einem heftigen Schwindelgefühl herumgelaufen, bis Hans-Peter meinen *kleinen Wirrkopf* endlich davon überzeugt hatte, dass dies eine geistige Überforderung darstellt, die sich sehr leicht zu einer handfesten Geisteskrankheit auswachsen kann!

Heute Morgen hat es *die schwarze Katze* mit einem Mal so eilig gehabt, ins Institut zu kommen, dass keiner Zeit hatte, *dem kleinen Wirrkopf* zu sagen, was auf ihn zukommt. Davon abgesehen, hätte *die Tante* ja auch nicht gewusst, wie man sich der Polizei gegenüber zu verhalten hat.

Warum hast du gesagt, dass ich Schauspielerin bin, du verdammter Penner, schimpft *die schwarze Katze.*

Es war mir so peinlich, stottert *der kleine Wirrkopf,* er ist so groß und schön, ein richtiger Kommissar. Da wollte ich nicht wie ein mickriges, ungelerntes Dummerchen dastehen. Holen wir jetzt den Kalender?

Die Tante zögert. Sie ist auch erschüttert, das spüre ich. Aber sie reißt sich zusammen, weil sie Angst um uns hat.

Das ist nicht euer Ernst, knurrt *die schwarze Katze.*

Irgendwie muss es weitergehen, bemerkt *die Tante* zaghaft. Wir dürfen uns nicht hängen lassen. Wir … wo würde das enden?

Bei ihm, schnurrt *die schwarze Katze* tragisch. Er war die Liebe unseres Lebens. Nichts hat jetzt noch einen Sinn!

Du weißt, dass du jetzt übertreibst, bemerkt *die Tante* behutsam, aber sehr klar. Und dann schweigt sie bedeutungsvoll.

Die schwarze Katze hasst es, wenn *die Tante* bedeutungsvoll schweigt. Dabei weiß sie ganz genau, worauf *die Tante* hinaus will. *Die schwarze Katze* ist unser Quäl-Geist, auch Ego genannt, und für den reinen Broterwerb, die Ausübung eines Berufes oder gar einer Berufung zuständig. Hans-Peter hat immer wieder betont, dass, wenn sich das Ego verliebe, dies eine fehlgeleitete Leidenschaft sei. Man hängt sich an einen anderen, der zum Beispiel eine gute Position, Geld oder Einfluss hat, statt sich selbst auf den Weg zu machen.

Das stimmt! Ruft *der kleine Wirrkopf* aus. Hans-Peter hat gesagt, dass das Ego eigentlich selbst alles will, aber zu träge oder zu feige ist. Und deshalb wollte er es immer von *der Tante* hören, wenn wir ihm gesagt haben, dass wir ihn lieb haben. Immer hat er nach *der Tante* gefragt. Sie liebt mich, Stella, *die Tante* liebt mich auch. Aber *die Tante* hat nur geschwiegen.

Ich danke dem Herrn Klugscheißer für seine Belehrungen. *Die schwarze Katze* wird schwer. Düster. Sie rollt sich ein.

Die Tante hat wirklich Mitgefühl mit *der schwarzen Katze.* Sie versteht, dass sie leidet. Aber sie selbst ist unendlich erleichtert.

Mein Mädchen weint jetzt umso heftiger. Habt ihr es denn noch immer nicht begriffen, schluchzt sie. Hans-Peter wird uns nie wieder anlächeln oder in die Arme schließen. Wir werden nie wieder seine wunderschöne Stimme hören. Und er wird uns, mein lieber, süßer *kleiner Wirrkopf,* niemals mehr irgendetwas erklären können. Jetzt weint auch *der kleine Wirrkopf.*

Und ich fühle ihn endlich. Den reißenden Schmerz in meinem Herzen. Ich streife mir die Schuhe von den Füßen, lege mich auf das Sofa und ziehe mir die Decke bis an die Ohren.

MONTAG, 27. NOVEMBER

Ich habe meine Eltern getötet. In Wahrheit aber haben sie mich getötet. Denn ein Teil im Menschen – vielleicht der wichtigste Teil – stirbt, wenn man ihm die Kindheit raubt.

Ich musste hart arbeiten, um dem Entgegenwirken des Fortschritts Genüge zu tun. Ich musste verzichten, um dem Moloch Konsum zu beweisen, dass es auch anders geht. Ich sollte für jeden einzelnen Schritt, den ich vorhatte zu gehen, zuvor die Nützlichkeit und Sinnhaftigkeit stichhaltig untermauern. Und ich sollte diese Schritte auf dem schmalen Grat dessen, was als richtig und anständig angesehen wurde, treffsicher setzen. Niemals wurde ich für das Gelungene gelobt, für das leiseste Schwanken jedoch aufs Heftigste getadelt.

8

Marius Hilzendegen saß zu Hause an seinem Schreibtisch und dachte nach. Wenn er den Blick hob, sah er sein unrasiertes Gesicht, das sich in der schwarzen Fläche der Fensterscheibe spiegelte. Bis halb zwei hatte er über seinem Notebook gesessen und versucht, Ordnung in seine Gedanken zu bringen. Obwohl er zum Umfallen müde gewesen war, hatte es ihn nicht lange im Bett gehalten. Nun hörte er den Wecker seines Lebensgefährten klingeln. Fünf Uhr. Seufzend ging er ins Schlafzimmer, um den Alarm auszuschalten. Matti war gestern Nachmittag zusammen mit den anderen Mitgliedern seines Kammermusik-Ensembles zu einer Übungswoche in den Harz aufgebrochen. Wenn sie zurückkamen, würden sie ein großes Konzert geben und an den Adventswochenenden in Altersheimen und Krankenhäusern spielen.

Er ging duschen, zog eine schwarze Jeans und einen weinroten Wollpullover an und trank ein Glas Orangensaft. Als er an seinen Schreibtisch zurückkam, war es immer noch dunkel. Heftiger Regen schlug gegen die Scheiben. Noch einmal ging er seine Notizen zur Aussage von Charlotte Messerschmidt durch und überlegte, wie er das Ganze aktenkundig machen sollte. Die Kunst des Protokollierens bestand darin, alle notwendigen Ermittlungsergebnisse in einer Weise festzuhalten, die vor Gericht standhalten würde. Es kam auf Gründlichkeit und oft auch auf Details an, aber auch darauf, die Dokumentationen nicht unnötig aufzublähen. Angesichts der vielen an einem Ermittlungsverfahren beteiligten Personen und des Zeitdrucks, unter dem sie standen, war es ebenso wichtig, dass eine gewisse Übersichtlichkeit und gleichzeitige Transparenz erhalten blieben. Er kam zu dem Schluss, dass es besser wäre, nur die Fakten ins Protokoll aufzunehmen und alle zusätzlichen Informationen, die mit der Arbeitsweise des Toten zu tun hatten, als Anlage beizufügen.

Hilzendegen griff nach der Broschüre des Instituts, in welcher der sogenannte Gestaltungsrahmen, über den Frau Messerschmidt gestern ausgiebig gesprochen hatte, dargestellt und erläutert war. Während er das Konzept studierte, huschte ein Lächeln über sein Gesicht. Das wäre vielleicht auch etwas für meinen Liebsten, dachte er. Denn Matti stand oft unter einem unsäglichen Druck und war manchmal mit den Nerven völlig am Ende, weil er Angst hatte, es nicht zu schaffen. Was er denn mit „es" meine, hatte Marius seinen Lebensgefährten einmal gefragt. „Na alles. Die ganze verdammte Lebens-Kampf-Kunst", hatte dieser verzweifelt geantwortet. Matti tat sich unendlich schwer damit, eine angefangene Arbeit zu unterbrechen. Er konnte nichts liegen sehen, was auch nicht besser war, als das krasse Aufschieben von Aufgaben, das Marius während seines ersten Studiums zu schaffen gemacht hatte.

Sollte er eine der Broschüren an den Kühlschrank heften? Meist navigierte Marius sich mit Fragen durch den Nebel der diffusen Gefühle seines Liebsten. Je konkreter Matti die Dinge benennen konnte, desto mehr verloren sie ihren Schrecken. Manchmal lachte er dann sogar über sich selbst. Vielleicht würde es ihm guttun, das alles so komprimiert vor Augen zu haben, zu sehen, dass es überschaubar war? Andererseits könnte es auch nach hinten losgehen, denn es hatte, wie Hilzendegen nun feststellte, auch etwas durchaus Ernüchterndes, das Leben auf diese Weise zu betrachten. Er durfte nicht vergessen, dass es Matti mit seiner empfindsamen Künstlerseele nicht gewohnt war und es außerdem auch überhaupt nicht mochte, in Strukturen und Konzepten zu denken.

Marius gähnte und gab sich einem Augenblick der Sehnsucht hin, die seinen ganzen Körper heiß durchflutete. Er vermisste die sanfte Präsenz seines Liebsten. Seinen weichen, federnden Gang. Wenn er jetzt da wäre, würde er irgendwann hinter ihm stehen. Ihn zärtlich umschlingen. Ihm den Nacken massieren. In der Wohnung würde es nach Kaffee riechen. Und sie würden noch kurz in der Küche zusammenstehen und Espresso trinken …

Seufzend sammelte Hilzendegen seine Gedanken wieder zusammen. Charlotte Messerschmidt und Josefine – sie hatten beide für den fraglichen Abend ein Alibi. Übereinstimmend hatten sie ausgesagt, den ganzen Abend gemeinsam im Weingut verbracht zu haben. Frau Messerschmidt hatte dort auch übernachtet. Natürlich wusste er, dass er die beiden von seiner Liste der Tatverdächtigen streichen konnte. Doch um dies auch wasserdicht dokumentiert zu haben, würde er nach der Obduktion, wenn der Tatzeitraum endgültig eingegrenzt war, ihre Angaben zusätzlich von Ralf Laux bestätigen lassen müssen.

Kurz nach sieben verließ er die Wohnung, die im ersten Stock eines villenartigen Gründerzeit-Doppelhauses lag. Er spannte seinen schwarzen Regenschirm auf, ging durch die Pestalozzistraße, dann die Marktstraße hinab. Aus den Bäckereien ergoss sich Licht auf die feuchtglänzenden Bürgersteige. Die wenigen Menschen, die unterwegs waren, hasteten an ihm vorbei. Eine Truppe Handwerker war damit beschäftigt, die Weihnachtsbeleuchtung an den Straßenlampen zu installieren. Am Obertorplatz hatte man eine gewaltige Edeltanne aufgestellt.

Abgesehen von der Freude darüber, dass die Talsohle der Dunkelheit ein weiteres Mal überwunden war, hatte Weihnachten für Hilzendegen keine Bedeutung. Er mochte die Lichter, konnte verstehen, dass sie gebraucht wurden, um das Gemüt bei Laune zu halten. Die Feiertage selbst brachten für den Kommissar allerdings eine erhöhte Alarmbereitschaft mit sich. Gerade die sehr hohen Erwartungen an Harmonie und Vollkommenheit führten nicht selten dazu, dass in Familien Gewalt in unerwarteter Heftigkeit ausbrach. Wie jedes Jahr würde er auch diesmal erleichtert sein, wenn er den Metallring seines magnetischen Tischkalenders zum zweiten Januar vorschieben konnte.

Er war so früh im Büro, dass er noch fast eine Stunde lang ungestört arbeiten konnte. Gegen halb neun ging die schwere, hölzerne Eingangstür. Er lauschte. Am Klang der Schritte auf dem Linoleumboden konnte er hören, wer im nächsten Moment im Türrahmen erscheinen würde: Gerlinde Hammel, die Sekretärin des Teams, hatte einen harten Gang. „Ah, Hilzendegen“, hörte er sie ausrufen, noch bevor er ihre schlanke Gestalt sah. Sie trug ihr stahlblaues Kostüm, darunter eine glänzend-helle Bluse. Das feine, silbergraue Haar war wie immer perfekt frisiert. „Sie sind aber früh dran“, rief sie aus.

Hilzendegen fürchtete, sich nie an die Diskrepanz zwischen der angenehmen, grazilen Erscheinung und ihrer derben, von breitem Dialekt gefärbten Akustik gewöhnen zu können. Er bat sie, ihm einen Kalender für das nächste Jahr zu bestellen.

„Ist längst erledigt. Deshalb werden Sie aber ja wohl nicht aus dem Bett gefallen sein? Kaffee?“

„Eine große Tasse, bitte.“

„Zwei!“ Kommissar Bäumler warf den Autoschlüssel auf Hilzendegens Schreibtisch und befreite sich von einem rot-weißen Schal, den er dreimal um den Hals geschlungen hatte.

„Zwei was?“, fragte Frau Hammel pikiert.

„Guten Morgen, liebe Frau Hammel. Würden Sie die Güte

haben, mir eine Tasse Kaffee mitzukochen?“ Er verneigte sich vor ihr.

„Ist das ein Sauwetter“, gab sie zurück und verschwand in der Teeküche.

Florian Bäumler ging ebenfalls nach draußen, um Schal und Jacke an der weißen Schrankgarderobe, die zugleich auch als eine Art Raumteiler zwischen seinem Arbeitsplatz und dem Hoheitsbereich der Sekretärin diente, aufzuhängen. Bei einem Blick in den rosagefassten Plastikspiegel, den Frau Hammel dort angebracht hatte, verzog er das Gesicht, streckte sich selbst die Zunge raus und wischte sich das feuchte, kastanienbraune Haar aus der flachen Stirn. Dann trollte er sich hinkend zurück ins Büro seines Chefs. „Vielleicht wird es Schnee geben“, stöhnte er und setzte sich auf einen der Stühle am Besprechungstisch.

Marius Hilzendegen zog den Aktenvernichter näher heran, sodass Bäumler seinen schmerzenden Fuß darauflegen konnte.

„Es ist eine verkehrte Welt heutzutage“, murmelte Frau Hammel, als sie den Kaffee brachte. „Der Chef rückt dem Mitarbeiter den Stuhl zurecht. Der Chef arbeitet die Nacht durch, damit der Mitarbeiter an seinem freien Wochenende nicht gestört wird. Der Chef überlässt dem Mitarbeiter seinen Dienstwagen. Ich dachte, ich hätte kürzlich meinen Sechzigsten gefeiert, doch wenn ich mir ansehe, was um mich herum passiert, komme ich mir vor wie ein Wesen aus der Kreidezeit!“ Wie so oft war sie verschwunden, bevor jemand die Chance gehabt hätte, etwas zu erwidern.

Bäumler schnitt eine Grimasse, Marius aber schüttelte den Kopf. „Vor uns liegt eine Menge Arbeit.“ Wie er vermutet hatte, wollte Bäumler sofort aufspringen. Er legte ihm beschwichtigend eine Hand auf den Arm. „Langsam“, sagte er mit verhaltenem Grinsen. „Wo willst du denn hin?“

„Ähm. Ja. Sorry."

Hilzendegen informierte Bäumler über das Tötungsdelikt und übergab ihm seine Unterlagen. „Ich möchte, dass du hier die Stellung hältst. Um neun Uhr kommt Charlotte Messerschmidt vorbei, um ihre Zeugenaussage zu unterschreiben. Dann müsstest du Fischlein anrufen und fragen, ob es möglich ist, Stella Römer noch einmal hier zu vernehmen. Falls sie die Nerven verlieren sollte, oder du den Eindruck hast, dass sie unter Drogen steht, dann fackel nicht lange."

„Sondern?"

„Verständige den Krisendienst. Und frag Fischlein auch, ob er schon erste Untersuchungsergebnisse hat. Sieh zu, dass alles sauber dokumentiert wird. Und schau dir meine gesammelten Werke hier ruhig kritisch durch. Wenn du Fragen hast oder Widersprüchliches entdeckst, mach dir Notizen. Ich würde gerne um siebzehn Uhr eine Teambesprechung ansetzen. Fischlein, Frau Dr. Wingerter, wenn sie Zeit hat, und …"

„Frau Gensheimer ist nicht mehr da!" Frau Hammel, die hereingekommen war, um die Blumen in seinem Büro zu gießen, kicherte selbstgefällig. „Wie viele Millionen Überstunden hatte die eigentlich?"

„Wir werden sie schmerzlich vermissen …", murmelte Hilzendegen abwesend. „Was wir dringend brauchen, sind Auskünfte über die finanzielle Situation von Dr. Thiel und seine Telefondaten. Frau Hammel, wenn Sie Herrn Bäumler bei der Beschaffung der Verbindungsnachweise und auch bei der Terminkoordination bitte unterstützen könnten?"

Sie griff sich die entsprechenden Papiere. „Ich kann ja schon einmal anfangen, bis Sie sich hier ausgequatscht haben!"

„Wieso hat die eigentlich keinen Kaktus auf ihrem Schreibtisch stehen?", zischte Bäumler, sobald sie den Raum verlassen hatte und aus dem Flur das Geräusch des Fotokopierers zu hören war. „Eigentlich müsste so etwas gesetzlich vorgeschrieben sein."

„Sie ist sehr gut in ihrem Job. Denkt an alles."

„Grauenvoll!"

„Hochprofessionell."

„Haha! Eine Professionelle!"

„Nun ist aber gut!"

Hilzendegen startete seinen Computer. Er überflog den E-Mail-Eingang, kopierte das Ergebnis seines nächtlichen Schaffens von einem USB-Stick auf den PC und schickte es an Frau Hammel zum Ausdrucken weiter. Noch während er mit der zuständigen Redakteurin der lokalen Zeitung telefonierte, warf er sich seine Jacke über. „Ich muss los. Bin mobil erreichbar." Zwinkernd nahm er den Autoschlüssel an sich. „Ich hoffe, es ist noch Sprit im Tank."

9

Jarek Balustrachs grüne Augen waren so hell und klar, dass die meisten Menschen, die er direkt anschaute, unwillkürlich den Blick senkten. Der aschblonde Pole trug einen Spitzbart, der asymmetrisch saß, was den Kommissar zusätzlich irritierte.

„Bei aller Tragödie, es ist nicht so, dass mich das überraschen würde", sagte er, als Marius Hilzendegen ihn über den Tod seines Arbeitgebers informiert hatte. „Er war …" Der Mann hob den Blick zur Decke und bekreuzigte sich. „Gott wird sich bestimmt seiner Seele gnädig erweisen!" Er sah nach links und rechts, dann flüsterte er: „Mama will nicht, dass ich so spreche, aber er war mit dem Teufel in Verbindung."

„Was meinen Sie damit?"

„Mama sagt, dass es besser sei, alles Dunkle gar nicht zu berühren. Auch nicht mit Worten."

Hilzendegen, einer weiteren anstrengenden Befragung entgegensehend, zog seine Jacke aus, holte sich einen Konferenzstuhl aus der Halle und stellte ihn mit etwas Abstand schräg neben dem Generalsekretär auf. Das Büro des Instituts, in dem er den Zeugen gefunden hatte, war so klein, dass Hilzendegen nun fast im Türrahmen saß. Der Pole hatte das polizeiliche Siegel durchtrennt, den Zettel an der Tür mit der Bitte, sich telefonisch mit dem Kommissar in Verbindung zu setzen, abgenommen und in den Papierkorb geworfen. Den Versuch, dem Mann klarzumachen, dass er sich, zumindest was das Siegel betraf, regelwidrig verhalten hatte, gab Hilzendegen bald auf. Er, Jarek Balustrach, habe es doch nur gut gemeint. Er und seine Mama seien aufrechte, pflichtbewusste und gute Menschen, erklärte er würdevoll und beinahe empört.

Der Sekretär des Instituts war groß, hager und breitschultrig. In der aufrechten Haltung eines selbstbewussten Mannes hätte er eine imposante Erscheinung abgegeben, doch Jarek Balustrach saß leicht gebeugt und wirkte auch geistig nach innen gekehrt. Es dauerte lange, bis der Kommissar auf seine Fragen eine Antwort erhielt. Selbst die Angaben zu seiner Person schien Balustrach erst gedanklich prüfen zu müssen, ehe er sie preisgab. Er war fünfundfünfzig Jahre alt und lebte zusammen mit seiner Mutter nur wenige Gehminuten entfernt in einem Reihenhaus an der Godramsteiner Straße. In Krakau hatte er zwar mehrere Semester Germanistik studiert, aber dennoch jahrelang als Hilfskraft in verschiedenen Weingütern der Region ausgeholfen, bis ihm schließlich die Stelle im Institut angeboten worden war.

„Herr Balustrach, als ich am Sonntag versuchte, Sie auf Ihrem Mobiltelefon zu erreichen, lief eine Ansage. Sie sprachen davon, über ein langes Wochenende verreist zu sein? Haben Sie dabei das gerade vergangene Wochenende gemeint?"

„Ja", sagte dieser ausdruckslos.

„Dann waren Sie vom 24. bis 26. November nicht in Landau, sondern mit Ihrer Mutter in Lourdes, habe ich das richtig verstanden?"

„Ja."

„Uns liegt eine Zeugenaussage vor. Sie sollen am Samstag, also am 25. November hier im Institut gewesen sein?"

Schweigen.

„Sie sollen nachmittags sogar eine Besprechung mit Hans-Peter Thiel in seinem Arbeitszimmer gehabt haben."

„Ja. Sie hat … Ja."

Hilzendegen holte tief Luft. „Herr Balustrach! Sie können nicht gleichzeitig in Lourdes und hier gewesen sein!“

„Es war alles so schön geplant gewesen“, bemerkte der Zeuge ruhig. „Mama und ich wollten am Freitag in der Früh losfahren. Doch dann brauchte mich Hans-Peter. Also verschoben wir die Reise, um am Samstag früh loszufahren. Mama hatte sich so auf Lourdes gefreut. Es sind 1.340 Kilometer. Man fährt Orléans, Poitiers, Bordeaux, Lourdes. Mama liebt es, zu reisen.“

Hilzendegen wartete auf die Fortsetzung. „Herr Balustrach?“

Dieser schüttelte irritiert den Kopf. „Entschuldigen Sie bitte. Es ist sehr aufwühlend. Wo war ich stehen geblieben?“

„Bei dem Gespräch am Samstagnachmittag mit Ihrem Chef.“

„Ja. Ja …“ Er schwieg wieder. „Ja. Es war unglücklich und nicht schön, dass er mich auch am Samstag brauchte. Geglaubt hatte, mich zu brauchen. Er hat mir keine Aufgaben übertragen. Gegen vier Uhr kam er dann mit einem Diktat, das ich oben im Kreativraum auf einer der Schreibmaschinen schreiben sollte. Es sind sinnfreie Texte, die Dr. Thiel nur diktiert, um seinen Kopf davon zu entlasten. Ich hätte das ganz leicht auch noch am Montag, also heute, machen können.“ Teilnahmslos schaute er vor sich hin. „Ist des Menschen Wille sein Himmelszelt, wie man so sagt. Also habe ich das Band geschrieben. Dann habe ich ihm die Seiten gegeben und noch mit ihm gesprochen.“

„Worum ging es in dem Gespräch?“

„Um seinen Vortrag am Abend. Er war nervös. Hatte Lampenfieber. Ich habe nur aus Höflichkeit zugehört.“

„Ist Ihnen irgendetwas Ungewöhnliches aufgefallen?“

Wieder Schweigen. Der Gesichtsausdruck des Mannes wirkte, wenn das überhaupt möglich war, noch starrer. „Bitte,

Herr Balustrach. Versuchen Sie sich zu erinnern! Manchmal sind es Kleinigkeiten, die uns weiterhelfen."

Der Pole schüttelte kaum merklich den Kopf. „Ich bin dann nach Hause gegangen."

„Um welche Zeit war das?"

„Um halb sechs."

„Ganz genau um halb sechs?"

„Ja", sagte Balustrach ernst. „Ich habe es in meine Stundenliste eingetragen. Und es war zu spät, um mit Mama Tee zu trinken. Sie war sehr, sehr enttäuscht. Zuerst musste Lourdes sterben. Und dann nicht einmal Zeit, Tee zu trinken. Den ganzen Sonntag lang hat sie von nichts anderem gesprochen."

Hilzendegen fragte den Sekretär nach der Kundenkartei. Balustrach warf sofort den PC an. „Sie müssen entschuldigen, aber wir haben nur eine von mir selbst entwickelte Excel-Lösung. Hans-Peter wollte kein Geld ausgeben für solche unsichtbaren Investitionen." Er rief eine Datei auf. „Möchten Sie einen Ausdruck oder in elektronischer Form – oder vielleicht beides?"

„Wenn es nicht zu aufwendig ist … Wie viele Seiten sind es denn?"

„Dreiundzwanzig. Sie finden alle Informationen hier in dieser Spalte, sehen Sie: S für Seminarteilnehmer, B für Beratung, C für persönliches Coaching."

„Was ist denn der Unterschied?"

„In den Seminaren sind mehrere Teilnehmer, natürlich. Beratung ist klassisch im Gespräch. Coaching ist viel intensiver mit allen Werkzeugen, die Hans-Peter zur Verfügung hat. Hatte …"

Der Kommissar entschied sich für einen Ausdruck. Er gab Balustrach seine Karte und bat ihn, ihm die Datei außerdem per E-Mail zu schicken. „Da steht auch meine Telefonnummer drauf. Wenn Ihnen noch irgendwas einfallen sollte, dann rufen Sie mich bitte an."

Balustrach stand sichtlich erleichtert auf und verneigte sich leicht. „Gut. Auf Wiedersehen, Herr Kommissar."

Hilzendegen lächelte nachsichtig. „Sie müssten das leider direkt erledigen. Ich muss das Gebäude wieder versiegeln."

„Ich muss gehen? Aber ich dachte, ich könnte noch einen Moment bleiben. Mich von allem verabschieden."

„Das ist leider nicht möglich."

„Auch wenn ... wenn es oft schwierig war. Und nicht schön ... Ich habe doch viele Stunden meines Lebens hier verbracht."

„Und wo waren Sie in der Nacht von Samstag auf Sonntag?", entfuhr es Hilzendegen etwas unwirsch, dem plötzlich einfiel, dass er beinahe vergessen hätte, den Zeugen nach seinem Alibi zu fragen.

„Wie bitte?"

„Ich muss Sie das fragen ..."

„Ich ... ähm ..." Die blassen Wangen des Sekretärs färbten sich pink. „Ich ... Es ist mir ... Bitte entschuldigen Sie mich, ein dringendes menschliches Bedürfnis." Und er verschwand auf die Toilette.

10

Josefine breitete eine Decke über ihrem fröstelnden Mann aus und öffnete die zweiflüglige Terrassentür des Wohnzimmers. Ralf musste mehrere Male hintereinander heftig niesen. „Kannst du mir noch Taschentücher bringen. Und Wasser."

„Ich kann dir auch einen Tee kochen."

„Nein, Wasser."

„Und kannst du mir meine DVD einlegen", bat er, sobald sie mit dem Verlangten zurückkam. „Da liegt immer noch dieser Liebesschinken drin."

„Du kannst dir ja bei Charlotte ein paar Literaturverfilmungen ausleihen", neckte Josefine ihn. „Bis du die angesehen hast, bist du längst wieder gesund."

Doch Ralf Laux war nicht nach Scherzen zumute. „Meine Nase! Sie läuft wie ein Wasserhahn. Das ist doch nicht normal bei Schnupfen. Und was machen wir, wenn ich bis Donnerstag nicht wieder auf der Höhe bin? Und Charlotte sich weiterhin so anstellt? So bin ich doch niemandem zuzumuten. Und außerdem tut mir jeder einzelne Zahn im Oberkiefer weh."

„Ich weiß." Josefine strich ihm durchs Haar. „Und ganz besonders die, die nicht mehr da sind."

„Die, bei denen die Wurzelspitzen nicht mehr da sind", gab er empfindlich zurück. „Mal mir den Teufel doch nicht an die Wand." Er sah zu ihr auf. „Und lach mich nicht aus!"

„Ich lächle dich mitfühlend an, mein Schatz. Und ich wundere mich darüber, dass ein Mann, der so zäh und klug ist wie du, so sehr an einer Erkältung leiden kann."

„Vielleicht ist es eine richtige Grippe?"

„Es ist überlebbar."

„Bist du dir da ganz sicher?"

„Welche DVD?"

„Die über den Dschungel."

„Okay." Sie reichte ihm die Fernbedienungen und schloss die Terrassentür wieder. „Ich fahre dann noch in die Stadt."

„Hast du jetzt diese Pantoffeln eingesteckt?"

„Ja. Ich möchte mal sehen, ob ich die Wolle kriege."

„Wo hattest du die denn her?" Ralf zog ein winziges Knäuel unter seinem Hosenboden hervor.

„Es war ein Bastelpaket mit Anleitungsbuch. Ein Vertreter hatte es Charlotte überlassen."

„Für wen machst du dir bloß diese Arbeit?"

Josefine lachte. „Für mich. Es macht Spaß."

„Und wer soll die ganzen Schlappen tragen? Am Ende müssen wir noch einen Online-Handel aufmachen."

Es regnete nicht mehr. Nur noch einzelne tief hängende Wolken trieben über den Himmel, warfen wandernde Schatten auf die Flanken der Haardt. Dort, wo die Sonne auf die letzten Reste des Farbenteppichs traf, der sich über Weinberge und Wald gelegt hatte, ließ sie ihn in intensiven Rot- und Goldtönen aufleuchten. Frisch fegte der Wind über die Reben hinweg, bemüht, auch noch die letzten Blätter von den abgeernteten Stöcken zu reißen.

Josefine fuhr durchs Dorf zur Apotheke am Ortsausgang. Eine vollbusige junge Frau, die anscheinend gerade zu Fuß hergekommen war, hielt ihr die Tür auf. „Ah. Dankeschön."

„Aber gerne."

Die Stimme war ihr fremd und doch vertraut. Nachdenklich betrachtete sie die hochgewachsene, hübsche Erscheinung, die sich mit beiden Händen ihr langes, volles Haar hinter die Ohren strich. Erst als diese lächelte, dämmerte es Josefine. „Alexa?! Das gibt es doch gar nicht!"

„Du darfst es ruhig sagen. Ich sehe ohnehin, dass du es denkst. ‚Meine Güte, ist die gewachsen!'"

„Ja. Du warst sehr dicht dran. Erinnerst du dich an die Geschichte vom Riesen, der einen Zwerg umarmen möchte?"

„Das Bilderbuch mit den beweglichen Figuren?!"

„Ja. Ich musste es dir immer wieder vorlesen. Und wenn ich fertig war und das Buch zumachte, sagtest du ..."

„Ja, ich weiß. Ich sagte: ‚Du bist jetzt der Riese und ich bin der Zwerg'." Alexas tiefblaue Augen strahlten.

„Wenn wir das heute machen wollten, müssten die Rollen eindeutig andersherum vergeben werden", meinte Josefine etwas gerührt.

„Echt krass."

„Ja, das ist wirklich ein bisschen krass. Wie geht es dir denn?"

„Ach. Ganz okay."

„Bist du schon in der Ausbildung? Oder studierst du?"

„Nein. Ich bin doch erst siebzehn."

„Nein wirklich? Wenn man dich so anschaut, könnte man denken, du wärst schon zwanzig." Josefine kramte in ihren Erinnerungen. Sie und Ralf waren tatsächlich schon verheiratet gewesen und Josefine hatte nur noch halbtags als Erzieherin gearbeitet, als Alexa in den Kindergarten gekommen war. „Und was macht dein Vater?"

„Ach, eigentlich auch ganz okay. Es ist nur ein bisschen verschärft, dass er nie weggeht. Nie jemanden trifft. Ich fürchte, wenn er nicht bald die Kurve kriegt, wird er ziemlich schrullig werden."

„Ich habe es Andi schon so oft angeboten. Ralf und ich essen mittwochs immer bei Klaus in der Weinstube zu Abend. Meine

Freundin Charlotte ist auch manchmal dabei. Ich weiß nicht, ob du sie kennst. Sie hat den Buchladen in Landau am Kleinen Platz. Es ist immer sehr nett. Und wenn Klaus früher oder später dazustößt, wird es furchtbar lustig. Dein Vater würde sich in unserer Runde bestimmt wohlfühlen."

„Aber klar!"

„Du wusstest es gar nicht?"

„Hat er mir gegenüber nie erwähnt, der alte Schluri. Ganz offensichtlich mutiert er lieber zu einer Art heiligem Nerd. Verwächst noch mit seiner Stuttgarter Erklärungsbibel. Was es natürlich schwierig macht – so von wegen soziale Kontakte ... Aber wenn du dabei bist, könnte er doch echt gechillt bleiben."

Josefine lächelte. Sie hatte das nicht wirklich verstanden, doch ihr Gefühl sagte ihr, dass es als Kompliment gemeint war. „Ich wollte heute oder morgen ohnehin mal bei ihm vorbeischauen. Ich habe nämlich einen Brief bekommen, von einer entfernten Cousine meines Vaters ..."

„Du kannst mich nicht aufhalten! Du Waschlappen! Du langweiliger Idiot! Du probst doch hier nur Tag für Tag das Klischee eines kleinkarierten, erbsenzählenden Daseins!"

Josefine zuckte zusammen. Die Stimme, die aus den Räumen hinter dem Verkaufsbereich zu ihnen drang, war hart und kalt.

„Seine Alte", raunte Alexa.

„Was?!" Josefines Augen weiteten sich vor Entsetzen. „Die Frau von unserem guten Dr. Engel? So ... So redet sie mit ihm?!"

„Er ist ein Seelchen, schon klar. Aber du weißt doch: Gegensätze ziehen sich an."

Eine Gänsehaut spannte sich über Josefines Körper, als Edna Marquardt-Engel fortfuhr. „Und meine Tochter bleibt, wo sie ist! Niemand wird sie lehren, wie man katzbuckelt und den Speichel der anderen aufleckt!"

„Edna", die männliche Stimme war ruhig. „Überlege dir doch, was du da sagst …"

„Ach! Scher dich zum Teufel! Ihm kannst du deinen Anstand und deine Höflichkeit in die Haare schmieren."

„Siehst du denn nicht, was du dir selbst antust", fragte er eindringlich. „Was ist nur aus deinem klaren Verstand geworden?"

„Mein Geist erhebt sich. Über all die emsig-gebeugten Köpfe hinweg erhebt er sich in Sphären höherer Klarheit und wahrer Brillanz. Für dich ist es zu spät. Du mit deinem fantasielosen Kleinhirn wirst dort niemals hingelangen. Meine Tochter aber werde ich vor einem solch unwürdigen Leben zu bewahren wissen."

„Du musst aufhören, Edna. Dir Hilfe holen …"

„Ich?! Ich brauche Hilfe?" Sie lachte hässlich. „Ich bin völlig frei. Habe mich aus sämtlichen kleinbürgerlichen Verstrickungen gelöst! Im Gegensatz zu unserem guten, angesehenen Dr. Engel geht es mir zehn Meter am Arsch vorbei, was die Leute von mir denken!"

„Gut. Wenn du dich aus allen Verstrickungen gelöst hast", in der Stimme des Apothekers war ein leises Zittern zu hören, „dann dürfte es ja kein allzu großes Problem für dich werden. Vielmehr nur eine logische Konsequenz."

„Was zur Hölle faselst du da?"

„Du willst nicht aufhören? Das ist dein letztes Wort?"

„Mein letztes Wort? Also ob ich …", sie schnaubte ungeduldig. „Hörst du auf zu atmen. Zu essen und zu trinken?"

„Deine Antwort ist nein. Gut. Dann bist du fortan auf dich allein gestellt."

„Was?!"

„Damit hast du nicht gerechnet. Ich weiß. Aber jeder hat seine Grenzen."

„Grenzen? Es gibt keine Grenzen, du dummer, dummer Mann. Wir haben grenzenlose Möglichkeiten. Du selbst bist es, der glaubt, sich hier einsperren zu müssen."

„Ich fühle mich nicht eingesperrt."

„Du forderst mich also heraus?", rief sie schrill. „Du willst den totalen Rosenkrieg?!"

„Ich möchte meinen Frieden wiederfinden, Edna."

„Du Arschloch!"

„Ich kann nicht mehr."

„Du glaubst, du könntest dich von mir trennen. Du willst die Scheidung und traust dich nicht einmal, es mir offen ins Gesicht zu sagen. Nein, ein solch krasses Wort nimmt der liebe, der freundliche, der von allen so sehr geschätzte Dr. Engel natürlich nicht in den Mund. Du bist ein so feiges, kleines …"

„Und wenn es dir nicht möglich ist, in einer halbwegs zivilisierten Art und Weise mit mir zu sprechen, dann werden wir künftig über meinen Anwalt miteinander kommunizieren."

Alexa verdrehte genervt die Augen, und Josefine lagen die vielen harten Worte, die da gefallen waren, wie Steine im Magen. „Vielleicht sollten wir besser gehen?", flüsterte sie in die eisige Stille hinein.

„Hört sich nach einem ziemlich geilen Plan an."

„Der arme Dr. Engel." Josefine hielt Alexa die Tür auf. Die junge Frau wollte etwas erwidern, doch sie fuhr erschrocken zusammen, als sie ein hysterisches Kreischen und das Bersten von Glas hörten.

Es war schon nach elf, als Josefine auf dem Alten Messplatz in Landau ankam. Montagvormittags hielt sich der Ansturm auf die Innenstadt in Grenzen, und sie fand einen Parkplatz ganz vorn, dicht beim Gymnasium. Der Schreck über die soeben mitangehörte Unterhaltung saß ihr noch in den Knochen, weshalb sie erschrak, als jemand an ihre Scheibe klopfte. Eine weißhaarige, dicke Frau stand dort und schwenkte fröhlich lächelnd einen Parkschein. Josefine ließ die Scheibe herunter und bedankte sich. Wünschte der Frau alles Gute. Sie vergaß immer wieder, dass die Tickets, die man hier am Automaten löste, den ganzen Tag über gültig waren, und viele ihren Spaß daran hatten, sie untereinander weiterzugeben.

Sie legte den Schein in die Scheibe und lehnte sich zurück. Schloss für einen Moment sogar die Augen, denn der Streit zwischen dem Apotheker und seiner Frau hatte so viele Empfindungen in ihr ausgelöst, dass ihr ganz schwindelig war. Vor allem diese endgültige, ja fast schon verzweifelte Entschlossenheit in der Stimme des sonst so freundlichen Mannes hallte in ihr nach. Und da war dieses leise Bedauern, das sie immer anwehte, wenn sie von Paaren hörte, die sich nach so vielen gemeinsamen Jahren trennten. In diesem Fall schien es allerdings wirklich der einzige und wohl auch längst überfällige Ausweg zu sein. Ja, vielmehr fragte sie sich, wie es der gute Dr. Engel überhaupt geschafft hatte, es so lange an der Seite einer solchen Furie auszuhalten.

Nur ein einziges Mal hatte Josefine jemanden in einer ähnlich hysterischen Weise schreien hören. Ihre Erinnerungen verzahnten sich. Es war bei einer Schulveranstaltung kurz vor den Sommerferien gewesen. Eine Feier zum Abschluss der zehnten Klasse. Ralfs Patentochter war mit dabei gewesen, deshalb hatte man sie eingeladen. Fünf oder sechs Jahre musste es her sein. Gregor Wagner war damals siebzehn gewesen. So alt wie seine schöne Schwester Alexa heute. Dann wäre er heute … Nein. Es war besser, das gar nicht auszurechnen. Mit einem wehmütigen Ziehen im Herzen dachte Josefine daran, wie er als Kind gewesen war. Ein richtiger kleiner Kasper, dem die Aktivitäten, die damals im Kindergarten auf dem Programm gestanden hatten, viel zu langweilig waren. Also ließ er sich etwas einfallen, um alle zum Lachen zu bringen. Ein äußerst feinfühliger Junge war er gewesen, sein Schabernack niemals verletzend. Gregor hatte dieselben großen, strahlendblauen Augen gehabt wie seine Schwester und dunkles, lockiges Haar. Am Ende dieser Schulfeier hatte er auf der Bühne gestanden. Inzwischen fast schon ein gut aussehender junger Mann, den Josefine erst wiedererkannt hatte, als der Schalk aus seinem Nacken hervorgetreten war. Er hatte lustige Anekdoten erzählt, umgedichtete Lieder gesungen und schließlich in seiner einmalig galanten Art den Direktor imitiert. Alle waren begeistert, lachten und klatschten. Keiner dachte sich etwas dabei, als Dorothea Engel auftauchte. Die meisten hatten wahrscheinlich gar nicht bemerkt, dass die Tochter des Apothekers mit Pfeil und Bogen in der Hand durch eine Seitentür hereingeschlichen war. Und diejenigen, die es bemerkten, gingen wohl – wie Josefine auch – davon aus, dass sie sich auf ihren Auftritt vorbereitete. Dass es etwas mit der nächsten Darbietung zu tun haben würde, denn sie war ja auch in der Abschlussklasse. Und dann hatte das damals sechzehnjährige Mädchen den Bogen gespannt, Gregor auf der Bühne anvisiert und ihm einen Pfeil in die Brust geschossen.

Die Geschichte hatte Josefine noch monatelang umgetrieben. Sie hatte es nicht fassen können. Auch weil sie Dorothea Engel schon als Kind gekannt und eine solche Tat einfach überhaupt nicht zu ihrem stillen, freundlichen Charakter gepasst hatte. Was konnte, was musste da vorgefallen sein? Und warum war Dorothea Engel direkt danach wie eine aufgescheuchte Elfe geradezu auf die Bühne geflogen? Als sie Gregor blutüberströmt dort liegen sah, war sie regelrecht erstarrt. Josefine hatte die Veränderung auf ihrem Gesicht nicht vergessen. Dieses glückselige

Strahlen, das von einer auf die andere Sekunde erstarb. Sich in blankes Entsetzen wandelte. Die Schreie des Mädchens lagen ihr bis heute in den Ohren, wo sie sich mit dem frischen Eindruck von der Szene mit ihrer Mutter verbanden.

Gregor war dieser schweren Verletzung noch in derselben Nacht im Krankenhaus erlegen. Und sein Vater, Andi Wagner, den Josefine noch aus Kindertagen kannte, hatte diesen Schicksalsschlag bis heute nicht verarbeitet. Diese Prüfung, die Gott und dann auch noch seine Frau ihm auferlegt hatten. Ersterer, weil er als Dorfpfarrer trotz allem nicht nur aufrecht stehen bleiben, sondern auch noch Antworten auf die große Frage nach dem Warum liefern musste. Oder glaubte, es zu müssen. Und seine Frau, weil sie dieses ewige Fragen und Grübeln irgendwann einfach nicht mehr ertragen hatte. Sie glaube nicht, dass sie jemals darüber hinwegkommen werde, hatte sie damals zu Josefine gesagt. Sie hinke fortan seelisch, wolle aber dennoch ihren Weg durch dieses eine und kurze Leben fortsetzen. Sie war ins Elsass gegangen, um in einer karitativen Einrichtung zu arbeiten. Später hatte sie die Scheidung durchgesetzt, wieder geheiratet und noch ein Kind bekommen. Andi tat sich noch immer schwer, all das zu begreifen.

Josefine streckte sich, sprang aus ihrem Bus und machte sich auf den Weg in die Fußgängerzone. Wieder musste sie an Alexa denken. Sie hatte ihr freundliches, offenes Wesen nicht eingebüßt. War dabei, sich in eine wunderschöne und sympathische Frau zu verwandeln. Dabei konnte diese Zeit doch auch für sie nicht einfach gewesen sein. Elf oder zwölf Jahre war sie alt gewesen, als das alles passiert war. Josefine war so vertieft, dass sie eine Frau anrempelte. Als sie schließlich auf dem unebenen Straßenpflaster stolperte und beinahe hingeschlagen wäre, rief sie sich zur Ordnung. Erst einmal musste sie im Kommissariat vorbeigehen, um ein Protokoll zu unterschreiben. Und dann – sie suchte ihren Einkaufszettel heraus – überlegen, wie sie ihre Runde fortsetzen würde. Da ihr der Wind unangenehm frisch entgegenfegte, dachte sie daran, für den Abend eine schöne, kräftigende Hühnersuppe zu kochen.

Ich stehe wieder an der Brücke. Es ist warm und ganz dunkel. Die Luft ist schwer. Sie wird mich tragen. Es wird nicht wehtun. Nichts wird mehr wehtun. Es ist *die schwarze Katze,* die sich immer tiefer und tiefer in die Schwärze sinken lässt. Als Kind habe ich manchmal geträumt, in die Unendlichkeit zu fallen und so ähnlich fühlt es sich an. *Die schwarze Katze* schnurrt zufrieden. Seht ihr, ich habe es euch doch gesagt, dass es ganz leicht geht.

Doch dann fährt mir ein heftiges Ziehen in den Arm. Und ich merke, dass ich noch immer oben auf der Brücke stehe, wo sich *die Tante* krampfhaft ans Geländer klammert. Unsinn! Schreit sie. Es wird ganz schrecklich wehtun. Die Schienen sind hart und kalt. Wir werden uns die Knochen brechen und grässliche Schmerzen aushalten müssen, bis … Ihr versagt die Stimme. *Mein Mädchen* löst sich aus dem dunklen Zauber, den *die schwarze Katze* heraufbeschworen hat, und kommt *der Tante* zu Hilfe. *Die Katze* schnaubt gefährlich und macht sich schwer. Mir wird heiß. Der Schweiß tritt mir aus allen Poren.

Ich habe Angst, sagt *der kleine Wirrkopf,* der teilnahmslos danebensteht. Sie werden dich in der Mitte auseinanderreißen.

Irgendwo klingelt ein Telefon. Ich mache die Augen auf und weiß nicht, wo ich bin.

Der kleine Wirrkopf ist untröstlich. Wenn ich euch zu Hilfe gekommen wäre, sagt er zerknirscht zur *Tante,* dann hätte *die schwarze Katze* keine Chance mehr gehabt. Es ist alles in Ordnung, beruhigt ihn *die Tante.* Du hast nichts falsch gemacht. Es war nur ein Traum.

Ich bin in meiner Wohnung. Liege auf dem Sofa. Ich habe meinen Mantel noch an. Mit einem Kissen im Arm bin ich in die dicke Wolldecke gewickelt. Draußen ist es hell. Stellenweise ist sogar der Himmel zu sehen. Ob einem auch das entsprechende Stück vom Himmel gehöre, wenn man eine Eigentumswohnung besitzt – das hat *der kleine Wirrkopf* einmal aufgeschrieben.

Die Heizung brummt. Ich möchte die Decke von mir werfen. Den Mantel ausziehen. Doch ich fühle mich wie gelähmt. Ich habe keine Angst mehr, gegen den Willen *der schwarzen Katze* zu handeln. Doch es kostet mich unendlich viel Kraft, weil sie eben der größte Teil in mir ist. Und außerdem mag ich es nicht, über die Grenzen zu gehen. Hans-Peter war der erste und einzige Mensch in meinem Leben, der darin eine Stärke gesehen hat.

Oft hat er von seiner Vision einer echten Demokratie gesprochen. Es müsste eine neue Friedensbewegung geben, sagte er, eine, die im Kern der eigenen Persönlichkeit beginne. Und jeder Einzelne hätte dabei nichts anderes zu tun, als Frieden in sich selbst zu schaffen. Im Dialog mit den eigenen Lebens-Geistern, in der Auseinandersetzung mit ihren unterschiedlichen Bedürfnissen, ihren Gefühlen und Konflikten würde man am eigenen Leib erfahren, was Respekt, Akzeptanz und Integration wirklich bedeuten. Wie schwer es sei, Kompromisse zu finden und die daraus abgeleiteten Spielregeln – die ja auch nichts anderes seien als die Gesetze auf der Ebene eines Staates – einzuhalten.

Mir laufen schon wieder die Tränen über die Wangen. Vor allem, weil ich an seine Augen denke. Wie sie gefunkelt haben, wenn er davon sprach. Es war ein merkwürdiges, fast fanatisches Funkeln, bemerkt *die Tante* leise.

Ich schleppe mich zur Kaffeemaschine, gehe zur Toilette,

ziehe mir etwas Bequemeres an und suche nach meinen Zigarillos. Mit einer großen Tasse Kaffee kehre ich zum Sofa zurück. Ich stopfe mir ein Kissen in den Rücken und versuche eine Position zu finden, in der ich einigermaßen sitzen kann, denn ich bin völlig verspannt. Tief inhaliere ich den beißenden Rauch. Versuche zu verhindern, dass mir die Angst die Luft abschnürt.

Die Tante ist ruhelos. Sie möchte in Aktion treten. Mir aufzählen, was alles zu tun ist. *Den kleinen Wirrkopf* instruieren. Doch ich bitte sie, zu warten und zu schweigen. Sie ist überrascht, weil ich das noch nie gemacht habe. Vielleicht ist sie auch ein bisschen beleidigt, aber darauf kann ich jetzt keine Rücksicht nehmen. Ich muss mich um *die schwarze Katze* kümmern. Ich verstehe, dass sie leidet und trauert. Aber ich verstehe nicht, warum sie sich so schwer macht und nur noch an diese gottverdammte Brücke denkt! Es kann ihr doch nicht egal sein, dass sie uns alle mit hineinreißen würde? Doch, knurrt *die schwarze Katze.* Du bist eine elende Verräterin. Das letzte Mal warst du auf meiner Seite.

Ein heißes, feines Netz aus Angst und Scham spannt sich über meinen Körper. Wenn Hans-Peter damals nicht vorbeigekommen wäre …

Es wird wieder genauso furchtbar werden, brüllt *die schwarze Katze.* Genauso hundserbärmlich! Einmal mehr schüttelt *die Tante* bekümmert den Kopf. Sag dieser selbstgerechten Kuh, dass ich sie mit der flachen Pfote erschlage, wenn sie nicht damit aufhört. Ich kann jetzt wirklich keinen ihrer neunmalklugen Vorträge verkraften. Ein weiteres Wort von ihr und ich stürze mich vom Balkon. Ihr könnt mich nicht aufhalten. *Die schwarze Katze* grinst gehässig. Solange sich unser kleiner Hosenscheißer hier nicht traut, sich offen gegen mich zu stellen, könnt ihr gar nichts machen. Ich könnte auch loslaufen und einen Einmalgrill kaufen, damit kann man auch ...

Der kleine Wirrkopf zittert. Mein Herz rast. Und *mein Mädchen*, das sich über Nacht beruhigt hatte, fängt wieder an zu weinen. Doch *der schwarzen Katze* ist das egal. Sie zieht mich in die Vergangenheit zurück.

Ich bin wieder in Rodalben. Ein vollkommener Frühlingstag. Ich hatte den Auftrag, die Forsythienhecke an der Hotelterrasse in Form zu schneiden. Die Vögel zwitscherten und trällerten wie toll um mich herum. Auf der Wiese blühten Krokusse und Hasenblümchen. Der Himmel war von einem unsäglichen Blau, und der Wind trieb weiche, freundliche Wolken vor sich her. Ich war ganz in meiner Arbeit versunken und bemerkte den Hotelgast neben mir erst, als er sich auffällig räusperte. Das darf einer aufmerksamen Hotelfachfrau eigentlich nicht passieren. Ich entschuldigte mich bei dem Herrn und fragte ihn, was er möchte.

Sie will ich, sagte er.

Ich fühlte mich komisch, auch ein bisschen peinlich berührt, obwohl er mich freundlich und überaus charmant anlächelte. Er kostete es aus, dass ich keine Ahnung hatte, wer er war. Dann lüftete er sein Geheimnis und gab mir großmütig einen Termin fürs Vorsprechen.

Am nächsten Tag fuhr ich mit quietschenden Reifen von der Arbeit nach Hause. Ich sprang die steile Steintreppe hinauf, die von der Straße hoch zu unserem Haus führt, indem ich zwei Stufen auf einmal nahm. Atemlos hielt ich meiner Mutter den Vertrag unter die Nase, den mir der Regisseur hatte aushändigen lassen. Ich sollte eine der weiblichen Hauptrollen in der Serie „Waldhotel Asselstein“ spielen. Meine Mutter war so selig, wie ich hätte sein sollen. Niemand in der Familie traute sich, ihr dieses Glück zu zerstören.

Wie immer, wenn die Emotionen im Wohnzimmer zu hoch schlugen, verzog sich mein Vater mit seiner Zeitung ins Bett. Ich wunderte mich nicht darüber, dass er sich den Vertrag nicht näher ansah. Mir keine Fragen stellte oder auf mögliche Konsequenzen hinwies. Birgit kam am Wochenende. Ihr war sofort klar, dass ich meine Ausbildung unterbrechen müsste. So hat sie es formuliert, sie wirkte bekümmert.

Bald war ich nur noch mit der Serie beschäftigt, von früh bis spät, an sechs, manchmal sieben Tagen die Woche. Als Amateurin musste ich doppelt so hart arbeiten wie alle anderen. Ich konnte die Prüfungen im Mai nicht schreiben, und ich konnte im Sommer auch nicht mit der Familie in die Türkei fliegen. Als Birgit dies klar wurde, ist auch sie von der Reise zurückgetreten, was meinen Vater dazu veranlasst hat, die gesamte Buchung zu stornieren. Meine ältere Schwester hat mir das bis heute nicht verziehen. Sie lässt keine Gelegenheit aus, es mir unter die Nase zu reiben.

Ich habe lange nicht verstanden, warum das für sie so dramatisch gewesen ist. Sie hat ihre Ausbildung zur Hotelfachfrau im selben Haus gemacht wie ich. Sie hat mit Auszeichnung abgeschlossen, sogar ein Stipendium für eine Weiterbildung in Bad Reichenhall gewonnen. Ich habe immer gedacht, dass sie ihre Arbeit liebt, dass der Servicegedanke in ihr angelegt ist. In Wahrheit aber empfindet sie ihre Dienstleistungstätigkeit als Erniedrigung. Sie spielt eine Rolle, die gar nichts oder eben nur sehr wenig mit ihr zu tun hat, und deshalb hält sie es nur aus, wenn sie sich gedanklich an ihren nächsten Urlaub klammern kann. An die Vorstellung, selbst die große Dame geben und die anderen springen lassen zu können.

Birgit ist in dem besagten Jahr zum ersten Mal allein, also ohne uns, weggefahren. Nach Eckernförde an der Ostsee. Eine ehemalige Kollegin von ihr war dahingezogen und hatte sie schon mehrfach eingeladen. Dort hat sie einen Griechen kennengelernt. Einen Witwer, der zusammen mit Sohn und Schwiegertochter ein griechisches Restaurant nebst Feinkosthandel betreibt. Er ist total auf sie abgefahren. Und jetzt lebt sie dort mit ihm und seiner Familie. Sie ist glücklich, aber das interessiert zu Hause in Rodalben keinen. Es kommt auch niemand auf die Idee, dankbar zu sein, für das, was sie in all den Jahren für uns getan hat. Nein, die Bagage ist nur damit beschäftigt, auf sie zu schimpfen. Sie sagen, dass sie selbstsüchtig sei und ihre Pflichten der Familie gegenüber vernachlässigen würde. Und schuld daran bin natürlich ich. Denn wenn ich mitgekommen wäre, in diesen verfluchten Urlaub, dann wäre das alles nicht passiert.

Ich weiß nicht, wie andere das machen. Ob sie auch mit so vielen negativen Gefühlen in ihrem privaten Umfeld klarkommen müssen. Ob sie souveräner umgehen können mit dieser Selbstbezogenheit und den ständigen Vorwürfen. Ich habe mich oft gefragt, wie ich auf das Angebot des Regisseurs reagiert hätte, wenn meine Mutter mich nicht, statt mit Milch und Brei, mit der Idee, dass eine steile Schauspielkarriere in mir angelegt sei, gefüttert hätte. Sie war es auch, die mir in diesem Spätsommer und Herbst mit ihrem Wahnsinn, den bis heute keiner in der Familie als solchen erkennen will, den Rest gegeben hat. Denn als die Serie lief, so erfolgreich lief, dass wir sofort und unter Hochdruck weiterdrehen mussten, kam nicht ein einziges anerkennendes Wort von ihr. Vielmehr lag sie mir ständig mit allen möglichen Fragen und Klagen in den Ohren. Wann der Regisseur mich zu einem Galadiner ausführen würde? Ob ich ein

Verhältnis mit ihm hätte? Dass ich bloß nicht nein sagen sollte, falls eine bessere Rolle dabei herausspringen würde. Warum die Berichterstattung in der *Frau im Spiegel* so spärlich ausgefallen sei? Dass ich auf dem Foto kaum zu erkennen und außerdem von meiner schlechten Seite getroffen sei. Warum ich das nicht verhindert hätte? Ob wir bald alle mit einer Limousine abgeholt werden würden, um zur Preisverleihung zu fahren?

Ihre astronomisch hohen Erwartungen fraßen mir die Freude an meinem Erfolg weg, den ich anfangs noch gemeinsam mit den Kollegen am Set gefeiert habe. Dann verkroch ich mich. Ich flüchtete. Verlor mich in der Serie. Und machte diese peinlichen Fehler …

Ich will das jetzt nicht noch einmal durchkauen, schimpft *der kleine Wirrkopf*. Er ist rot angelaufen. Ich weiß nicht, ob vor Scham oder aus Wut. Es ist beides, schreit er. Was soll das denn für einen Sinn haben, sich immer wieder und wieder die eigenen Fehler vor Augen zu führen?!

Doch *die schwarze Katze* ist schon mittendrin. Es ist die Folge, in der die selbstbewusste Ernährungsberaterin zum ersten Mal Streit mit ihrem frischgebackenen Ehemann hat. Der smarte Juniorchef des Waldhotels ist eifersüchtig. Sie hat ihm gesagt, sie fahre in die Stadt, um sich mit ihren Freundinnen zu treffen. Da er aber heimlich ihren Terminkalender kontrolliert, weiß er, dass sie einen Termin mit einem gewissen Dr. L. eingetragen hat. Und er malt sich aus, dass sich seine Frau, die nach dem Abitur für ein paar Monate in Japan gewesen ist, heimlich mit einem Asiaten trifft. Bestimmt ein Zen-Meister, erleuchtet, mit einem Körper wie ein Tempel, weil er sich vollkommen gesund, eben den Regeln entsprechend, ernährt. Nach den üblichen Verwicklungen und Missverständnissen steht der Hotelier Frau Dr. L., einer auf Risikofälle spezialisierten Gynäkologin, gegenüber. Anna-Maria Schönhorst wollte sicher sein, ehe sie dem Liebsten die frohe Botschaft mitteilt. Er ist enttäuscht, dass sie ihn nicht von Anfang an ins Vertrauen gezogen hat. Das junge Paar findet sich schließlich auf einer Lichtung im Wald, wo sich beide aussprechen und natürlich versöhnen. In der letzten Einstellung laufen sie Hand in Hand eine Wiese entlang. Im Hintergrund hohe Fichten, Buchen und Kiefern. Bizarre Felsformationen. Der Hund, ein Beagle mit aufgerichteter Rute, die Schnauze am Boden, wuselt um sie herum. Schlussklappe. Prima! Der Regisseur ist zufrieden.

Ich lasse die Hand des Kollegen, dessen Frau ich in der Serie spiele, nicht los. Ich ziehe ihn zu mir heran, lächle ihn an. Schlinge meine Arme um seinen Hals …

Der kleine Wirrkopf hält sich die Ohren zu und kneift die Augen fest zusammen. Ich will das nicht schon wieder ansehen. Ich habe es mehrfach aufgeschrieben. Einmal sogar chronologisch! Es liegt alles hier im Schrank im Ordner. Und wenn du mich fragst, liegt es da gut. *Die schwarze Katze* lacht. Sie lacht ihn aus. Da reißt *der kleine Wirrkopf* die Augen auf, starrt *die schwarze Katze* wütend an. Du willst, dass ich Farbe bekenne? Bitteschön! Ich finde dich grausam! Und du bist so dumm! Viel dümmer als ich. Ich weiß, dass ich nur ein kleiner Heinzelmann bin. Aber ich hole wenigstens das Maximale aus mir heraus, wohingegen du deinen prächtigen Kopf nur benutzt, um Scheißdreck zu denken.

Meinen prächtigen Kopf? *Die schwarze Katze* grinst amüsiert und auch ein bisschen überrascht.

Jemand der sich das alles so haarscharf merken kann, muss einen prächtigen Kopf haben, fährt *der Wirrkopf* fort. Und er ist ja auch ganz schön dick. Du könntest weiß Gott was damit anstellen. Aber stattdessen suhlst du dich immer nur in dem alten, abgestandenen, schon stinkenden Schlamm, der niemanden interessiert und uns schlechte Gefühle macht! Das ist das Einzige, was dich interessiert. Das Schlechte, das Negative. Das, was nicht gut läuft. Was anderen wehtut oder Angst macht! Du lachst über ihre Macken und siehst nicht, dass du selbst eine einzige große und faule Macke bist.

Die schwarze Katze schweigt. Bist du jetzt fertig, fragt sie dann von oben herab.

Nein. Ich fange erst an! Die Stimme *des kleinen Wirrkopfs* überschlägt sich fast. Ich frage mich, worauf du dir so unendlich viel einbildest? Tochter einer Schwachsinnigen und eines selbstgerechten Idioten. Er hat mir nie etwas erklärt oder gezeigt und sich dann gewundert, dass ich nichts wusste. Mich ausgelacht, weil ich nichts konnte. Und ich frage mich immer, wo du hinwillst? Hoch hinaus, wie deine arrogante Schwester? Nun, immerhin weiß sie, dass man dafür was tun muss. Warum kannst du nicht wenigstens aufhören, uns permanent Steine in den Weg zu legen?! *Der kleine Wirrkopf* holt tief Luft und fährt nun etwas ruhiger fort: Ich kann das Glas halb voll sehen, weißt du. Und ich finde, dass man mit einem halb vollen Glas ein ganz gutes Leben haben kann. Ich bin Pfälzer und Weltbürger. Alles andere interessiert mich nicht. Und wenn ich mir die Welt so anschaue, dann fühle ich mich hier wie die Made im Speck. Allein von dem, was hier rechts und links abfällt, könnte ja einer fast leben. Und ich schäme mich für die hohen Ansprüche und die Gier und die Undankbarkeit, mit der mir meine Zeitgenossen von früh bis spät auf den Keks gehen. Vielleicht sollten die auch mal anfangen, ihre Tage bewusst abzuschließen. So, wie *die Tante* und ich das machen! Dann würden sie nämlich auch merken, dass ein schönes, gesundes Leben einfach und gar nicht so teuer ist. Dass man sich dafür hier bei uns nicht den Arsch aufreißen und seine Seele dem Teufel verkaufen muss. Nur ein bisschen anstrengen. Morgens den Hintern aus dem Bett heben!

Es ist alles so langweilig, seufzt *die schwarze Katze.*

Das Leben ist niemals langweilig, kontert *der kleine Wirrkopf.* Wir sind hier auf der Erde und kreisen mit einer Geschwindigkeit von knapp dreißig Kilometern pro Sekunde um die Sonne. Dabei drehen wir uns auch noch einmal am Tag um die eigene Achse. Das Leben ist immer eine Achterbahnfahrt, auch wenn die meisten Leute das nicht mehr spüren. Wer mit wirklich offenen Augen im Wald, in den Weinbergen oder in einem Park spazieren geht, der kann gar nicht mehr aufhören zu staunen …

Es ist alles so furchtbar ungerecht, sinnlos und banal, unterbricht ihn *die schwarze Katze.* Ich muss einfach ab und an in eine Trance sinken, sonst halte ich das alles nicht aus.

Wir sind schon in Trance, sagt *der kleine Wirrkopf* nachdrücklich. Wären wir nicht gerade jetzt in Trance, könnten wir uns gar nicht miteinander unterhalten.

Die schwarze Katze richtet sich auf. Sie sieht *den kleinen Wirrkopf* an, wie sie ihn noch nie zuvor angesehen hat. Und immerhin erspart sie es uns, jeden einzelnen schmerzhaften Moment am Ende dieser unseligen Schauspielkarriere en détail durchgehen zu müssen. Denn während sich im Waldhotel Anna-Marias Bauch allmählich unter den eleganten Blusen wölbte, gehörte ich nicht mehr wirklich dazu. Völlig emotionslos spielte ich meine Rolle. Mit professioneller Distanz, wie ich es von unserer Ausbilderin im Hotel gelernt hatte: Die eigenen Ansichten und Werte sind hintanzustellen. Eure Zurückhaltung ist eure Stärke.

Schlussendlich ist die schwangere Ernährungsberaterin von einem Felsen gestürzt, weil sie den Hund suchte, der wieder einmal ausgebüxt war. Der Juniorchef wird dem Hund später verzeihen. Vielleicht, weil das Kind durchkommt. Nach einer ganzen Staffel im Brutkasten. Der Regisseur war hochzufrieden, meinte, ich sei schön gestorben.

Ich bin nach Landau gegangen. Birgit hat mir die Wohnung überlassen. Ich weiß nicht, was ich ohne ihr großzügiges Angebot gemacht hätte. Vermutlich meine Mutter erschlagen, die nicht fassen konnte, dass ich aus der Serie raus war. Die mir wie immer nur halb zuhörte, sich in noch spektakulärere Deutungen verstieg und bis heute nichts verstanden hat.

11

Balustrachs Blick wanderte immer wieder über die kahlen grauweißen Wände des Vernehmungsraumes, bis er endlich an der Stelle über dem Türrahmen hängen blieb, wo sich ein großes Loch in der Wand befand. Als würde er ahnen, dass dort einmal ein Kruzifix gehangen hatte. Nach der ersten Vernehmung, die Hilzendegen in diesem Raum durchgeführt hatte, eine Vernehmung, in welcher er ständig von allen möglichen Gedanken über das religiöse Symbol abgelenkt worden war, war er selbst auf die Leiter gestiegen und hatte es abgeschraubt.

Der Kommissar nahm die Kassette aus dem Aufnahmegerät und brachte sie zu Frau Hammel. Er kippte das Fenster, fragte Balustrach, ob er noch etwas zu trinken haben wolle, doch dieser winkte unwirsch ab. Hilzendegen sah auf seine Uhr. Allein um das, was er heute Morgen aus dem Zeugen herausgekitzelt hatte, noch einmal so zusammenzufassen, dass Frau Hammel ein Protokoll daraus machen konnte, hatten sie eine Stunde gebraucht. Über das Alibi des Mannes hatten sie noch immer nicht gesprochen. „Also", begann er erneut und überlegte, ob lediglich sein plötzliches Vorpreschen den offensichtlich sensiblen Mann so sehr verschreckt hatte oder mehr dahintersteckte. „Wir waren vorhin bei der Frage stehen geblieben, wo Sie die Nacht von Samstag auf Sonntag verbracht haben."

Wieder errötete der Pole. „Es ist mir sehr unangenehm. Und ich möchte Sie bitten, das, was ich Ihnen nun sagen werde, mit äußerster Diskretion zu behandeln." Jarek Balustrach sah ihn direkt an und Hilzendegen nickte. „Ich bin heimlich davongeschlichen. Ich kann ihr nicht sagen, dass ich mich ab und zu mit dieser Frau treffe. Mama ist komisch, sie ist … alt und hat viele Ängste."

Der Kommissar nickte etwas ungeduldig, als sein Gegenüber abermals stockte.

„Wir haben bis nach halb eins ferngesehen. Dann sind wir schlafen gegangen. Ich habe natürlich nur so getan als ob. Und gewartet. Um ein Uhr habe ich mich dann auf den Weg gemacht. Ich war bis fünf Uhr morgens bei ihr. Also bei der anderen. Dann musste ich zurück, um zu Hause zu duschen und zu frühstücken."

„So früh?"

„Um sechs Uhr spiele ich die große Orgel in der Marienkirche. Spiele mich ein, für den Gottesdienst."

„Und warum sind Sie nicht direkt zur Kirche gefahren?"

„Das hätte Mama doch gemerkt", gab Balustrach mit einem Stirnrunzeln zurück, welches massive Zweifel an den Fähigkeiten des Kommissars ausdrückte.

„Ja. Richtig. Natürlich", murmelte Hilzendegen, dem der Aufwand, den dieser Mann betrieb, um seine Mutter zufriedenzustellen, doch allmählich etwas schräg vorkam. „Verraten Sie uns jetzt bitte auch noch den Namen und die Anschrift der besagten Dame?"

„Welcher Dame?", fragte der Zeuge pikiert.

„Den Namen der Dame, die Sie zwischen ein und fünf Uhr in der Nacht von Samstag auf Sonntag besucht haben wollen?"

„Natürlich wollte ich sie besuchen!", rief Balustrach nachdrücklich. „Glauben Sie, ich hätte es gemacht, wenn ich es nicht gewollt hätte?" Er sah sich verunsichert um. Schwieg eine Weile. „Die Dame … Sie heißt Yvonne Mercier. Sie ist nicht mehr mit … Also, sie war nicht mehr mit ihm zusammen, sonst hätte ich das nicht gemacht!"

„Mit wem war sie nicht mehr zusammen?"

„Na, mit Dr. Thiel!", sagte er fast vorwurfsvoll. „Sie ist ja gewissermaßen meine Chefin. Und ein Tabu zu brechen ist wahrhaftig genug!"

Yvonne Mercier, so erfuhr Hilzendegen endlich, wohne in der Meerweibchenstraße in einem Eckhaus. Sie hätte dort eine winzige Wohnung unterm Dach. Sie fahre einen azurblauen Sportwagen, irgendein französisches Fabrikat. Sie sei Anfang fünfzig, groß, stattlich, blond und hätte tiefe, schöne Augen. Balustrach gab dem Kommissar ihre Handynummer, wies aber darauf hin, dass es keinen Sinn habe, sie anzurufen oder aufzusuchen, denn sie hätte die Wohnung gestern Morgen gemeinsam mit ihm verlassen. Sie sei nach Frankreich gefahren. Irgendwo in einem kleinen Dorf bei Dijon hätte sie Verwandte. Außerdem müsse sie dringend ein paar Tage ausspannen. Sie sei zur Hälfte Französin. Die andere Hälfte deutsch. Der Kommissar brauche kein so strenges Gesicht aufzusetzen, spätestens am Samstag würde Yvonne Mercier wieder zurück sein.

„Wird sie sich von unterwegs bei Ihnen melden?"

„Vielleicht meldet sie sich. Vielleicht meldet sie sich auch nicht", sagte Balustrach fast vergnügt. „Ich warte. Wir sind keine Bratfische mehr."

„Es heißt Backfische", sagte Frau Hammel, sobald die Tür hinter dem Zeugen ins Schloss gefallen war. „Und es waren nur Mädchen damit gemeint!" Nachdrücklich trieb sie die Stanzen des Lochers durch die Seiten des Protokolls. „Ich habe wirklich gedacht, ich erlebe es nicht mehr … Haben Sie gesehen, wie er es gegengelesen hat? Mit dem Finger unter dem Text, Wort für Wort."

Hilzendegen fragte nach Bäumler. „Er ist raus, um sich was

zu essen zu holen. Und da gehe ich jetzt auch hin. Mein Magen hängt am kleinen Zeh."

„Machen Sie das. Und vielen Dank, Frau Hammel." Hilzendegen lächelte müde. „Wenn Sie nicht so fix wären, wären wir längst noch nicht durch."

„Oh – ja." In der Tür drehte sie sich noch einmal um. „Was denken Sie über ihn?"

„Dass er möglicher Weise etwas oder jemanden schützt. Oder versteckt?"

„Der versteckt so viel von sich selbst, dass ich misstrauisch wäre, bei dem, was er preisgibt."

Hilzendegen gähnte, als er über den Bahnübergang fuhr, und fluchte, weil er nicht daran gedacht hatte, sich einen Kaffee mitzunehmen. Frau Hammel, die sich von einer für ihn unsichtbaren, aber zweifellos höheren Instanz zu einer Art Umweltbeauftragten berufen fühlte, sah ihn zwar jedes Mal strafend an, wenn er ihren ökologisch angebauten und fair gehandelten Kaffee in einen Pappbecher goss und zu allem Überfluss auch noch einen Plastikdeckel draufdrückte, aber sie hatte in der vergangenen Nacht wahrscheinlich auch mehr als nur drei Stunden geschlafen.

Hilzendegen folgte der Zweibrücker Straße und bog am Friedhof auf die L509. Vorsichtshalber schaute er auf den Tacho, weil er auf dieser Strecke hoch zur Wollmesheimer Höhe gerne zu schnell fuhr. Viel lieber wäre er nach Hause gefahren. Oder irgendwohin, an einen Ort, an dem es Klarheit gäbe für seine Gedanken, die nach dem anstrengenden Gespräch mit Balustrach wie unruhige Wellen durch seinen Kopf waberten. Wo sollte er anfangen mit der Entwirrung dieses Knäuels? Er hatte sich die Teilnehmerliste gegriffen, die Balustrach ihm ausgedruckt hatte. Zum Nachdenken war heute Nacht noch Zeit. Er würde ohnehin nicht schlafen können.

„Wir könnten eine Tchibo-Filiale aufmachen!", sagte der massige Mann in der direkten Art des typischen Pfälzers. Er war noch ein Stück größer als Hilzendegen, hatte ein flaches, eckiges Gesicht und froschartig hervorstehende Augen. „Seit dieser Thiel in ihr Leben getreten ist, präsentiert uns meine Frau jede Woche eine neue Welt. Sie hat schon immer gerne eingekauft. Dinge, die kein Mensch braucht, wenn Sie mich fragen. Aber sie hatte wenigstens Freude daran."

„Und das hat sich geändert?"

„Jetzt kauft sie gleich ganze Ausstattungen. Zum Tauchen, Töpfern, Schmuckherstellen, Power-Walking … Das geht schon ins Geld. Und jedes Mal glaubt sie, endlich ES gefunden zu haben." Er blickte ratlos auf seine großen Hände und steckte sie in die Taschen seiner Arbeitshose. „Sie ist eine schmale Gazelle. Schon immer gewesen. Und trotzdem so zäh. Gerade das hat mir gefallen. Schauen Sie mich an. Niemand vermutet, dass ich ein gutmütiges Viech bin. Sie muss das gespürt haben. Sie hatte keine Angst vor mir. Nie! Sah immer schon in mich hinein und sah einen Menschen, wo andere nur den derben, groben Tim gesehen haben. Deshalb stehe ich zu ihr. Alle sagen, ich soll auf den Tisch hauen. Ihr den Geldhahn zudrehen. Meine Grenze zeigen. Doch das wäre nicht gut. Das steht mir gar nicht zu. Und ich glaube, es ist auch wichtig, dass sie von selbst draufkommt." Er seufzte. „Ich versuche den ganzen Zirkus wie einen besonders garstigen Winter zu sehen. Irgendwann wird er vorbei sein."

„Herr Dreißigacker, ich fürchte, Sie haben mich vorhin nicht ganz richtig verstanden. Dr. Hans-Peter Thiel ist tot."

„Ach was?! Nun, daran können Sie sehen, dass das, was ich

sage, hinhaut." Er wischte sich mit einem Ärmel seines karierten Flanellhemdes über die Stirn und lächelte zufrieden.

„Können Sie mir sagen, wie es dazu kam, dass Ihre Frau Herrn Dr. Thiel aufgesucht hat?"

„Eine Freundin hat es ihr empfohlen. Sie wissen ja, wie die Frauen sind. Die war Feuer und Flamme, also ist meine auch hingerannt. Ich weiß nicht, was ihr fehlt. Wir haben den Betrieb, die Damwildzucht, drei Kinder. Meine Eltern oben drin. Drei Generationen unter einem Dach, einschließlich Hund und Katze. Ist das nicht Leben genug?"

Hilzendegen schwieg nachdenklich.

„Wenn sie spricht, geht es nur noch ums Ganze. Ich höre schon gar nicht mehr zu. Nicht, weil sie mir egal ist. Ganz bestimmt nicht. Es geht mir eben nur über den Horizont. Ich kann nicht immerzu von Höherem und Jenseitigem und all solchen Dingen sprechen. Ich spreche über Heizungen, über Rohrleitungen und über Scheiße. Ja, es ist vielleicht kein besonders appetitlicher Beruf, aber als sinnvoll habe ich ihn eigentlich immer angesehen. Mein Vater und mein Großvater auch. Ein höherer Sinn, der da noch drüber hinausreicht ...? Ich dachte immer, wenn es einem darum geht, geht man in die Kirche. Selbst den Frömmsten reicht es, sich am Sonntag eine Stunde lang damit zu beschäftigen. Doch wir Dreißigackers", er zuckte entschuldigend die Achseln, „wir haben nie zu den besonders Frommen gehört."

Wieder im Wagen versuchte Hilzendegen, sich das Wesentliche einzuprägen, doch es gelang ihm nicht. Er nahm die Teilnehmerliste hervor und notierte auf der Rückseite alles Wichtige mit einem türkisfarbenen Gelstift, den er im Handschuhfach gefunden hatte. Er hatte eigentlich mit Frau Dreißigacker sprechen wollen. Sie hatte am Freitagnachmittag eine

Einzelberatung mit Dr. Thiel im Institut gehabt und am Samstag an diesem Gruppenworkshop im Weingut teilgenommen. Er bedauerte, sie nicht selbst angetroffen zu haben. Doch sie schien zur Tatzeit ein Alibi zu haben. Die Dreißigackers hatten am Samstagabend Gäste gehabt. Eine spät angesetzte Geburtstagsparty – sie hatten bis sechs Uhr morgens gefeiert.

Hilzendegen sah auf die Uhr und programmierte das Navi neu. Er befand sich in Wollmesheim, einem Ortsteil von Landau, und wollte nun sein Glück bei einer anderen Workshop-Teilnehmerin versuchen, die in Völkersweiler wohnte. Unterwegs versuchte er, nicht an den Fall zu denken. Die Landschaft lag in einem diffusen Licht, da tiefschwarze Wolken und kräftige Sonnenstrahlen um die Vorherrschaft am Himmel kämpften. Er fuhr auf die Haardt zu, ließ rechter Hand die Kleine Kalmit liegen. Ein malerischer Hügel mit einer winzigen weißen Kapelle, über den sich, da es wieder geregnet hatte, ein Regenbogen spannte. Hinter Eschbach verschluckte ihn der Wald und er folgte der B48, bis die emotionslose Stimme des Navigationsgerätes ihn anwies, links abzubiegen.

Sind Sie Nicole Schäfer?" Hilzendegen hatte sich einer korpulenten, schwarzhaarigen Frau von Mitte dreißig vorgestellt. Sie stand im Türrahmen eines Hauses, das wahrscheinlich einmal als Wochenend- oder Feriendomizil gebaut worden war und etwas abseits der überschaubaren Gemeinde direkt am Waldrand lag.

„Ist etwas passiert?"

„Dr. Hans-Peter Thiel wurde am Sonntagmorgen tot in seinem Haus aufgefunden."

Entsetzt fasste sie sich mit ihrer fleischigen Hand an die Brust. „So was wünscht man ja keinem", stieß sie hervor und führte den Kommissar in die Küche. „War er krank? Aber nein, dann wären Sie jetzt nicht hier, oder?"

„Er wurde erstochen."

„Das ist ungeheuerlich!" Sie hatte Töpfe auf dem Herd stehen, nahm die Deckel ab, sah prüfend hinein. Rührte in dem einen herum und schaltete die Hitze zurück. Sie griff nach einem Geschirrtuch und vergrub ihre Hände darin, ehe sie sich dem Kommissar erneut zuwandte. „Ich kann ihn nicht leiden. Er ist ein unmenschliches ...", sie biss sich auf die Lippe. „Tut mir leid. Man soll ja über Tote nichts Schlechtes sagen ..."

„Ich suche nach der Wahrheit", sagte Hilzendegen leise. „Wenn sich alle von dieser komischen Moral ins Bockshorn jagen ließen, könnte ich meinen Beruf an den Nagel hängen."

„Was für einen Beruf?" Der Junge war sieben, vielleicht acht. Er hatte das schwarze, dichte Haar der Mutter geerbt.

„Der Mann ist Kriminalkommissar", sagte diese ruhig. „Er ..."

„Wie geil ist das denn?“

„Nun ja … Es ist manchmal sehr anstrengend. Wie heißt du?“

„Jonas. Du fängst Verbrecher? So richtig, mit Verfolgungsjagd und allem?“

„Ähm … Es ist leider nicht so spektakulär, wie es sich die meisten Menschen vorstellen.“

„Spektakulär? Das verstehe ich nicht.“

Hilzendegen musste an Hubert Hartmann denken. Sein ehemaliger Chef hätte es zweifellos geschafft, dem Jungen eine befriedigendere Erklärung zu geben. Frau Schäfer nahm ihrem Sohn den schweren Schulranzen ab. „Jetzt hör schon auf, Jonas. Häng deine Jacke an die Garderobe und wasch dir die Hände.“ Während sie eine große Packung Fischstäbchen aus dem Gefrierschrank holte, diese auf einem Blech verteilte und in den Ofen schob, fuhr sie zu Hilzendegen gewandt fort: „Ich habe den Dr. Thiel einmal aufgesucht.“

„Geil, Mama.“

Sie warf Hilzendegen einen entschuldigenden Blick zu. „Es ist sein Lieblingsessen.“

„Mit Erbsen und Kartoffelpüree“, bekräftigte Jonas. Er machte sich eine Apfelschorle und kletterte auf die Eckbank. „Mama ist nicht mehr dick“, sagte er dann. „Kann sein, dass Sie das denken. Sie haben sie ja vorher nicht gekannt. Sie ist nur einmal kurz zu diesem Arschloch gegangen. Er hat sie fertiggemacht. Und deshalb bin ich froh, dass er tot ist.“

„Jonas! Was redest du denn da? Woher weißt du überhaupt …“ Wieder wandte sie sich fast verzweifelt an Hilzendegen. „Ich bin alleinerziehend und …“

„Ich habe noch einen großen Bruder“, sagte Jonas. Er grinste. „Genauso ein Prachtexemplar wie ich.“ Er hatte seine Schorle ausgetrunken. „Ich weiß, dass ich nicht immer geil sagen soll. Aber es ist einfach alles so geil, seit sie so dünn geworden ist. Jeden Tag spielen wir Fußball hinten auf der Wiese. Oder laufen durch den Wald. Und wir lachen. Haben einfach Spaß."

„Das ist doch prima", meinte Hilzendegen. Dann wandte er sich wieder an Frau Schäfer.

„Thiel hat mich angesehen und eine Menge Unsinn geredet. Dass ich schwer traumatisiert sei und alles übers Essen kompensiere. Er wollte mich in eine Fastenkur stecken und anschließend zum Schönheitschirurgen, um die hartnäckigeren Fettpölsterchen absaugen und die viel zu großen Hautlappen wegschneiden zu lassen. Bei der Gelegenheit hätte ich auch gleich Gesicht und Busen etwas spannen und straffen lassen sollen." Sie tippte sich mit dem Zeigefinger mehrfach an die Stirn. „Ich bin zur zweiten Sitzung schon gar nicht mehr hingegangen, obwohl zehn geplant waren. Er ist ... Er hatte überhaupt keinen Schimmer vom Leben." Sie deutete mit ihrem Kopf auf Jonas. „Vier Wochen zur Kur. Wie hätte ich das machen sollen? Wer hätte sich um die beiden gekümmert? Doch das waren Nebensächlichkeiten, die für einen Herrn Dr. von und zu Thiel keine Rolle spielten." Sie öffnete den Backofen und drehte die Fischstäbchen um. „Ich weiß, ich sollte nicht so bitter klingen. Sascha sagt das auch immer. Ihm hat Thiel wirklich sehr geholfen. Und ich habe ja andere Leute gefunden, die eben besser zu mir gepasst haben."

„Wer ist dieser Sascha?"

„Sascha ist unser Freund", erklärte Jonas. „Er war früher ziemlich verrückt. Jetzt ist er es nur noch ein bisschen. Aber seit er weiß, warum er so verrückt war, kann er nicht mehr Auto fahren."

Frau Schäfer strich ihrem Sohn über den Kopf. Es war eine

Geste, die genau auf der Grenze zwischen Liebkosung und Kopfnuss lag.

„Aber Mama! Ich habe doch nichts Falsches gesagt?!"

„Nein, Jonas. Hast du nicht. Es ist nur …"

„Es ist nicht immer klug, die Wahrheit, oder das, was man im Moment gerade dafür hält, seinen Mitmenschen unmittelbar mitzuteilen", sprang Hilzendegen ihr bei.

„Warum?"

„Weil nicht alle Menschen freundlich und nett sind."

„Oh!"

„Der Kommissar ist ganz offensichtlich ein netter Mann", sagte Nicole Schäfer lachend, als sie das entsetzte Gesicht ihres Sohnes sah, und ihr nächster Kopfstüber fiel deutlich sanfter aus.

„Wo waren wir jetzt stehen geblieben?", fragte Hilzendegen schließlich etwas irritiert. „Ach ja, bei Ihrem Freund, Sascha …?"

„Sascha Seibel. Es ist wirklich eine irre Geschichte. Am besten fragen Sie ihn selbst. Er wohnt in Hauenstein. Die Adresse kann ich Ihnen geben. Ich bin am Samstag nur ihm zuliebe mitgekommen."

„Sie hat ihn gefahren", erklärte Jonas.

„Die B10 macht ihm zu schaffen. Er hätte hintenherum über die Dörfer fahren können, aber nachts ist ihm das eben auch nicht geheuer."

Hilzendegen hatte seine Liste aus der Jackentasche gezogen und sich auf die Kante eines Stuhles gesetzt. „Sascha Seibel. Ja. Hier hab ich ihn. Er war ziemlich häufig im Institut. Stimmt das?"

„In letzter Zeit eigentlich nicht mehr. Aber eine Zeit lang ist er oft hingegangen." Nachdenklich suchte der Kommissar in den Jackentaschen nach dem Gelstift, doch er musste ihn im Wagen liegen gelassen haben. Jonas half ihm großmütig mit einem Bleistiftstummel aus. „Am Samstagabend waren Sie zusammen mit Sascha Seibel bei der Veranstaltung im Weingut?“

„Ja. Wie gesagt, ich bin gefahren. Ich konnte mit der Show, die Thiel da abgezogen hat, überhaupt nichts anfangen. Und als wir später in seiner Nähe standen, hat er mich komplett ignoriert. Das konnte er gut. Anderen das Gefühl geben, aus Glas zu sein.“

„Hat Sie das geärgert?“

„Ja. Irgendwie schon. Doch dann, als ich eine Weile beobachtet hatte, wie er so schön redete und schäkerte, kam mir ein interessanter Gedanke. Dass er nämlich Frauen nicht leiden kann, die nicht bereit sind, ihren kritischen Verstand auszuschalten, nur weil er auf der Bildfläche erscheint.“

„Dann war es gar nicht schön?“ Jonas hatte die Stirn in tiefe Falten gelegt.

„Na ja …“

„Du hast gesagt, es sei ein netter Abend gewesen.“

„Die Winzerin war sehr nett“, räumte Nicole Schäfer schnell ein. „Ich habe mich eine ganze Weile mit ihr unterhalten. Der Wein und die Häppchen waren total lecker, und hinterher sind Sascha und ich noch etwas essen gegangen.“ Und dann lachte sie plötzlich. Ein tiefes, kehliges Lachen. „Wie Sie sehen, Herr Hilzendegen, habe ich gar keine Chance, auch nur die kleinste Unwahrheit zu sagen. Vielleicht schicke ich Ihnen Jonas vorbei, in ein paar Jahren, wenn er etwas vernünftiger geworden und nicht mehr ganz so vorlaut ist. Dann kann er Ihnen bei Ihrer Verbrecherjagd unter die Arme greifen.“

„Wer weiß“, sagte Hilzendegen und verabschiedete sich zwinkernd.

„Sie können den Bleistift behalten!"

„Besten Dank. Auf Wiedersehn, Frau Schäfer." Er legte seine Karte auf den Küchentisch. „Bitte rufen Sie mich an, wenn Ihnen noch etwas einfallen sollte, das Ihnen irgendwie wichtig erscheint."

Von Völkersweiler nach Hauenstein waren es nur wenige Kilometer. Hilzendegen genoss die Fahrt auf der kurvigen Landstraße. Sie führte durch den Wald, wo spätes Herbstlaub auf ihn herabregnete, an weiten Wiesen und tiefgrünen Tannenhainen vorbei und durch eine weitere verschlafene Ortschaft, hinter der sich zerklüftete Sandsteinfelsen steil aufrichteten. Im Zentrum des Luftkurortes stellte er den Wagen ab und ging in eine Bäckerei, um sich ein Käsebrötchen zu kaufen. Und einen Kaffee, in den er drei Löffel Zucker rührte. An die Motorhaube gelehnt aß er das Brötchen und saugte die letzten, schräg einfallenden Sonnenstrahlen in sich auf. Neben dem Tourismus lebte der Ort noch immer von seiner Historie; von der Jahrhundertwende bis in die Sechzigerjahre hinein war Hauenstein ein bedeutender Standort der Schuhindustrie gewesen. Inzwischen gab es nur noch wenige Fabriken, darunter eine gläserne, in der man den Herstellungsprozess verfolgen konnte. Besucher kamen in Scharen und von weit her, um in den zahllosen Geschäften günstig einzukaufen. Im Museum waren die Schuhe eines ehemaligen Bundeskanzlers ausgestellt. Und ein Gerät, mit dem man nach dem Krieg Schuhe durchleuchtet hatte, um sicherzustellen, dass sie den Kindern auch wirklich gut passten. Erst als die Schattenseiten der Röntgenstrahlung mehr und mehr erforscht worden waren, hatte man diese von vielen als magisch empfundene Apparatur aus den Schuhläden verbannt.

Wieder musste Marius Hilzendegen an seinen ehemaligen Chef denken, der ihm einmal davon erzählt und, als sie vor ein paar Jahren hier zu tun gehabt hatten, das Museum gezeigt hatte. Er spürte sein Gewissen, weil er sich schon seit Wochen nicht mehr bei Hubert gemeldet hatte, dabei verdankte er dem alten Kommissar so viel. Eigentlich hatte er sich vorgenommen, Hubert einmal im Monat anzurufen. Er verstand einfach nicht, warum er das nicht auf die Reihe bekam. Er wollte schon nach seinem Smartphone greifen, doch eine Frage, die aus seinem Hinterkopf hervorpreschen wollte, hielt ihn zurück. Etwas, das ihn schon eine ganze Weile störte. Er hing dem Anflug dieses Gedankens nach, doch er kriegte ihn nicht zu fassen.

Frau Schäfers Erklärungen erwiesen sich als präzise und zutreffend. Er fand das Mehrfamilienhaus, in dem Sascha Seibel wohnte, auf Anhieb. Doch er fuhr daran vorbei, zurück auf die Hauptstraße und von dort auf die B10. Er würde den Zeugen vorladen, denn er war müde und einfach nicht mehr in der Lage, sich noch eine weitere irre Geschichte anzuhören. Genau so hatte es Nicole Schäfer ausgedrückt. Plötzlich musste er an Josefine denken. Sie liebte solche Geschichten und verstand sie auf ihre eigene Weise. Es würde ihn nicht wundern, wenn sie eine Art Muster oder sonst etwas Wesentliches darin erkennen würde. Ihm kam sogar die nicht weniger verrückte Idee, Josefine am nächsten Morgen nach Hauenstein zu schicken. Oder er könnte die nächste Ausfahrt und somit die Route über die Dörfer nehmen, die direkt an ihrem Weingut vorbeiführte, und sie fragen …

Im nächsten Augenblick verwarf er ärgerlich all diese Überlegungen. Abgesehen davon, dass es ihm natürlich nicht gestattet war, Informationen aus einem laufenden Ermittlungsverfahren preiszugeben, sollte er froh sein, wenn Josefine ausnahmsweise einmal nicht versuchte, sich einzumischen. Sie auch noch zu ermutigen – das wäre ein äußerst unkluger Schachzug gewesen. Er schüttelte den Kopf über sich selbst und trat aufs Gas.

13

Nachdem Josefine ihre Einkäufe im Bus verstaut hatte, schenkte sie das Parkticket einem älteren Ehepaar mit Dackel.

Gerade eben, am Ende ihrer Runde, hatte sie noch kurz bei Charlotte in der Buchhandlung vorbeigeschaut. Sie hatte mit ausschweifendem Jammern und Wehklagen gerechnet, doch die Freundin wirkte ungewöhnlich aufgeräumt. Sie müsse Haltung bewahren, hatte sie Josefine erklärt. Wenn sie jetzt nicht aus dem Rahmen falle, würde ihr das nur guttun und gleichzeitig auch Thiels Andenken bewahren. Josefine war etwas überrascht über die Vehemenz, die in ihrem Tonfall mitgeschwungen hatte. Aber auch erleichtert. Es hatte Zeiten gegeben, da hatte der Anblick eines toten Vogels die Freundin für mehrere Stunden außer Gefecht gesetzt. „Es ist die Konzentration, wenn du dich erinnerst. Du selbst hast mich einmal darauf hingewiesen. Dass ich mich konzentrieren soll. Und dafür werde ich dir ewig dankbar sein." Josefine konnte sich nicht daran erinnern, etwas Derartiges jemals gesagt zu haben, aber Charlotte kam immer wieder darauf zurück. Einmal hatte sie ihr sogar eine riesige Schachtel Pralinen zum Dank für diesen angeblich lebensrettenden Satz geschenkt. „Das Problem bislang war nur, dass ich nicht wusste, worauf ich mich konzentrieren soll." Charlottes blassblaue Augen hatten klarer gewirkt als sonst. „Woran ich diesen hungrigen, freiheitsliebenden Geist festmachen soll, verstehst du?"

„Und jetzt weißt du es?"

„Ich hänge ihn in meinen Rahmen. Spanne ihn vor den Karren meiner eigenen Lebensziele. Und seit er das begriffen hat, macht es ihm nichts mehr aus, wie ein Zirkuspferdchen immerzu im Kreis herumzulaufen."

Während sie die Hindenburgstraße hinauffuhr, fragte sich Josefine, wie lange dieser Gemütszustand bei ihrer Freundin anhalten würde. An der Ampel bog sie links ab, rollte am Krankenhaus vorbei auf Rittersheim zu. Die Wolken hingen tief über den blaugrünen Hügeln der Haardt am Horizont. Es würde früh dunkel werden. Josefine fröstelte. Sie lechzte nach einer Tasse Kaffee. Außerdem hatte sie Hunger. Es war schon gleich zwei Uhr, und sie hätte den Besuch im Pfarrhaus gerne auf morgen verschoben. Doch da sie Alexas Rezept in der Stadt mit eingelöst hatte, musste sie wohl oder übel noch einen weiteren Zwischenstopp einlegen.

Josefine ging an der barocken Kirche vorbei. Der quadratische, aus Sandstein errichtete Turm stammte noch aus romanischer Zeit und im Inneren fanden sich imposante Darstellungen biblischer Szenen, die ein in Rittersheim ansässiger Maler geschaffen hatte. Sie kämpfte sich einen von Stauden, Büschen und Gräsern überwucherten Pfad entlang, der durch den inzwischen völlig verwilderten Pfarrgarten führte und läutete. Neben der Tür des Pfarrhauses und vor allem in der Ecke, welche die Außenwand mit der Holzvertäfelung eines Erkers bildete, hatte sich ziemlich viel Laub angesammelt. Gerade als die Tür geöffnet wurde, fuhr eine Windbö hinein, trieb die leichten, trockenen Blätter im Kreis herum und jagte sie schließlich über den angrenzenden Friedhof davon. „Und damit werden meine Schäfchen morgen ein Thema haben. Sie werden miteinander sprechen, statt nur still und einsam vor dem jeweils eigenen Grab zu stehen. Sie werden über mich schimpfen, ohne über mich zu schimpfen. Eine rhetorische Herausforderung. Bin ich nun ein guter oder ein schlechter Hirte?"

„Andi“, Josefine reichte dem kleinen, drahtigen Mann beide Hände. Er hatte ein rundes Gesicht voller Sommersprossen und kurzes, graues Haar, das einmal kupferrot gewesen war. Wenn seine Augen wie jetzt leuchteten, sah er mehr dem kleinen Jungen ähnlich, mit dem Josefine zur Schule gegangen war, als einem vom Leben gebeutelten Pfarrer.

„Meine liebe gottlose Freundin! Was verschafft mir die Ehre?“

„Vielleicht hatte ich einfach Sehnsucht nach dem einzigen Menschen in der ganzen Südpfalz, der so hoffnungslos altmodisch ist, wie ich selbst.“

„Ach, darüber hast du dir immer schon völlig zu Unrecht deinen hübschen Kopf zerbrochen.“ Andi Wagner streckte sich, ließ die Bänder in seinem Nacken knacken und lachte, als er sah, wie Josefine sich schüttelte. Dann bat er sie ins Esszimmer, wo Alexa am Tisch saß.

„Oh, du legst Patiencen. Charlotte und ich lieben das auch. Wobei ich immer dachte, dass die Jugend das nur noch auf dem PC spielt. Was machst du? Einen kleinen Napoleon?“

„Sie legt keine Patiencen“, stichelte Andi. „Sie ist noch schlimmer als du. Nicht nur gottlos, sondern auch noch eine kleine Hexe! Wie gut, dass wir nicht mehr im Mittelalter leben.“

„Du kannst Karten legen?“, entfuhr es Josefine und sie sah das Mädchen neugierig an.

„Es ist kein Hexenwerk“, stöhnte Alexa und strich sich das lange, dunkle Haar hinter die Ohren. „Die Leute sind einfach nur doof! Und was ihr Umgang mit dem eigenen Unbewussten angeht, stecken viele wirklich noch im Mittelalter fest. Was nützt es da, wenn der Kopf immer moderner wird? Der Kopf ist im Verhältnis zum Rest wie die Spitze zu einem Eisberg.“

„Meinst du wirklich? Ich glaube ja auch, dass um vieles eine viel zu große verbale Welle gemacht wird. Die Leute denken und diskutieren, und darüber gehen das Mitgefühl und die Wertschätzung für die, die am Ende die Arbeit mit den vielen guten Ideen haben, immer mehr verloren. Aber beim Eisberg, da liegt das Verhältnis von dem, was aus dem Wasser herausschaut, zum Rest bei etwa zehn Prozent, oder?"

„Du gibst mir besser deine Jacke." Andi grinste. „Wenn Alexa erst einmal anfängt, über ihr Lieblingsthema zu sprechen, das kann dauern."

„Oh. Da bist du erblich belastet", lachte Josefine. „Wenn ich an Andis frühe Predigten zurückdenke! – Aber eigentlich wollte ich gar nicht lange bleiben. Nur …"

„Nur auf ein Tässchen Kaffee und ein paar Kekse", meinte Andi und drückte Josefine auf einen Stuhl.

„Die Leute wollen manipuliert werden", fuhr Alexa fort. „Sie wollen sich selbst nicht näher kommen. Sie wollen, dass man ihnen eine Gruselgeschichte erzählt. Dass die uralten Mythen, die tief in ihnen eingegraben sind, immer weiter gefüttert werden. Ich habe eine Freundin, die so arbeitet. Sie ist auf sechs Wochen im Voraus ausgebucht, obwohl sie doppelt so viel verlangt wie ich."

„Und sie erzählt den Leuten einfach irgendwas?"

„Manchmal ja. Manchmal hält sie sich an irgendwelche abstrusen Regeln und bauscht das entsprechend auf. Pass mal auf!" Alexa hatte die Karten, die sie anfangs ausgelegt hatte, zusammengestrichen. Nun griff sie neben sich in ein Holzkästchen, zog eine kleinere Schachtel hervor und begann zu mischen. Sie legte neun Karten in drei Reihen aus. Es waren schön gestaltete, farbenfrohe Motive. „Wenn der Ring neben dem Brief liegt, dann bedeutet das A, wenn er neben dem Blumenstrauß liegt, dann bedeutet es B, und so weiter. Wobei es auch noch eine

Rolle spielt, ob sich die besagten Karten oben, unten, rechts oder links berühren."

„Das ist ein bisschen so wie bei den Shows im Fernsehen, oder?"

„Manche haben wirklich einen siebten Sinn und nehmen die Karten als Transportmittel, damit es auf den anderen nicht so krass wirkt. Die reden in der Regel auch keinen Blödsinn. Aber natürlich muss jeder für sich selbst entscheiden, ob er das möchte. Wissen, was kommt, meine ich. Stell dir vor, wir hätten vorher gewusst, was mit Gregor passieren würde?! Es hätte uns unsere glücklichsten Jahre versaut. Und davon abgesehen hast du auch noch die Gefahr einer sich selbsterfüllenden Prophezeiung." Alexa sprang auf und nahm ihrem Vater das Tablett mit Kaffee, Keksen und kleinen Sandwiches ab.

Josefine drehte sich um, doch noch bevor sie sich bei Andi hätte bedanken können, war er in seinem Arbeitszimmer verschwunden. „Und die anderen, die keinen siebten Sinn haben?"

„Die verlegen sich eben aufs Drama. Die sehen das Glück kommen. Den Mann. Das Geld. Da ist noch die Wolke, die Geduld erfordert und der Schatten, der eine Herausforderung darstellt. Aber das wird alles. Und so arbeitet auch meine Freundin. Ihre Kunden sind Leute in allen möglichen Positionen. Von der Putzfrau bis zum Notar. Sie zahlen ihr 80 Euro für eine Stunde Privattheater, weil sie an den Mythos von der schwarzen Frau, die dem Schicksal in die Karten schauen kann, eben unbedingt weiter glauben möchten."

Josefine, hin- und hergerissen zwischen Neugier und Überforderung, nippte an ihrem Kaffee, der unendlich guttat. „Dem ist also nicht so?"

Alexa grinste übers ganze Gesicht. „Jetzt hat es dich auch gepackt, was?"

„Ja. Weißt du, weil …"

„Ist ja nicht weiter tragisch. Im Gegenteil. Es tut gut, mal jemanden zu haben, der einem wirklich zuhört. Ich bin nämlich eine moderne kleine Hexe! Ich habe mir meine eigene Hexenethik zusammengestellt. Dabei geht es um Selbstverantwortung und Individualität."

„Das hört sich gut an", meinte Josefine und deutete auf die bunten Symbole. „Das hier war mir nämlich irgendwie doch ein bisschen zu sehr nach Schema F."

„Im Grunde ist meine Art zu arbeiten mehr eine Hilfe zur Selbsthilfe. Ich stelle das Werkzeug und den Raum zur Verfügung. Und wenn ich gut drauf bin, auch die richtigen Fragen." Wieder lag dieses offene Strahlen in Alexas Blick. Sie nahm die farbenfrohen Karten wieder auf und mischte. „Möchtest du es einmal versuchen?"

„Ich weiß nicht, ich …?"

„Wasch mich, aber mache mir den Pelz nicht nass?"

„Na gut." Josefine nahm sich einen Schokoladenkeks. „Zu dir habe ich Vertrauen."

Alexa schloss die Augen. Ihre schlanken Finger mischten ruhig weiter. „Konzentriere dich auf das, was für dich im Moment gerade dran ist", sagte sie mit ruhiger Stimme. „Sei ganz bei dir, und wenn du in deinem Herzen so weit bist, dann sage ‚Stopp'."

Als Josefine so weit war, hörte Alexa auf zu mischen und breitete alle Karten in einem halbkreisartigen Fächer vor ihr aus. „Und jetzt ziehst du eine, mit der linken Hand."

Josefine nahm eine Karte und deckte sie auf. Es war ein rotes Taschenmesser darauf abgebildet. Sie lächelte etwas unsicher und sah Alexa gespannt an. Die junge Frau lachte. „Du bist auf dem besten Weg, auch in diese alte Falle zu tappen. Lass dich bloß nie auf jemanden aus dieser Branche ein!“

„Aber ich wollte doch jetzt über meinen Schatten springen und es versuchen“, meinte Josefine irritiert.

„Ja, Süße, aber nicht ich sage dir, was das Messer meiner Meinung nach oder ganz allgemein oder tiefenpsychologisch bedeutet. Sondern du sagst mir – oder vielmehr dir selbst in meiner Anwesenheit – was dieses Messer für dich bedeutet!“

„Ach so“, brummte Josefine ratlos. Und obwohl Alexa es ihr vorher genau erklärt hatte, war sie ein bisschen enttäuscht. „Ich habe so gar keine Idee …“

„Woran erinnert es dich denn spontan?“

„An Eugen. Meinen Vater. Er hatte so ein Messer immer in der Tasche seiner weiten Cordhose. Wenn wir im Wald waren, hat er die Pilze damit abgeschnitten. Er kannte so seine Stellen. Als ich noch klein war, hat er mir Stöcke geschnitzt, und wenn wir Brotzeit machten, die Brötchen aufgeschnitten, die Wurst in kleine Rädchen.“ Josefine erzählte von den langen Wanderungen, bei denen auch Andi oft mit dabei gewesen war.

„Und wie fühlst du dich, wenn du zurückblickst, dich erinnerst?“

„Glücklich. Ich empfinde meine Erinnerungen als ein großes Geschenk. Ein wunderbares Erbe, viel wertvoller, als wenn Eugen und meine Oma Rosa mir Autos, Luxusvillen oder viel Geld hinterlassen hätten.“ Sie lächelte, und dann stiegen ihr doch wieder Tränen in die Augen. Und sie erzählte Alexa, dass ihr Vater im Sommer gestorben war. Dass sie nun niemanden mehr hatte, mit dem sie diese Erinnerungen teilen konnte. Sie schluchzte heftig auf, was ihr peinlich war. „Es ist nicht sein Tod, der mich so fertigmacht, sondern der Umstand, dass mein

Mann und meine beste Freundin sich jedes Mal total merkwürdig verhalten, wenn ich über ihn spreche."

Alexa schwieg nachdenklich. Josefine knabberte Schnittchen und trank noch eine Tasse Kaffee. „Und was bräuchtest du jetzt, damit es dir weiterhin gut geht?"

Darüber musste Josefine nun ihrerseits eine ganze Weile nachdenken. „Na, dass ich so bleiben kann, wie ich bin. Dass ich sagen kann, was mir in den Sinn kommt, ohne mich ständig maßregeln, mir auf die Zunge beißen zu müssen."

„Ich gebe dir die Frage, um die es geht, einfach mit." Diesmal zog sie einen winzigen Notizblock aus der Kiste hervor. „Ich schreibe sie für dich auf. Wenn das Thema gelöst ist, kannst du wiederkommen."

„Vorher nicht?", fragte Josefine amüsiert.

„Nein", gab Alexa streng zurück und reichte ihr einen gefalteten Zettel über den Tisch. „Denn wir lösen die Dinge nicht selbst. Wir öffnen uns nur an der richtigen Stelle, damit es passieren kann. Und das braucht eben seine Zeit." Zufrieden nahm sie alle Karten wieder auf, mischte sorgfältig und legte sie vorsichtig zurück in die Schachtel. Josefines Blick hing an ihren Händen. „Was ist? Habe ich da was?"

„Oh, nein. Nein. Ich finde es nur … sehr beeindruckend. Ja. Wirklich. Willst du das später auch beruflich machen?"

„Ja und nein", lächelte Alexa zufrieden. „Ich werde mich für Germanistik einschreiben und auf die Semiotik spezialisieren."

„Was ist denn das?"

„Semiotik ist die Wissenschaft der Zeichen. Wie Zeichen und Symbole entstanden sind, und wie sie sich in den verschiedenen Kulturen entwickelt haben."

„Was es heute so alles gibt! Ich finde es schön, dass euch so viele Wege offenstehen."

„Das ist nett von dir, Josefine. Wirklich! Die meisten Leute verdrehen nämlich nur die Augen, wenn ich sage, was ich machen will."

„Ich finde das hochinteressant." Sie lächelte abwesend. Vielleicht auch ein bisschen wehmütig. „Komm doch in den nächsten Tagen mal bei mir vorbei. Ich würde dir nämlich auch gerne etwas zeigen."

STELLA

Ich bin erschöpft. Verwirrt. Und ich habe Angst. Was ich jetzt bräuchte, wäre eine Schreibmaschine, damit *der kleine Wirrkopf* die vielen Gedanken, die ihm gleichzeitig durch den Kopf schießen, aufschreiben kann.

Wir sollten eine Schreibmaschine kaufen, sagt *die Tante.* Wir sollten jetzt schauen, dass wir wieder in unsere Ordnung kommen. Eine Liste machen. Und morgen …

Ich werde heute keine Pfote mehr rühren, grummelt *die schwarze Katze* nachdrücklich und rollt sich ein.

Ich bin gerade nach Hause gekommen. *Die schwarze Katze* hat sich sofort aufs Sofa fallen lassen und alle mit heruntergezogen. Es war ein furchtbar anstrengender Nachmittag. Ohne Herrn Fischlein hätte ich das nicht geschafft. Er hat mich um halb drei abgeholt. Zum Glück war *der Tante* noch rechtzeitig eingefallen, dass ich das gestern Abend mit ihm vereinbart hatte. Doch allein die Lebens-Geister-Besprechung zu beenden, aufzustehen und rechtzeitig fertig zu werden, hat mich meine ganze Kraft gekostet. Hätte Herr Fischlein mich nicht gefahren und dann sanft am Ellbogen treppauf und treppab durch die Flure und Gänge geführt, ich wäre niemals irgendwo angekommen.

Dem kleinen Wirrkopf läuft gerade das Gemüt vor lauter Aufregung über, weil er erst jetzt begreift, dass wir im Kriminallabor gewesen sind. Dort wurden meine Fingerabdrücke und eine Speichelprobe genommen. Und später musste ich ziemlich viele Fragen beantworten. Aber es war zum Glück ein anderer Kommissar. Er war jung und viel netter als der, der mich gestern mit seinen bohrenden Fragen und seinem kritischen Blick ganz nervös gemacht hatte.

Mein Mädchen spürt der Stelle an meinem Arm nach, an der Herr Fischlein mich die ganze Zeit so federleicht angefasst hat. Das durfte der doch, oder? Fragt sie *die Tante.*

War es dir denn nicht angenehm?

Doch. Er riecht gut. Und es war doch viel unauffälliger, als uns an die Hand zu nehmen. Wie hätte das denn ausgesehen?

Sehr rücksichtsvoll und elegant ist der Herr Fischlein, erklärt *die Tante* versonnen. Wir sollten ihn mal zum Essen einladen. Es war auch mehr als anständig von ihm, was er uns vorher im Auto gesagt hat.

Der kleine Wirrkopf stöhnt: Dass wir für die nächsten zwei bis drei Stunden so tun sollen, als gäbe es keine Lebens-Geister! Ich hatte – unaufgeräumt und unvorbereitet wie ich nun einmal war – einfach drauflosgesprudelt. Ich habe nicht mehr daran gedacht, dass man, wenn jemand fragt, wie es einem geht, nicht den ganzen Inhalt der letzten drei inneren Teamsitzungen wiedergeben soll. Jedenfalls nicht Wort für Wort, stänkert *die schwarze Katze.*

Der kleine Wirrkopf beschwert sich: Es war echt anstrengend, die ganze Zeit so eindimensional denken und sprechen zu müssen. Das ist ja wie eine Art Simultanübersetzung. Du könntest mich wirklich mal loben.

Pah! Loben?!, knurrt *die schwarze Katze.* Wer lobt mich, dass ich vier Stunden aufrecht gehen, stehen und auf einem unbequemen Stuhl habe sitzen müssen? Ich fühle mich wie nach einem Marathonlauf!

Die Tante ist nachdenklich. Was wird jetzt aus uns?, fragt sie schließlich. Wir haben nur noch den Halbtagsjob im Café. Und wir können nicht davon ausgehen, dass uns Birgit die Wohnung auf ewig mietfrei überlassen wird. Wir müssen mit dem Chef reden. Fragen, ob wir die Stunden aufstocken können …

Die schwarze Katze rollt sich andersherum ein und gähnt. Wir haben überhaupt keinen Job mehr. Was glaubt ihr, warum der Anrufbeantworter hier blinkt wie eine Leuchtreklame!

Entsetzt starrt *die Tante* auf das Gerät. Ach, du lieber Gott! Das habe ich völlig vergessen. Wir hätten uns heute Morgen im Café abmelden müssen.

Unentschuldigtes Fernbleiben vom Arbeitsplatz ist, soweit ich informiert bin, ein Grund für eine fristlose Kündigung, erklärt *die schwarze Katze.* Euer so hochgelobtes ganzes gutes Leben fällt gerade wie ein Kartenhaus in sich zusammen.

Das habe ich immer schon gewusst, jammert *mein Mädchen.* Ich habe es euch doch schon so oft gesagt, dass eure blöde Realität auch nur eine Illusion ist.

Da hast du ein weises Wort gelassen ausgesprochen, schnurrt *die schwarze Katze.* Komm, wir tauchen ab in eine andere, bessere Welt. Ich erzähle dir eine Geschichte, von einer Prinzessin, die …

… Einundfünfzig Jahre alt ist und in ihrem Rodalbener Schloss am Hang heute wie schon seit dreißig Jahren auf ihren Traumprinzen wartet, unterbricht *der kleine Wirrkopf* wütend. Lasst uns diesen verdammten Anrufbeantworter jetzt gleich abhören, dann haben wir es hinter uns. Vielleicht ist es ja gar nicht so schlimm …

Du gehst mir so was von auf den Wecker mit deinem Optimismus, murrt *die schwarze Katze.* Was muss denn noch passieren, damit du deinen naiven Glauben endlich beerdigst und erwachsen wirst? In der Realität gibt es kein Happy End! In der Realität ist immer alles anstrengend und ungerecht, und wenn der Wurm einmal drinsteckt, geht er nun einmal nicht wieder raus!

Ich bin nicht naiv, ärgert sich *der kleine Wirrkopf*. Du bist depressiv! Ich habe schon längst verstanden, dass es in der Realität kein Happy End gibt. Kein immerwährendes Hochgefühl. Aber es gibt schöne Momente. Und gute Tage. Wir hatten in der letzten Zeit ziemlich viele gute Tage. Ich kann es dir zeigen, wir haben alles in unserem Terminkalenderbuch festgehalten.

Gute Tage, höhnt *die schwarze Katze*. Warum waren sie denn gut? Weil Hans-Peter da war. Weil er sie verzaubert hat!

Die Tante und *das Mädchen* sehen sich an und verdrehen die Augen. Theatralisch fährt *die schwarze Katze* fort: Ich erzähle euch, wie es ohne ihn war. Es ist keine schöne Geschichte, aber ihr habt es ja nicht anders gewollt. Es ist die Geschichte einer jungen Frau, die das Glück suchte. Nachdem sie es zu Hause vergeigt hatte, kam sie nach Landau.

Ich weiß nicht, warum *die schwarze Katze*, wenn sie in unseren Erinnerungen zurückwandert, alles Schöne und Positive ausspart. Warum sie das Angenehme abwertet, zum grauen Alltag erklärt. Hat sie wirklich vergessen, dass es mir anfangs hier in Landau viel besser ging?

Die Ruhe tat mir unendlich gut. Die Ruhe und vielleicht auch ein Rest von Birgits Geist, der hier noch in den Räumen steckte. Es war Ende November, die Zeit der Familienzusammenkünfte und Weihnachtsfeiern, und ich fand eine Stelle bei einem Thailänder. Mittags und abends war der kleine Laden voll. Wir waren zu zweit im Service, besprachen unsere Schichten miteinander und wechselten uns ab. Der Chef war nett. Ihm war es nur recht, dass er mit der Organisation keinen Aufwand hatte. Er hat mir oft Essen mitgegeben. Ich rettete mich mit zusätzlichen Schichten über die Feiertage, überstand den Januar und war im Begriff, mich angekommen zu fühlen, als es Probleme mit der Gewerbeaufsicht gab. Ich habe nicht verstanden, warum wir schließen mussten. Aus meiner Sicht war der Laden tipptopp in Ordnung.

Und dann, sagt *die schwarze Katze* zynisch, dann kamen die vielen wunderbaren Tage und Nächte, die wir in einer dunklen Kneipe zugebracht haben, mit Männern, für die die Idee von Gleichberechtigung nichts anderes ist als eine Steilvorlage zum Sprücheklopfen. Und eine Ermunterung, zu tätscheln und zu grabschen.

Das war wirklich schwer auszuhalten. Es zehrt die Seele aus, wenn man Tag für Tag so viele Stunden an einem Ort verbringen muss, den man verabscheut. An einem kalten Tag Ende April hatte ich vergessen, einen Knoten zu machen, ehe ich die Schleife meiner Schürze band. Es war spät. Ich trug ein volles Tablett mit leeren Weizenbiergläsern, hatte mich gerade vom Tisch abgewendet, als das Riesenekel – so nannte ich den Freund des Wirtes insgeheim – dran zog. Die Schürze mit dem schweren Geldbeutel ging scheppernd zu Boden. Ich stolperte darüber. Münzen rollten in alle Richtungen über die Steinfliesen. Während ich das Tablett auf die Theke bugsierte, wo die Gläser umfielen und ins Spülbecken kullerten, hörte ich die Männer lachen und feixen. Spülwasser spritzte mir ins Gesicht und brannte in den Augen. Keiner kam auf die Idee, mir zu helfen. Ich stand da – wollte etwas sagen, wollte schreien, wollte diesem Riesenekelarschloch ins Gesicht schlagen. Doch mein Mund war trocken, die Zunge lahm. Mein Hals schmerzte wie bei einer Mandelentzündung. Bevor die Tränen, die in mir aufstiegen, aus mir herausschießen konnten, verließ ich das Lokal. Am nächsten Tag ließ mir der Wirt meinen Mantel und meine Handtasche bringen. Das Geld, das ich an diesem Abend verdient hatte, hat er behalten. Ich begann, mich weiter zu verkriechen. Ich hatte Angst, diesen Männern in der Stadt zu begegnen. Und als ich ein paar Wochen später anfing, Burger und Pommes zu verkaufen, traute ich mich nicht, mich mit den Kollegen dort anzufreunden. Es war ein bunter Haufen: Mütter mit kleinen Kindern, Einwanderer, Rentner, Studentinnen. Die meisten waren total nett. Doch hier in Landau scheint – wenn nicht direkt, dann doch über fünf Ecken – jeder jeden zu kennen. Und die Vorstellung, dass ich mich jemandem gegenüber öffnen könnte, der am Ende diese Männer kannte und mit ihnen heimlich über mich lachen würde, war mir unerträglich.

Das war ein großer Fehler, sagt *der kleine Wirrkopf* treuherzig. Es wäre nicht passiert, wenn wir uns damals schon alle gekannt hätten. Denn dann hätte mir *die Tante* schon viel früher den Unterschied zwischen sich selbst schämen und fremdschämen erklären können.

Der kleine Wirrkopf wünscht sich nichts sehnsüchtiger, als Freunde zu haben. Was nicht nur schwierig ist, weil ihn die gängige Art, Konversation zu betreiben, noch immer sehr anstrengt. Das weitaus größere Problem aber ist *die schwarze Katze* mit ihrem furchtbar misstrauischen, aufs Negative fixierten Blick. Und dann spüren die anderen wohl auch, dass sie noch immer glaubt, etwas Besseres oder eben irgendwie Besonderes zu sein. *Der kleine Wirrkopf* grinst ein bisschen schadenfroh: Und deshalb bist du auch dieser besonders garstigen Zecke auf den Leim gegangen. Wenn du unbedingt in der Vergangenheit herumstochern möchtest, sagt er zur *schwarzen Katze*, bitteschön, dann reibe ich dir jetzt auch mal deine Fehler unter die Nase!

Die Frau hatte mich nach der Arbeit vor dem Fast-Food-Restaurant abgepasst. Sie hätte ein Fitnessstudio und suche jemanden für die Rezeption und Kaffeebar. Es war ein einziger langer Tresen. Auf der einen Seite checkten die Mitglieder ein, auf der anderen bereiteten wir Sandwiches, Salate, frisch gepresste Säfte,

Proteinshakes und die üblichen Kaffeespezialitäten zu und servierten in einem offenen Raum mit vielleicht zwanzig Tischen. Die Gäste, nach dem Work-out mit Glückshormonen geflutet, waren meist locker und pflegeleicht. Die Arbeit hätte ein Traum sein können, auch wenn das Studio täglich von sieben bis zweiundzwanzig Uhr geöffnet hatte. Wir waren zu dritt und arbeiteten im Schichtsystem. Auch hier waren die Kolleginnen freundlich, aber sehr reserviert. Vor allem, wenn die Chefin in der Nähe war. Sie war Anfang sechzig, blond und mächtig stolz darauf, schlank und fit zu sein. Und sie bildete sich ein, wie eine Dreißigjährige auszusehen. Immer trug sie schreiend-bunte Sportkleidung mit mindestens einem hautengen Teil. Wie aus dem Nichts tauchte sie neben mir auf. Ich hörte sie nie kommen. Ich spürte keine Vibration des Bodens, wie bei allen anderen. Keinen Luftzug. Sie verströmte keinen Geruch. Erst später, als es schon zu spät war, sollte mir eine gewisse Kälte, die mir die Wirbelsäule hochkroch, ihr Erscheinen ankündigen.

Sie sah mir über die Schulter. Heftete ihren grauen Blick auf meine Hände. Auf den Monitor des PCs. Dann zupfte sie ihre Fransenfrisur zurecht und atmete tief ein, um mit dem nächsten Ausatmen betont gelassen zu sagen: „Stella – ich weiß, dass du das alles nicht gelernt hast, aber hier arbeiten wir professionell, verstehst du." Und ich biss mir auf die Lippe, denn ich hatte alles gelernt. Ich hatte nur die Prüfung nicht abgelegt. Doch ich spürte, dass es sinnlos war, etwas zu erwidern. Die Chefin war von sich selbst – davon, dass ihre Art, etwas zu tun, die einzig richtige Art sei – dermaßen überzeugt, dass sie anderen gar nicht erst zuhörte. Später sollte mir Hans-Peter sagen, dass die Frau den geistigen Horizont eines Stecknadelköpfchens habe und man nicht mehr von ihr erwarten könne. Er war der Einzige, der ihrem oberflächlichen Charme, dem Blitzen in ihren

Augen, das sie wie eine Lampe ein- und ausschalten konnte, nicht erlag. Er kam mittwochs, meist spät, trainierte eine Stunde und trank an dem Tisch in der Ecke ein Glas Rotwein.

Wenn ich heute zurückblicke, glaube ich, dass die Chefin einfach eine tiefe Befriedigung dabei empfand, andere zu kritisieren und zurechtzustutzen. Wenn sie mir einen Fehler nachweisen konnte, kokettierte sie mit ihrer Freundlichkeit und Gelassenheit, doch in ihren Augen lag ein lustvoll-perfider Glanz.

Es ging schleichend. Ich hörte auf zu sprechen. Abgesehen von den Floskeln und Phrasen, die ich für die Arbeit brauchte, sagte ich nichts mehr. Ich versuchte mich abzukapseln, einfach nur meinen Job zu machen, doch dazu verbrachte ich zu viel Zeit im Studio. Gegen die Auftritte und kleinen Vorträge der Chefin entwickelte ich eine solche Abneigung, dass ich mich mächtig anstrengte und alles gab, um ihr keine Angriffsfläche mehr zu bieten. Ich merkte nicht, dass ich dadurch ihren kranken Anspruch in mich hineinließ, ihn übernahm und auch zu Hause zu meinem Maßstab machte. Schließlich gab es keinen Ort mehr, an dem ich mich hätte entspannen können. Egal, ob ich die Wohnung aufräumte, zum Einkaufen ging oder mir vornahm, einen Spaziergang zu machen: Immer lag ihr emotionsloser Blick auf meinen Händen, ihr Atem an meinem Hals, ihre Stimme in meinem Ohr. Ich konnte mir selbst nichts mehr recht machen.

Anfangs war ich noch voller Wut. Beim Putzen habe ich lautstark mit einer imaginären Ausgabe der Chefin gestritten, bis mir vor Scham und Verzweiflung die Tränen kamen. Irgendwann hatte ich selbst zum Weinen keine Kraft mehr. Die einfachsten alltäglichen Tätigkeiten begannen mich unendlich anzustrengen. Ich lebte von Keksen, trank literweise schwarzen Kaffee und hatte fast immer Bauchschmerzen. Es gab nichts mehr, das mir ein gutes Gefühl hätte verschaffen können. Ich rollte mich ein. Immer tiefer zog ich mich in mich selbst zurück, die Decke bis zum Kinn, bis über die Ohren. Es war nichts Lebendiges mehr in mir. Ich funktionierte, klammerte mich an den Job, den ich für den Grashalm hielt, an dem mein Leben hing.

Nach einem Jahr war ich nur noch ein schreckhaftes, mageres Häufchen Elend. Ständig ließ ich etwas fallen. Ich verhaspelte mich bei den Bestellungen, konnte mich kaum noch konzentrieren. Die Chefin lief zur Höchstform auf. Als ich einmal zu wenig Wechselgeld herausgab, unterstellte sie mir, dass ich mit Absicht versucht hätte, zu betrügen. Da ich mich nun nicht länger einmal, sondern zwei- drei- und fünfmal selbst kontrollierte, entschuldigte sie sich bei den Kunden für meine Dummheit und Langsamkeit. Und je mehr ich mich anstrengte, desto schlimmer wurde es.

An meinem letzten Tag war ich dabei, ein Glas Rotwein zu servieren, als es passierte. Ich war mitten im Raum und hörte, wie sich die Chefin bei einer Gruppe von Gästen über mich beschwerte. Sie sprach nie besonders laut, aber irgendwie doch so, dass alle sie hören konnten. „Dann such dir halt eine andere Kellnerin", meinte ein dicker, rotgesichtiger Mann im Jogginganzug. „Das bringe ich nicht übers Herz", entgegnete sie, ohne rot zu werden. „Schau sie dir an. Wo soll sie denn hin? Wenn ich sie rauswerfe, landet sie auf der Straße. Oder sie macht auf Hartz IV und liegt uns allen auf der Tasche."

Ich hatte mich umgedreht und sah sie an. Spürte meinen Zorn wie eine Sturmwelle heranrollen. Eine Welle, die gewaltiger war als jemals zuvor, doch wie immer brach sie sich ohnmächtig an meiner schmerzenden, tonlosen Kehle. Indem sie zurückbrandete, spülte sie das letzte Quäntchen Willenskraft mit sich fort. Alle starrten mich an. Meine Hände hingen schlaff herunter. Ich hatte das Tablett fallen gelassen. Die Chefin stand da und wartete auf die unterwürfige Geste, die sonst meinem Versuch, die Dinge wieder in Ordnung zu bringen, vorausging. Ich drehte mich um, öffnete die Eingangstür und trat wie eine Schlafwandlerin hinaus. Es war dunkel und kalt. Und wieder ging ich einfach fort – ohne meine persönlichen Dinge, meinen Mantel, meine Würde mitzunehmen.

Die Chefin würde mir nichts schicken, sie würde mich antanzen lassen. Vielleicht war es diese Vorstellung, die mich dazu brachte, dass ich mich schon auf dem Heimweg nach innen zog, mich vollends meiner *schwarzen Katze* ergab. Bereitwillig ließ ich mich einlullen von ihrer warmen Stimme, die von einer samtweichen Erlösung flüsterte.

Wenn ich daran denke, meint *der kleine Wirrkopf*, dass wir uns wegen dieser Tussi um ein Haar von der Brücke gestürzt hätten, wird mir heute noch ganz flau.

Mir auch, sagt *mein Mädchen*. Stellt euch nur mal vor, wenn Hans-Peter an diesem Tag nicht an seinem Tisch in der Ecke gesessen und alles mitbekommen hätte? Wenn er uns nicht gefolgt wäre?

Ja, sagt *die Tante*. Sie ist ganz blass geworden. Wir haben wirklich Glück gehabt. Bekümmert schaut sie *die schwarze Katze* an. Es tut mir leid, dass dir alles, was ich sage, missfällt, aber ich bin ganz bei *dem kleinen Wirrkopf*: Es tut nicht gut, sich immer wieder mit all dem zu beschäftigen, was man bisher im Leben falsch gemacht hat. Oder was nun einmal schlecht gelaufen ist.

Die schwarze Katze lächelt wehmütig. Hans-Peter hat immer gesagt, dass man es als Erfahrung verbuchen, ablegen und weitermachen soll.

DIENSTAG, 28. NOVEMBER

Ich habe meine Eltern getötet. In Wahrheit aber haben sie mich getötet. Denn sie haben das, was für die Zukunft gedacht und in mir angelegt war, für sich beansprucht.

Sie haben mich emotional ausgesaugt, statt mich seelisch zu nähren. Sie haben mich eingespannt, in schweres Geschirr. Und abgerichtet, wie man heute keinen Hund mehr abrichtet.

Sie haben einen Lakaien aus mir gemacht und sich später gewundert, dass ich unfähig war, voller Selbstvertrauen ins Leben zu treten. Dass ich im Außen nicht die Dinge erreichte, mit denen sie hätten glänzen können. Sie nannten mich träge und einfallslos – sie konnten nicht sehen, dass ich meine Intelligenz und das, was mir an Schöpferkraft geblieben war, zum Überleben brauchte.

14

Marius Hilzendegen kam aus der Küche. Wie so oft, wenn er Frau Hammel beim Schreiben zusah, musste er an eine Konzertpianistin denken. Zum einen, weil ihre schmalen, gepflegten Hände ebenso virtuos über die Tastatur ihres PCs wanderten. Zum anderen wegen der Art, wie sie vor den Augen wartender Zeugen auf ihrem Stuhl Platz nahm. Er vermutete, dass sie sich eines Tages eine Kostümjacke mit Schwalbenschwanz zulegen würde, um das Ritual noch zu vervollkommnen. In seinem Büro stellte er die dampfende Teetasse, aus welcher ein feiner, leicht herber Zitrusduft aufstieg, neben seinen Laptop. Zum dritten Mal an diesem Morgen kontrollierte er die Ventile der Heizung; sie waren bis zum Anschlag aufgedreht. Es gurgelte und brodelte in den Rohren und Heizkörpern, dass man hätte meinen können, das Wasser koche darin, doch sie waren nicht einmal handwarm. Obwohl er in weiser Voraussicht seine cognacfarbene Cordhose, ein angerautes Hemd und darüber noch einen dunkelblauen Kaschmirpullover angezogen hatte, fröstelte ihm.

„Das ist der Ostwind." Frau Hammel brachte eine Unterschriftsmappe und hielt ihm fordernd einen Kugelschreiber hin. „Das heißt, eigentlich sind es natürlich die Fenster. Der Himmel weiß, wann die eingebaut worden sind. Wahrscheinlich hatten wir damals noch einen Kaiser."

Hilzendegen grinste und unterschrieb die Sammlung administrativer Vorgänge.

„Sie sind aber selbst schuld, wenn Sie frieren."

„Weil ich mich nicht überwinden kann, mir Zuglufttiere auf

die Fensterbänke zu packen, ich weiß." Er reichte ihr Stift und Mappe zurück.

„Bei Bäumler ist es auch kuschelig warm. Er hat einen seiner FCK-Schals geopfert. Außerdem vergisst er im Gegensatz zu Ihnen nicht, zu essen." Fast strafend sah sie auf die Bäckertüte neben seiner Teetasse. „Und jetzt ist es wieder zu spät. Ihr Zeuge aus Hauenstein ist gerade gekommen."

„Dann ist er eine Viertelstunde zu früh. Ich hatte ihn gebeten, um neun Uhr hier zu sein. Setzen Sie ihn doch schon einmal in den Vernehmungsraum und fragen Sie ihn, was er trinken möchte."

Der hochaufgeschossene Mann hatte ein langes, schmales Gesicht. Er begrüßte den Kommissar mit überschwänglicher Freundlichkeit und kam von selbst auf den Tod seines Coachs zu sprechen. „Es ist so ungerecht. So schrecklich. Das hat er nicht verdient." Er schluckte. Hilzendegen ließ ihm Zeit. Als der Zeuge sich etwas beruhigt und die Hälfte seiner heißen Schokolade ausgetrunken hatte, fuhr er fort. „Das kann man ja eigentlich keinem erzählen, was der mit mir gemacht hat. Es war fast wie eine Art Exorzismus. Ich weiß, für einen modernen Menschen muss das wie ein Rückfall ins Mittelalter klingen, aber – ob Sie es nun glauben können oder nicht – ich war wie besessen. Sogar meine Frau hat das immer gesagt. Und die ist wirklich eine von der knochentrockenen Sorte."

„Was meinen Sie damit, Herr Seibel? Wovon waren Sie besessen?"

„Ich war nie zufrieden. Geistig nie anwesend. Nicht fähig, das Leben auch zu genießen. Meine Frau hat darunter gelitten und die Kinder auch." Seibel griff nach der Tasse mit dem Kakao, als müsse er sich Mut antrinken. „Zuerst habe ich ein Haus gebaut. Das bedeutete Stress und Ausnahmezustand für zwei Jahre, obwohl unsere Tochter noch klein war. Ich bin im Vertrieb tätig. Kaum waren wir eingezogen, machte ich eine betriebsinterne Fortbildung. Das hat meine Frau eingesehen, auch wenn sich ihre Begeisterung in Grenzen hielt. Dann kam unser Sohn. Als die Fortbildung zu Ende war, lernte ich Spanisch. Machte den Lkw-Führerschein und die Ausbildereignungsprüfung. Ich verlor meinen Job, mietete einen Schrebergarten, den ich komplett umgestaltete. Da ich bei der neuen Stelle Nahrungsergänzungsmittel vertreiben sollte, absolvierte ich eine Ausbildung zum Ernährungsberater. Als ich dann direkt nach der Prüfung mit dem Gedanken spielte, mich nebenbei selbstständig zu machen, wurde es meiner Frau endgültig zu viel. Ich habe sie verstanden. Ich wusste ja, dass es nicht richtig war. Und jedes Mal sagte ich: ‚Nur noch diese eine Sache, dann ist Schluss. Dann fange ich an, *wirklich* zu leben.'"

„Und deshalb haben Sie Herrn Dr. Thiel aufgesucht?"

„Es war nach der Firmung unseres Sohnes. Meine Frau wollte wirklich Schluss machen. Ausziehen. Sie hatte sich schon nach einer Wohnung umgesehen. Sie hätte durchgehalten, wegen der Kinder, sagte sie. Aber die seien jetzt alt genug, um ihnen die Wahrheit zumuten zu können …" Er schluckte schwer. „Sie hatte einfach keine Lust mehr, allein in einem großen Haus oder einem schönen Garten zu sitzen. Das konnte ich verstehen. Ich war wirklich verzweifelt. Ich liebe meine Familie! Ich wollte mich ändern. Doch obwohl ich spürte, dass mir die Kraft für weitere zusätzliche Projekte ausging, schaffte ich es einfach nicht." Sascha Seibel sah auf und lächelte traurig. „Entschuldigen Sie. Ich bin ein bisschen durcheinander. Ich kann es mir gar nicht vorstellen, dass es Dr. Thiel nicht mehr geben soll. Wer kann einem Menschen wie ihm nur so etwas antun?"

„Das versuchen wir herauszufinden."

„Es ist nicht leicht, darüber zu sprechen. Gerade mit jemandem von der Polizei." Seibel kramte in seinen Hosentaschen nach einem Taschentuch. „Aber wenn es Ihnen hilft ... Jedenfalls hatte mir jemand empfohlen, mich in meiner Not an Dr. Thiel zu wenden. Und er versetzte mich in eine Art Hypnose. Aber nicht so, wie man es aus den Filmen kennt, wo einer nach zehn Minuten wie aus einem Schlaf aufwacht, sich an nichts mehr erinnern kann und dann vor Scham im Boden versinken möchte, wenn ihm ein Video vorgeführt wird." Er sah den Kommissar unsicher an. Hilzendegen nickte ermutigend.

„Man ist zwar schon sehr tief in sich drin, aber das Bewusstsein bleibt immer dabei. Herr Dr. Thiel führte mich in einen solchen Zustand und fragte: ‚Wen oder was suchen Sie?' Ich werde das niemals vergessen. Ich sagte, als sei es nur zu natürlich: ‚Meine Schwester.' ‚Ich habe doch gar keine Schwester', wollte ich hinzufügen. Doch es ging nicht und Dr. Thiel bat mich, drinzubleiben. Und dann kamen die Bilder. Ich sah eine Geburt. Zuerst kam ein Junge, dann ein Mädchen. Das Mädchen starb." Seibel schnäuzte sich. „Verstehen Sie jetzt?"

„Noch nicht so ganz."

„Ich habe meine eigene Geburt gesehen. Es war meine Zwillingsschwester, die gestorben ist. Unbewusst war ich immer auf der Suche nach ihr. Unbewusst fühlte ich mich für ihren Tod verantwortlich. Deshalb habe ich versucht, ihr Leben auch noch mit zu leben. Zusätzlich zu meinem eigenen."

Hilzendegen wusste nicht, was er sagen oder fragen sollte.

„Im Nachhinein ergab alles einen Sinn. Die Traurigkeit meiner Mutter. Die Art, wie sie mich immer angesehen hat. Dieses Gefühl, dass es da neben mir noch etwas anderes geben müsste."

„Und hat Ihre Mutter diese Geschichte im Nachhinein bestätigt?"

„Ja“, sagte Sascha Seibel nachdrücklich. „Was glauben Sie, wie schwer das war, mit ihr zu reden? Aber ich musste. Meine Frau hatte mir, als ich damals von dieser aufwühlenden Sitzung zurückkam, nur den Vogel gezeigt. Als meine Mutter dann sagte, dass es stimmt, wurde vieles einfacher. Obwohl ich natürlich diesen großen Schmerz zu bewältigen hatte. Erst durch die Hypnose habe ich verstanden – auch emotional verstanden –, was es heißt, geboren worden zu sein. Am Leben zu sein. Und eigenen Kindern das Leben schenken zu dürfen. Ich schaute zurück und sah, wie mein, wie unser Leben hätte verlaufen können, wenn ich nicht immerzu mit etwas anderem beschäftigt gewesen wäre.“ Verstohlen wischte sich Seibel die Augen. „Es ist nicht mehr zu ändern. Meine Mutter konnte ja nicht ahnen, was sie mir mit ihrem Schweigen antun würde.“

Nach dem Gespräch mit Seibel lehnte Hilzendegen an Bäumlers Schreibtisch und knetete seine Unterlippe mit den Schneidezähnen. Wieder einmal musste er an Josefine denken. Was sie wohl zu dieser Geschichte sagen würde? „War sie da?“

„Nein. Darüber wollte ich auch mit dir sprechen.“

„Was?! Das sieht ihr aber gar nicht ähnlich.“

„Kennst du sie denn so gut?“ Bäumlers Stimme klang sehnsuchtsvoll und auch ein bisschen neidisch.

„Von wem sprechen wir eigentlich?“

„Also ich von Stella Römer.“

Hilzendegen verbiss sich ein Grinsen. „Ich von Josefine Laux.“

„Die Winzerin?“ Bäumler winkte ab. „Klar war die da. Gestern Morgen schon. Kurz bevor du mit dem Zeugen Balustrach hier hereingeschneit bist.“

„Na ja. Ich wollte ja ohnehin auch noch Ralf Laux wegen des Alibis … Vielleicht kann ich bei dieser Gelegenheit …“

„Kannst du mir vielleicht mal sagen, wo du gerade geistig unterwegs bist? Dann würde ich nämlich mitkommen."

„Ja, natürlich. Pardon." Hilzendegen zog sich einen Stuhl heran und setzte sich neben seinen Kollegen. „Ich weiß es selbst nicht so genau, um ehrlich zu sein. Es fällt mir unendlich schwer, mir einen Überblick zu verschaffen. Alles ist so durcheinander, so überhaupt nicht greifbar."

„Man könnte sich fast fragen, ob die das mit Absicht machen. So viel Unsinn zu reden, ehe sie zum Punkt kommen, meine ich. Um uns zu verwirren!" Bäumler tippte triumphierend auf das Protokoll des Hauensteiner Zeugen. „Ich habe es aber trotzdem gemerkt!"

„Was?"

„Dass da etwas nicht zusammenpasst." Bäumler hatte die Kundenkartei des Instituts auf seinem Computer geöffnet. „Nicole Schäfer hat diesen Thiel nur ein einziges Mal aufgesucht, vor ziemlich genau zwei Jahren. Sie würde darauf vor jedem Gericht jeden erforderlichen Eid schwören, sagt sie. Ich habe sie nämlich angerufen, um Missverständnisse auszuschließen." Hilzendegen bedeutete ihm fortzufahren. „In der Liste des Generalsekretärs taucht die gute Frau aber seitdem zweimal wöchentlich auf. Genau wie Seibel und Frau Messerschmidt. Die Buchhändlerin ist nur einmal in der Woche dort gewesen und unser Hypnose-Patient nach der entscheidenden Sitzung nur noch ein paar Mal, immer im Abstand von vier bis sechs Wochen."

„Das ist gut", sagte Hilzendegen nachdenklich. „Das ist sehr gut. Das nehmen wir heute Abend mit."

„Heute Abend?"

„Ins Institut. Wir müssen uns diese Schrankwand vornehmen. Und bei der Gelegenheit eben auch die Buchhaltungsunterlagen mal näher anschauen. Fischlein kommt auch. Tut mir leid, dass das alles so unkoordiniert läuft."

Bäumler nickte. „Du musst gleich los."

Hilzendegen sah auf die Uhr und fluchte. „Einer der wichtigsten und dringlichsten Punkte ist, dass wir versuchen jemanden aus Thiels Familie oder Verwandtschaft ausfindig zu machen. Und die Beziehungen auf mögliche Tatmotive hin abzuklopfen.

„Ich weiß", rief Bäumler aufgebracht. „Aber die haben ein Problem mit dem Vorgang bei der Meldestelle! Und im Personenstandsregister auch. Thiel war zwar unter der Adresse des Instituts gemeldet, aber es gibt keine Verlinkung zu vorherigen Wohnsitzen. Und auch keine Angaben zu Eltern oder Geschwistern."

„Merkwürdig."

„Frau Hammel will morgen früh selbst aufs Rathaus gehen. Sie hat dort einen Bekannten, der im Archiv arbeitet ..."

„Das ist eine gute Idee", bemerkte Hilzendegen und als er sah, wie Bäumler die Augen verdrehte, musste er lachen. „Unterschätze niemals den kleinen Dienstweg, mein Junge", sagte er, indem er die tiefe Stimme seines ehemaligen Chefs imitierte. Da Bäumler ihn nun erst recht komisch ansah, erzählte er ihm von Hubert Hartmann, der ihm vor vielen Jahren in seiner überväterlichen Art diesen unschätzbar wertvollen Rat gegeben hatte.

Und dann war es plötzlich wieder da. Dieses Rädchen in seinem Hinterkopf, das ihn auf etwas hinweisen wollte. Das mit Hartmann, mit seinem schlechten Gewissen zusammenhing. Er konnte es fast greifen. Er sah Geiger vor sich. Der Schutzpolizist hatte ihn am Tatort auf dieses aufwendig beleuchtete Türschild hingewiesen. Hilzendegen hob die Hand, wie er es immer tat, wenn er intensiv nachdachte und seine Mitarbeiter davon abhalten wollte, ihn zu unterbrechen. „Warum schaffe ich es nicht, mich alle vier oder fünf Wochen bei dem Alten zu melden?", murmelte er dann vor sich hin.

„Häh?" Bäumler starrte ihn ratlos an. „Mach dir halt einen Wiederholungstermin."

„Einen Wiederholungstermin?! Genau. Einen Termin im Kalender!" Marius sprang auf und verschwand kurz in seinem Büro. Kam mit der Visitenkarte des Generalsekretärs zurück. „Institut für ganzheitliches Zeitmanagement." Und dann schlug er sich mit der flachen Hand an die Stirn. „Zeitmanagement Florian! Was ist Zeitmanagement?!"

„Ich verstehe dich nicht!"

„Ich habe doch selbst schon an einem Seminar teilgenommen. Und Matti hat erst kürzlich ein Buch darüber verschlungen und mir einige Stellen vorgelesen. Es geht dabei um Organisation: To-do-Listen, Terminc, Prioritätensetzung. Konzentration auf das Wesentliche."

„Heute wird das kreativer und lebendiger angepackt", meinte Bäumler. „Eine stille Stunde für sich selbst, Work-Life-Balance, ein liebevoller Umgang mit dem inneren Schweinehund. Willst du darauf hinaus?"

„Ja. Genau. Selbst wenn du diese modernen, kreativen Techniken mit hinzunimmst – von all dem ist mir bislang nichts untergekommen. Weder in den Broschüren, die ich im Institut gefunden habe, noch bei den Zeugenaussagen: Frau Schäfer war fettleibig. Seibel wollte zwei Leben leben, Stella Römer nicht einmal das eine. Und die Frau von Tim Dreißigacker erliegt immer wieder einer Art von Kaufrausch." Hilzendegen blieb stehen. „Das sind doch alles keine organisatorischen Probleme! Und uns stellt sich die Frage, ob die Erklärung dafür lediglich in dem Begriff ‚ganzheitlich' zu suchen ist. Oder ob du recht hast, Florian."

„Inwiefern?“

„Dass die alle versuchen, uns ein X für ein U vorzumachen. Haben die sich abgesprochen und spielen Theater? Hat Frau Römer nicht so etwas angedeutet, als sie am Tatort aufgetaucht ist? Sie glaubte, es sei alles bloß inszeniert. Glaubte sie das wirklich? Oder hat sie nur so getan?“

STELLA

Ich bin viel zu spät dran. Um neun hätte ich auf dem Kommissariat sein müssen. Ich soll mich jeden Morgen dort melden. Bescheid geben, dass ich noch am Leben bin. Dass es mir gut geht. Dies – der kleine, dicke Polizist hat es mir gestern erklärt – sei der Zweck dieser Übung. Der Mann heißt Fischlein, sagt *die Tante* mit sanftem Nachdruck. Ich lächle vor mich hin. Irgendwas scheint Herr Fischlein zu haben, das *der Tante* Auftrieb gibt. Immerhin hat sie es geschafft, uns alle aus dem Bett zu scheuchen. Nun sitze ich geduscht, angezogen und zurechtgemacht hier an dem kleinen Küchentisch aus Kiefernholz. Trinke Kaffee. Rauche. Magst du ihn, weil er ein Kavalier der alten Schule ist?, will *mein Mädchen* von *der Tante* wissen. Oder weil er so gut riecht?

Herr Fischlein ist ein durch und durch anständiger Mensch. *Die Tante* seufzt. Vielleicht können wir ihm begreiflich machen, warum wir uns dermaßen verspätet haben. Ich überlege nur, ob wir ihn anrufen sollen, oder …

Als ich das nächste Mal auf die Uhr schaue, ist es Viertel vor zehn. Zwanzig Minuten sind vergangen. Zwanzig Minuten, die mir wie zwei Minuten vorkommen. Bevor ich mich hingesetzt habe, habe ich Stift und Papier bereitgelegt. Mit der Hand geht es nicht, jammert *der kleine Wirrkopf*. Ich brauche eine Tastatur und alle zehn Finger. Es ist schon der vierte Tag! Er tippt sich an die Stirn. Da drin ist nur noch Salat. Kopfsalat. Ein ganzer Eimer voll. Und ich bin auch im Eimer. So müde. Weiß nicht, wie ich die Rübe aufrecht auf den Schultern halten soll. Damit rennt er bei *der schwarzen Katze* offene Türen ein. Und ich erinnere mich, wie es war, als ich meinen *kleinen Wirrkopf* noch nicht gekannt habe. Wenn von außen nichts kam, das mich gefordert hätte, bin ich immer schon so müde geworden. Bin in ein inneres Brüten verfallen und habe mein Zeitgefühl verloren.

Die Tante klatscht in die Hände: Du kannst einem müden *Wirrkopf* und *der schwarzen Katze* jetzt nicht den Körper überlassen! Nimm den Stift in die Hand und schreibe!

Ich lasse mich nicht gerne herumkommandieren. So ein ganz winziges bisschen erinnert mich *die Tante* jetzt nämlich an die Chefin im Fitnessstudio. Und das geht gar nicht!

Bitte, Stella. Sei vernünftig, fügt *die Tante* etwas milder hinzu. Wir müssen heute drei Dinge erledigen. Wir müssen uns bei der Polizei melden. Wir müssen mit dem Chef im Café sprechen. Und wir müssen eine Schreibmaschine kaufen. Schreib es auf. Schreibe es auf ein Blatt Papier. Es wird *dem Wirrkopf* helfen, auch wenn es nur ein Tröpfchen auf dem heißen Stein ist. Also mache ich das. Und es geht mir tatsächlich besser. Ich fühle mich nicht mehr so, als wäre mein Leben ein einziger Berg aus Problemen. Inzwischen ist es zwar schon halb elf, aber uns bleibt der Rest des Tages, um diese drei herausfordernden Aufgaben zu bewältigen. Ich gehe ins Wohnzimmer und überlege noch einmal kurz, ob ich zuerst anrufen soll. Wir reden besser in echt mit den Leuten, sagt *der kleine Wirrkopf*. Bei dieser Telefoniererei ist man ohnehin schon so beschränkt, und wenn ich durcheinander bin, kann ich es eigentlich gar nicht.

Endlich bin ich draußen. Ein tiefes Novemberblau spannt sich über den Himmel. Es ist kalt und klar. Ganz anders als ein hitzeverheißendes Augustblau oder das milde Oktoberblau. Der Wind ist eisig. Doch das stört mich nicht. Im Gegenteil. Es tut meinem armen *Wirrkopf* ganz gut, sich durchpusten lassen zu können. Lange stehe ich vor dem Haus, in dem ich wohne und überlege, in welche Richtung ich überhaupt gehen muss, um zum Kommissariat zu kommen. Gestern habe ich es noch gewusst. Vorhin, in der Wohnung, glaubte ich auch, es noch zu wissen. Aber jetzt, hier draußen, überwältigen mich die Eindrücke. Die Häuser mit ihren Fassaden aus vielen einzelnen hellen und rötlichen Klinkersteinen. Doppelfenster. Fenster mit Sprossen. Glatte Scheiben. Lange Vorhänge. Rollos. Häkelspitze. Kränze an den Türen. Blumentöpfe. Fahrräder. Mülltonnen. Bäume. Am Trottoir entlang geparkte Autos. Im Vorgarten hängt eine Blaumeise kopfüber an einem Knödel und pickt. Vom Ende der Straße her nähert sich ein hellblauer Lieferwagen.

Jeder andere vernünftige Mensch würde das Smartphone aus der Tasche ziehen und nachschauen. Doch schon allein die Vorstellung, mich jetzt mit diesem winzigen Display beschäftigen zu müssen, verursacht mir Kopfschmerzen. Mir wird schwindelig. Ich halte mich am Geländer des Vorgartens fest. Frage mich zum hunderttausendsten Mal, wie andere es schaffen, einfach so zu leben? Sich den ganzen Tag über zusammenzunehmen und zusammengesetzt zu bleiben? Ich denke an meine Kolleginnen im Café, für die so vieles selbstverständlich ist, das mir die größten Anstrengungen abverlangt. Wie kriegen sie es bloß hin, sich blitzschnell auf ein einheitliches Gefühl zu einigen? Die verschiedenen Bedürfnisse abzuwägen und innerhalb von Sekunden zu entscheiden? Aus nur einer Perspektive heraus zu denken?

Der Lieferwagen ist näher gekommen. Knatternd und keuchend drosselt er das Tempo. Auf der Ladefläche steht eine ausladende Grünpflanze, eine Gießkanne, außerdem neben Schaufeln, Säcken und allerhand Werkzeug ein großer Bottich voller Blumenerde. „Madame?“ Da ist ein Mann in der Fahrerkabine. Er hat sich über den Beifahrersitz gelehnt und die Scheibe heruntergekurbelt. Er sieht ein bisschen komisch aus mit seinem pechschwarzen Haar und dem breiten Schnurrbart. Und er kommt mir bekannt vor. Weil ich darüber nachdenke, wo ich ihn schon einmal gesehen haben könnte, reagiere ich nicht gleich. „Ma chère? Fühlen Sie sich nicht wohl?"

Er ist ausgestiegen. Zu mir herübergekommen. Er legt mir eine Hand, die in einem braunen Lederhandschuh steckt, auf den Arm. „Kann isch Ihnen helfen?"

Er ist schon älter und hat einen sehr stark ausgeprägten französischen Akzent. Ich schüttle endlich den Kopf. „Nein – ich … Entschuldigen Sie bitte, ich habe mich nur … verirrt."

„Oh! Isch auch. Bin ganz durcheinandergekommen. Können Sie mir sagen, wie isch zum Krankenhaus Vincent finde?"

„Das Vinzentius", murmle ich vor mich hin, peinlich berührt, weil ich mich so unfähig fühle. Doch dann höre ich mich selbst sagen: „Es ist doch ganz einfach. Sie wenden und fahren hier zurück und dann …"

„Diese hier ist eine Einbahnstraße!"

„Ja. Stimmt." Wieder steigt Verzweiflung in mir auf. Und wenn ich mich noch so sehr anstrenge. Mit oder ohne Geister. Mit oder ohne Liste und Plan. Ich kriege dieses Leben einfach nicht gebacken! Niemals werde ich es schaffen, mich so zu verhalten, dass ich dazugehöre. Dass ich von meinen Mitmenschen als normal angesehen werde. Ich kämpfe gegen die düsteren Gefühle in mir an und merke, dass der Blick des Fremden noch immer hilfesuchend auf mir liegt. Und plötzlich ist meine Orientierung wieder da. „Sie fahren jetzt hier die Friedrich-Ebert weiter und biegen gleich dort vorne links ab. Auf die große Straße, das müsste der Marienring sein. Sie kommen dann an eine Kreuzung, da gibt es rechter Hand ein Lokal, gegenüber einen kleinen Park. Und links …“ Als ich den ratlosen Blick des Franzosen auffange, entlädt sich mein ganzer Frust in einem Lachen.

„Was soll isch machen? Isch kann mir kein' Wegebeschreibung merken. Für Männer ist es noch viel peinlischer als bei den Damen, n'est-ce pas?“

Fast gerührt vor Freude darüber, dass ich mit meiner Überforderung nicht alleine dastehe, fühle ich mich mit dem Mann seltsam verbunden. Trotzdem zögere ich kurz, ehe ich anbiete, ihm den Weg zu zeigen. Und als er mir sichtlich erleichtert und galant die Wagentür aufhält, brauche ich sämtliche Kraftreserven, um meinen Körper zum Einsteigen zu bewegen.

Ich lotse den Franzosen auf die zweispurige Ringstraße. Wir fahren an dem gewaltigen, von Pfeilern gestützten Schiff der Marienkirche vorbei und ich kann einen kurzen Blick auf die Rosette des Querhauses werfen, bevor die von Weinhändlern und Fabrikanten erbauten Villen der Schlossstraße an uns vorbeiziehen. Dahinter sehe ich den ritterburgartigen Turm des Herxheimer Schlössels aufragen. Der ganze Gebäudekomplex aus dunkelrotem Sandstein ist vor mehr als hundert Jahren dort errichtet, dann abgetragen und in Landau wieder aufgebaut worden. „Sie müssten sich hier links einordnen“, sage ich. „Wenn wir abgebogen sind, können Sie dort drüben vor der Tankstelle gleich noch einmal links fahren. Dort können Sie mich auch absetzen. Bis zum Krankenhaus sind es dann nämlich nur noch ein paar Meter.“

Der Mann fährt so scharf an, dass die Reifen des Lieferwagens quietschen und ich an die Innenseite der Beifahrertür gedrückt werde. Er rast an der Tankstelle vorbei und hätte an dem Fußgängerüberweg auf der Rückseite der Klinik um ein Haar jemanden umgefahren, was ihn allerdings überhaupt nicht zu kümmern scheint. Er gibt noch mehr Gas und schießt über die Weißenburger Straße auf eine rote Ampel zu. Erst im letzten Moment entscheidet er sich, eine Vollbremsung hinzulegen. Der Anschnallgurt drückt mir schmerzhaft in die Brust. Mit zitternden Fingern mache ich mir am Griff der Tür zu schaffen. Doch sie lässt sich nicht öffnen.

„Isch habe von außen abgeschlossen", sagt der Mann, als sei das die selbstverständlichste Sache der Welt. Und er lächelt mich so charmant und freundlich an, als hätte er mich gerade zum Essen eingeladen.

15

Ah! Dieser Wind!“ Klaus Schuhmann stieg zu ihr in den Bus, zog ein Haargummi aus seiner langen, schwarz-grau melierten Mähne und band diese zu einem festen Knoten im Nacken zusammen. „Wie geht's denn dem Patienten?“

Josefine legte den Rückwärtsgang ein und wendete. Da Klaus die Tische und Bänke, die ausladenden Sonnenschirme und die vielen Oleander, Trompeten- und Orangenbäumchen in den Keller geschafft hatte, wirkte der Hof vor der Rittersheimer Weinstube größer als sonst. „Es ist über Nacht schlimmer geworden.“ Sie fuhr aus dem Dorf hinaus, am Weingut vorbei auf das benachbarte Birkenfeld zu. „Er sollte zum Arzt gehen, aber natürlich will er nichts davon hören.“

„So sind wir halt.“ Klaus öffnete den Reißverschluss seiner Fleecejacke. „Da kann man nichts machen.“

„Es ist furchtbar nett von dir, dass du mitkommst.“

„So bin ich eben. Furchtbar und nett.“ Er zwinkerte ihr zu. „Und jetzt erzähl mir, wir es dir geht.“

„Och. Ganz gut, eigentlich.“

„Und uneigentlich? Erzähle es mir! Ich bin der Wirt, dem die Frauen vertrauen. Außerdem siehst du irgendwie leidend aus. Na ja. Es ist ja auch wirklich keine einfache Sache. Die letzte Fahrt ins Elternhaus. Oder hast du eine Winterdepression?“

Josefine schüttelte den Kopf. „Was die Leute so alles in einen hineindeuten …“ Obwohl sie ein bisschen genervt war, musste sie lachen. „Ich bin einfach nur müde. Es war ein anstrengendes Jahr und ich hätte nichts dagegen, die letzten Wochen auf dem Sofa unter meiner Kuscheldecke zuzubringen. Vor Freitag werde ich aber wahrscheinlich nicht einmal ein Stündchen erübrigen können, weil ich am Donnerstagabend diese große Veranstaltung auf dem Programm habe – die zweite in dieser Woche, die ich ohne Ralf stemmen muss. Da fällt mir ein, dass wir nachher auch noch über das Catering für Donnerstagabend sprechen müssen."

Klaus betrachtete sie eingehend von der Seite. „Ja, ja. Das ist aber nicht das, was ich meinte. Dich beschäftigt etwas. Ich sehe es an dem abwesenden Glanz in deinen Augen."

„Der abwesende Glanz in meinen Augen", neckte Josefine. „An dir ist doch wirklich ein Dichter verloren gegangen."

„Wieso verloren gegangen? Aufgrund meiner poetischen Ader wird das schöne Geschlecht zu Wachs in meinen Händen."

Am Steinbruch hinter Albersweiler mussten sie anhalten, um einen schwer beladenen Lkw vorzulassen. Während sie hinter ihm herzuckelte, wurde es Josefine dann doch etwas flau im Herzen. Hier gingen die Weinberge in die sanften Hügel der Haardt über, die schmalen Täler mit ihren Wiesen und Bachläufen wurden vom Wald umschlossen. Gleich würden sie den winzigen Ort erreichen, in dem Josefine aufgewachsen war. Vor einer Villa Himmelreich stehen, in der kein Licht im Fenster brennen, kein Rauch aus dem Schornstein aufsteigen würde.

Als sie dann kurz darauf mit Klaus durch die kahlen, klammen Räume ging, war es aber nicht so schlimm, wie sie es sich vorgestellt hatte. Ohne Eugen, der mit seiner Liebe, seiner Wärme und Fantasie das Haus zusammengehalten hatte, war die Villa Himmelreich nur noch ein schwer renovierungsbedürftiger, alter Kasten. „Irgendwie bin ich ganz froh, dass der Makler nun doch keine Zeit hatte", sagte sie zu Klaus. Dieser trug ein Schreibpult, das in einer dunklen Nische des Dachbodens gefunden worden war, nach unten und lud es in den Bus. „Der redet immer so viel, und das meiste davon ist Unsinn." Josefine schloss ab, warf den Hausschlüssel in den Briefkasten, startete den Motor und fuhr los.

„Du bist eine starke kleine Frau, Josefine", sagte Klaus ernst. Dann grinste er sie an. „Um nicht zu sagen: Du bist ganz schön abgebrüht!"

Josefine zuckte die Achseln. „Es ändert auch nichts, wenn ich ein Drama daraus mache. Und ich bin wirklich froh, dass wir so nette Käufer gefunden haben. Ein älteres Ehepaar aus Stuttgart. Sie wollen ein Wochenendhaus daraus machen und später, wenn sie in Rente gehen, vielleicht hierherziehen."

„Im Grunde hast du recht", philosophierte Klaus auf dem Rückweg. „Es ist ja nur der Lauf der Dinge. Was vorbei ist, ist vorbei. Das Leben findet hier und heute statt. Und jemanden zu lieben, heißt doch auch, ihn gehen zu lassen – oder nicht? Wobei das natürlich auch drauf ankommt. Wenn jemand alt ist, ist es bestimmt einfacher als bei jungen Menschen. Wenn ein Unfall passiert oder etwas anderes, womit man so gar nicht rechnet, wie zum Beispiel bei diesem Thiel." Klaus sah Josefine eindringlich an. „Ich bin ja wirklich ein Hornochse! Du hilfst bei den Ermittlungen! Still und heimlich, natürlich. Denkst im Hinterstübchen wahrscheinlich die ganze Zeit darüber nach. Aber dass du einen so guten alten Freund an der Nase herumführst …"

Josefine stöhnte innerlich auf, sagte aber nichts.

„Dabei habe ich ihn gekannt, den kleinen Hans-Peter! Ich war mit seinem großen Bruder in einer Klasse. Leonhard. Einmal hat er mich für die Sommerferien eingeladen. Das muss so Ende der Achtziger gewesen sein. Wir hörten Nena, a-ha und John Farnham. Madonna mit ihrer Isla Bonita drang aus jedem

Lautsprecher. Ich wollte eine Woche bleiben, aber nach drei Tagen hatte ich bereits die Schnauze voll. Es hat mir leidgetan, aber ich hatte keine Lust mehr, in der Gluthitze auf einem Acker zu stehen und Salat zu stechen oder Rettiche zu hacken. Die hatten nämlich damals schon einen Hofladen. Irgendwo zwischen Offenbach und Herxheim lag der Betrieb. Ich weiß gar nicht, ob es den noch gibt. Eigentlich müsste das Geschäft ja brummen. Leonhards Vater scheint die Entwicklung vorausgesehen zu haben. Hat damals schon so eine Art Biogemüse angebaut. Aber so rein menschlich war das ein merkwürdiger Kauz."

„Inwiefern?"

„Weißt du, wenn er uns ein bisschen Taschengeld für die Arbeit gegeben und uns unsere Freiheiten gelassen hätte, hätten das geile Ferien werden können. Stattdessen hat er uns ständig Vorträge gehalten und gemeint, wir müssten aus Überzeugung, ja sogar mit Begeisterung auf alles verzichten, was Spaß macht. Leonhard durfte nicht ins Schwimmbad. Sein Vater konnte den Gedanken, sein Sohn könnte tagsüber müßig irgendwo herumliegen, nicht ertragen. Er hasste unsere Musik, weshalb wir sie dort nur heimlich hören konnten. Aber es war kein Kick dabei, denn man ahnte, dass der Alte ziemlich humorlos reagieren würde, wenn sich jemand seinen Anweisungen widersetzte. Leonhard schaffte es eigentlich recht gut, das alles zu kaschieren und nach außen hin locker zu wirken. Aber dem kleinen Hans-Peter war die Angst tief ins Gesicht geschrieben. Wie die Mutter hatte er sich angewöhnt, die Bedürfnisse des Alten zu erahnen und vorauseilend zu erfüllen."

„War er sehr enttäuscht?", fragte Josefine nachdenklich.

„Wer?"

„Leonhard. Er muss traurig gewesen sein, als du nach Hause gefahren bist."

„Ja. Ich glaube schon. Ich habe zu ihm gesagt, dass er echt ein super Kumpel ist. Und meine Tür immer offen steht, falls er es irgendwann nicht mehr aushalten sollte. Er hat nur genickt. ‚Wir sehen uns dann in der Schule', hat er gesagt. Das weiß ich noch ganz genau. Der Satz hat noch lange in mir nachgeklungen, weil wir uns nämlich nicht wiedergesehen haben."

„Was? Wieso?!"

„Aha. Jetzt sind deine schönen katzengrünen Augen endlich offen! Die Lehrer sagten uns nur, dass Leonhard Thiel nicht wiederkommen würde. Später hörte ich dann von einem Mädchen, das ein Auge auf ihn geworfen hatte, dass er mit den Schaustellern vom Herbstmarkt fortgegangen sein soll."

„Junger Mann zum Mitreisen gesucht", murmelte Josefine vor sich hin. „Und man hat nie wieder etwas von ihm gehört?"

„Nein. Irgendwie schade, oder?" Klaus schüttelte traurig den Kopf. „Und dieser Hänfling Hans-Peter hat es zu einem Doktortitel gebracht. Und ein Institut gegründet. Wer hätte das gedacht?"

STELLA

Ich weiß nicht, wo ich bin. Meine Orientierung hatte ich schon verloren, bevor der Mann wie ein irrer unzählige Runden in einem Kreisverkehr gedreht hat. Der Lieferwagen ist so alt und klapperig – das hätte mich misstrauisch machen müssen. Kein auch nur halbwegs seriöser Unternehmer fährt heute noch mit einem solchen Vehikel durch die Gegend. Bei dem Tempo, das der Kerl vorgelegt hat, wundere ich mich, dass wir überhaupt irgendwo angekommen sind.

Als ich nach dieser Karussellfahrt den Brechreiz wieder einigermaßen im Griff hatte, fiel mir Herr Fischlein ein. Und ich fragte mich, ob es eine Möglichkeit geben würde, ihm eine Nachricht zukommen zu lassen. Seine Nummer habe ich eingespeichert. Doch kaum war der Gedanke in meinem Kopf angekommen, da hielt mir der Typ auch schon seine behandschuhte Pranke hin. „Gib mir dein Handy."

Ich habe gezögert. Ihn angesehen. Er hat tiefe moosgrüne Augen. Er ist ganz ruhig geblieben, hat wieder so freundlich gelächelt und gesagt, dass ich es ihm nicht geben muss. „Wenn du nicht willst, fahre ich eben mit der letzten Power, die diese Kiste hergibt, an einen Baum."

Widerwillig habe ich es aus meiner Handtasche gezogen und er hat es zum Fenster hinausgeschmissen. Ich habe die Augen geschlossen und versucht, Kontakt zu meinen Lebens-Geistern aufzunehmen. Aber es war nur dunkel in mir und ich musste mich wahnsinnig beherrschen, nicht loszuheulen. Und die ganze Zeit musste ich an Bernd Fischlein denken, der so nett zu mir gewesen ist. Er hat sich gestern so hingebungsvoll um mich gekümmert. Und jetzt komme ich nicht, um mich ordnungsgemäß zu melden! Was denkt er jetzt von mir? Bestimmt ist er enttäuscht. Fühlt sich verraten und verkauft. Vielleicht kriegt er sogar Ärger. Und ich kann nichts tun, um die Sache richtigzustellen.

Der Mann hat mir eine Mütze zugeworfen. Die sollte ich mir über Kopf und Augen ziehen. Danach sind wir von der Straße abgebogen. Ich weiß jetzt aber nicht mehr, ob rechts oder links, weil mein Herz die ganze Zeit über so panisch geflattert hat. Der Weg ist dann ziemlich holperig geworden und bald darauf hielten wir an. Er hat mich hier reinbugsiert und mir die Mütze abgenommen. „Wenn du keinen Scheiß machst, kannst du dich hier drin frei bewegen. Wenn du blöd sein willst ...“, er hat mich durchdringend angesehen, „ich kann auch anders.“

Erst in diesem Moment ist mir klar geworden, dass er, seit er mich in seinen Wagen gelockt hatte, nicht mehr mit diesem komischen, fast schon übertriebenen Akzent spricht. Außerdem habe ich gesehen, dass er Make-up im Gesicht hat und seine Krawatte gar keine Krawatte ist, sondern ein zu einem Knoten gebundener Schal von Hermès. Ich kenne die meisten Designs. Meine Mutter hat mir damals, als ich noch in der Serie mitgespielt habe, ein Kleid von Dior versprochen. Als mein Vater das mitkriegte, ist er ins Sportlerheim gegangen, hat sich betrunken und drei Tage lang nicht mit ihr gesprochen. Meine Mutter schmollte wortreich, wieder einmal gab sie ihm an allem, was in ihrem Leben nicht so gelaufen war, wie sie es sich erträumt hatte, die Schuld. Es wäre wahrscheinlich noch tagelang so weitergegangen, wenn meine Schwester nicht eingegriffen und meiner Mutter klargemacht hätte, was ein solches Kleid kosten würde. Meine Mutter verstummte für den Rest des Tages, um am Abend zu verkünden, dass ein Kleid von Dior in der

Tat eine Nummer zu groß für uns sei, es für einen Schal von Hermès aber schon noch reichen würde. Bald darauf bin ich in Ungnade gefallen. Nach Landau umgezogen. Und da sie mich, wenn ich mich melde, immer nur mit Vorwürfen überhäuft, habe ich es bis jetzt nicht über mich gebracht, sie zu besuchen. Doch manchmal, wenn mir im Institut langweilig war und Jarek den PC nicht brauchte, überkam mich diese merkwürdige Mischung aus Sehnsucht und seelischem Masochismus. Dann rief ich die Seite des französischen Designers auf und tat so, als könnte ich mir einen Schal aussuchen. Doch es ist sinnlos, dass ich mir jetzt den Kopf darüber zerbreche, ob ich das Muster in diesem Zusammenhang gesehen habe oder an einer Person. Ich habe eine so intensive Wahrnehmung für kleine Dinge, Details – vielleicht hatte sich eine Angestellte in einem Laden einen solchen Schal umgebunden. Oder eine Frau, die irgendwo in einer Schlange vor mir gestanden hat. Oder war es eine Kundin im Café?

Es ist unglaublich, wie meine Gedanken herumspazieren. Dabei müsste ich mich konzentrieren. Denken. Nichts unversucht lassen. Ich sitze auf einem Hocker an einem einfachen, rotgebeizten Tisch. Der Raum ist L-förmig. Oder – wie soll ich das beschreiben? Ein riesiges, spiegelverkehrtes und im Uhrzeigersinn um neunzig Grad gedrehtes L, haucht *der kleine Wirrkopf,* und ich bin so selig ihn zu hören, dass ich beinahe vor Freude aufschreie.

Ich sitze in der äußeren Ecke. Rechts von mir ist die Eingangstür, die der Mann von innen abgeschlossen und verriegelt hat. An der Wand dahinter befindet sich eine Küchenzeile. Auf der anderen Seite, im kurzen Fuß des L, stehen zwei Sofas, mehrere Sessel, ein Couchtisch und eine Stehlampe. Es liegen Kissen herum. Eine Decke. Zeitschriften. Auf den Tischen stehen

Blumen und Kerzen. Es ist warm, riecht frisch. Und es kommt mir vor, als hätte sich jemand sehr bemüht, eine ganz normale, angenehme Atmosphäre zu schaffen, damit man den schweren Riegel an der Tür, die Eisengitter vor den winzigen Fenstern vergisst. Doch vom Boden her zieht es feucht herauf. Und bei der Wandverkleidung handelt es sich um einfache, grobe Holzpaneele. Darin versteckt, hier links neben dem Tisch, ist eine weitere Tür, hinter der der Mann, nachdem er seine freundliche Drohung losgeworden war, verschwunden ist.

Und ich sitze hier und traue mich nicht, mich zu rühren. Obwohl er ja gesagt hat, dass ich mich hier frei bewegen könne. Vorsichtig linse ich nach innen. *Mein Mädchen* hat sich tief im Fell *der schwarzen Katze* vergraben. *Die Tante* ist ganz blass und zittert. Was will der von uns? Ich habe solche Angst. Was sollen wir denn jetzt bloß machen?

Dasselbe, was wir nachts machen, wenn wir nicht schlafen können, sagt *die schwarze Katze* und richtet sich auf. Wir gehen pinkeln.

Ich muss noch gar nicht auf die Toilette, protestiert *die Tante*, die wie versteinert wirkt.

Du hast dir im Auto schon beinahe in die Hosen gemacht, brummt *die schwarze Katze* und taxiert eine massive Leiter an der gegenüberliegenden Wand.

Weil *die Tante* noch immer protestiert, klettern wir ganz vorsichtig hinauf. Es gibt dort oben nur ein paar Kleiderhaken an der Wand, eine ziemlich große freie Fläche, und in der Ecke, in einem winzigen Verschlag, befindet sich tatsächlich eine Toilette. *Die schwarze Katze* hat natürlich gehofft, das halbwegs Dringliche mit dem Nützlichen verbinden zu können. Sie wollte sich da oben nach einer Fluchtmöglichkeit umsehen. Aber außer einem Kippflügel, der nicht größer ist als ein Topflappen, gibt es dort weder Fenster noch Türen.

Jetzt müssen wir doch sterben, sagt *der kleine Wirrkopf* traurig, als wir wieder in unserer Ecke auf dem Stuhl sitzen. Bestimmt bringt er uns um. Ich hoffe nur, dass er es irgendwie gnädig macht. Dass es nicht wehtut. Wenn es so weit ist, dann halten wir uns alle an *die schwarze Katze*. Die kann uns betäuben, uns sicher auf die andere Seite …

Halt die Klappe, sagt *die schwarze Katze*. Ihre Stimme klingt ganz komisch. Fast wie ein Krächzen. Wieder steigt diese Welle in mir hoch. Sie ist kraftvoll und stark wie nie. Doch es ist kein Zorn mehr darin, keine Brandung, die sich irgendwo brechen will. Mein Körper bebt nur ganz leicht, dann laufen mir Tränen über die Wangen. Still strömt es. Und alles. Alles. Alles, was ich in Worten und Gedanken niemals ausdrücken könnte, wäscht diese leise aufsteigende Flut aus mir heraus.

„Na, Kätzchen?“ Ich schrecke zusammen. Langsam öffnet sich die Tür in der Paneelwand. „Faules, feiges, hochmütiges Kätzchen?“

Vor mir steht eine weißhaarige Frau. Sie trägt einen grauen Rock, einen dünnen fliederfarbenen Strickpullover, und sie mustert mich durch ihre goldumrandete Brille. „Ich muss dich jetzt leider alleine lassen. Kannst hier ruhig weiter sitzen und weinen. Ich muss in die Kirche gehen, Kätzchen. Aber nicht, um für dich zu beten.“ Ihr Lachen klingt wie ein höhnisches Gackern. An der Tür dreht sie sich noch einmal um, drückt ihre Locken zurecht. Ihre Hände stecken in dünnen Nylonhandschuhen. Jetzt beginnt sie in ihrer kurzhenkligen Handtasche zu kramen. „Am besten, du störst den Franzosen nicht in seinem Kabuff. Er kann äußerst unangenehm werden, wenn man in seine Privatsphäre eindringt. Es sei denn …“ Sie mustert mich abschätzig von oben bis unten. „Bist du nicht das Kätzchen, das einmal nach einem Beruf suchte, den man im Liegen ausüben kann?"

Ich weiß nicht, wie lange ich schon dasitze und die Tür anstarre. Und mich frage, ob ich eine Chance gehabt hätte, zu entwischen, wenn ich mich nur geschickter angestellt hätte.

Wisst ihr was?, fragt *die schwarze Katze* plötzlich merkwürdig präsent. Die Frau hat recht. Ich ... ich war wirklich eine selbstsüchtige Idiotin! Aber das ändert sich jetzt. Das ändert sich jetzt ganz gewaltig. Ich werde mich hier nämlich weder umbringen noch zum Narren halten lassen. Sie richtet sich auf. Holt *mein Mädchen* aus ihrem Fell und streicht ihr zärtlich übers Haar. Sie streckt und räkelt sich. Der Reihe nach sieht sie uns an. Es tut mir leid. Wie ich euch behandelt habe – das war unfair und gemein. Ich ... ich kann euch nur um Entschuldigung bitten.

Da wir alle sprachlos sind, packt sie *den kleinen Wirrkopf* und küsst ihn auf beide Wangen. Du bist in Ordnung so, wie du bist. Hast es voll drauf, okay?! Ich glaube, *der kleine Wirrkopf* war niemals zuvor – selbst in seinen schlimmsten Phasen nicht – so durcheinander wie in diesem Moment. Und *die Tante* schluchzt gerührt, als *die schwarze Katze* sich zu ihr herabbeugt und sie vorsichtig umarmt. Doch *die Tante* wäre nicht *die Tante*, wenn sie sich nicht sofort wieder gefangen hätte.

Ich bin wirklich sehr froh, dass du zu dir gekommen bist, *Katze*. Aber es ist nicht gut ... Stella! Es ist nicht gut, wenn *die Katze* allein die Führung übernimmt.

Da hat *die Tante* recht. Ich stehe nämlich hier, in der Ecke dieses merkwürdigen Raumes, spreche laut mit mir selbst und wenn mich jemand von außen bei diesen Umarmungen, Verneigungen und Luftküssen sehen könnte ... Außerdem ist die Tür in der Wand noch immer offen. Dahinter ist es dunkel.

Überhaupt wird es allmählich ziemlich düster hier drinnen. Schnell gehe ich hinüber zur Eingangstür, betätige alle Lichtschalter. Auch aus dem Kabuff dringt nun ein schwaches Licht.

Oh, Gott! Oh, Gott! Ruft *die Tante*. Sie ist so entsetzt, dass auch sie laut gesprochen hat. Was machen wir denn, wenn er herauskommt?

Da ist niemand, meint *die schwarze Katze* seelenruhig. Wir sollten hineingehen und dem Spuk ein Ende machen.

Nein! Ich habe Angst. Was ist, wenn er wirklich ... *Die Tante* sträubt sich.

Tut mir leid, Leute, sagt *die schwarze Katze*. Ich kann verstehen, dass ihr mir noch nicht vertraut. Aber wenn sie glaubt, mich einschüchtern zu können, dann muss sie sich etwas anderes ausdenken.

Sie? Fragt *der kleine Wirrkopf*. Der Franzose ist eine Frau?

Ich gebe dem Drängen *der schwarzen Katze* nach und setze mich in Bewegung. Die Angst *der Tante* lässt mein Herz so heftig pochen, dass es mir in den Ohren rauscht.

In dem Raum, den ich betrete, herrscht ein heilloses Durcheinander. Überall liegen Kleider, Perücken und Requisiten herum. Ganz hinten in der Ecke befindet sich ein aufstellbarer Schminkkoffer. Im Institut hatten wir dasselbe Modell, mit vielen ausziehbaren Fächern. Im Deckel ist ein Spiegel eingelassen, rechts und links leuchten mehrere Lampen, wie in einer Theatergarderobe. Daneben, auf einem Beistelltischchen, liegen Frisur, Schnurrbart und die Zähne des Franzosen. Ich weiß jetzt, warum er mir so bekannt vorgekommen ist, schreit *der kleine Wirrkopf* seine Verblüffung heraus. Er sieht aus wie dieser Fernsehkoch!

Die schwarze Katze blickt fragend zur *Tante*. Diese hält *mein Mädchen* an der Hand und schüttelt verständnislos den Kopf.

Die Augen, sagt *die schwarze Katze.* Diese tiefen moosgrünen Augen. Ich hätte sie vielleicht auch an den Händen erkannt. Doch daran hat sie gedacht. Du hast recht, nickt *die Tante* anerkennend. Der Franzose und die alte Frau, sie haben dieselben Augen. Aber wer …?

Die schwarze Katze sieht sich weiter um. Ich muss einige Kleiderstapel durchwühlen, bis ich ihn gefunden habe. Doch dann weiß ich plötzlich, wem er gehört. Dieser Schal von Hermès.

16

Marius Hilzendegen fuhr kurz nach Hause, duschte und zog sich frische Sachen an. Unterwegs zum Marktplatz rauchte er eine zweite Zigarette. Auf der Packung war ein Indianerhäuptling abgebildet. Die Zigarette schmeckte nicht mehr. Wenn sie es je getan hatte. Seit seinem letzten Besuch im gerichtsmedizinischen Institut hatte sie in seinem Schreibtisch herumgelegen. Eigentlich hasste er es, zu rauchen. Aber eine Zigarette war nun einmal das Einzige, das seine olfaktorischen Erinnerungen an die letzten drei Stunden auszulöschen vermochte. Der Professor hatte ihm Cognac empfohlen, damit zu gurgeln und, falls das nicht ausreiche, die Nase damit zu spülen. Aber Marius wäre nicht im Traum eingefallen, sich nach einer solchen Maßnahme hinters Steuer zu setzen.

Im *Harlekin* war es ruhig. Der Trubel des Mittagsgeschäfts war vorbei, die Nachmittagsbesucher würden erst in einer knappen Stunde aufschlagen. Er steuerte einen Ecktisch im hinteren Teil des Cafés an, bestellte ein Sandwich, einen schwarzen Kaffee und ein stilles Wasser. Dann fragte er die Kellnerin nach Stella Römer.

„Die ist verschollen. Schon seit drei Tagen ist sie nicht zur Arbeit gekommen! Das heißt, nein – warten Sie. Sonntags hat sie ja immer frei“, sagte die junge Frau mit einem Anflug von Neid. „Uns würde der Chef die Hölle heiß machen, aber Stella – die hat den Bogen raus. Die macht auf Psychomacke und Depri und ‚ach, ich bin nur ein kleines, schwaches Häschen‘. Und wir müssen uns die Hacken ablaufen, um alles ohne sie zu schaffen.“

„Wussten Sie, dass Frau Römers Freund am Sonntagmorgen tot in seinem Haus aufgefunden worden ist?"

„Was?" Die Kellnerin starrte ihn entsetzt an. Dann wurde sie misstrauisch. „Wer sind Sie überhaupt?"

Hilzendegen zog seinen Dienstausweis hervor.

„Shit happens. Das ist jetzt aber echt blöd gelaufen. Also – ich glaube, ich hol Ihnen besser mal den Chef." Auf halber Strecke kehrte sie noch einmal um. „Ähm. Sie werden es ihm doch nicht auf die Nase binden, oder? Ich meine, was ich gerade über Stella …"

Der Kommissar spendierte ihr ein halbes Lächeln. „Wenn Sie meine Bestellung nicht vergessen."

Nachdem er gegessen hatte, zog er eine Mappe mit Unterlagen und Notizen aus seiner Umhängetasche. Die Obduktion hatte die Vermutung des Notarztes bestätigt. Ein kleiner, tiefer Stich direkt ins Herz. Ein Stich, der – wie der Professor sich ausgedrückt hatte – mit geradezu chirurgischer Präzision ausgeführt worden war. Hilzendegen hatte den Gerichtsmediziner gebeten, sich den Neigungswinkel des Einstichkanals besonders genau anzusehen. Doch der Professor hatte nur nachsichtig gelächelt und ihm erklärt, dass eine Selbsttötung ausgeschlossen sei.

Thiel hatte etwas Alkohol im Blut gehabt. Aber nichts deutete auf die Einnahme von Drogen oder Beruhigungsmitteln hin. Doch wie konnte es dann sein, dass das Opfer so ruhig und friedlich dagelegen hatte? Wie drapiert. Wieso hatten sie nichts gefunden, was auf einen Kampf oder doch zumindest den Versuch einer Selbstverteidigung schließen ließ? Keine Haut- oder Textilpartikel unter den Nägeln. Keine Abschürfungen.

Hilzendegen schob sich einen Zahnreinigungskaugummi in den Mund und zog den Notizblock hervor, den er sich von Frau

Hammel erbeten hatten. Er war postkartengroß, steckte zusammen mit einem Kugelschreiber in einem Kunstlederetui und die Zettel ließen sich, wenn man sie abgerissen hatte, irgendwo hinkleben. Waren also zugleich auch Haftnotizen. *Täter/in.* Schrieb der Kommissar auf das erste Blatt. Darunter malte er eine leere Ellipse. Und notierte die Tatzeit, die nun auf Sonntagmorgen zwischen zwei und drei Uhr eingegrenzt war. *Anatomische Kenntnisse,* schrieb er noch dazu.

Auf den nächsten Zettel schrieb er *Thiel.* Er rief im Kommissariat an und bat Bäumler, mal nachzuhaken, ob sich inzwischen nicht doch jemand bezüglich ihres Aufrufs in den Medien gemeldet hätte. Die Redakteurin der lokalen Tageszeitung hatte die dringliche Bitte der Kriminalpolizei direkt neben die Berichterstattung über das Verbrechen setzen lassen. Marius konnte das irgendwie nicht fassen. Dr. Thiel war fünfundvierzig Jahre alt gewesen. Es war doch wahrscheinlich, dass zumindest ein Elternteil noch lebte! Wieso rührten die sich nicht?

Er beschloss, nun alle beteiligten Personen unter dem Aspekt eines Motivs und der Möglichkeit zur Tat abzuklopfen. Da war erst einmal Stella Römer. Sie hatte kein Alibi und zudem Zugriff auf die Tatwaffe – wenn man einmal unterstellte, dass sie die fehlende Klinge der antiken Messersammlung benutzt hatte. Bei der ersten Befragung hatte er zwischen den Zeilen durchaus einen starken Widerspruch in ihren Gefühlen dem Opfer gegenüber herausgehört. Und einmal hatte sie gedankenverloren gemurmelt: *Ich hätte ihn nie verlassen können.* Hatte sie gehen, ihn verlassen wollen? Ihren Angaben zufolge hatte Thiel sie an dem fraglichen Abend gegen halb zwölf, nachdem er von der Veranstaltung im Weingut zurückgekommen war, nach Hause gebracht. Dafür gab es aber keine Zeugen. Es war ebenso gut möglich, dass sie im Institut geblieben war, oben noch ferngesehen oder vorgegeben hatte, schlafen zu gehen. Sie hatte gewartet, bis Thiel eingeschlafen war und ihn erstochen. Leichtfüßig wie sie war, könnte sie durch die Nacht nach Hause gehuscht sein, ohne von jemandem bemerkt worden zu sein. Die Tatwaffe hatte sie unterwegs verschwinden lassen.

Hilzendegen glaubte nicht an die Theorie, die er da gerade aufgestellt hatte. Doch dass Jarek Balustrach seinen Chef wegen eines vermasselten Wochenendtrips nach Lourdes erstochen haben sollte, erschien ihm noch unwahrscheinlicher. Andererseits hatte der Pole während der Vernehmung im Kommissariat ausgesagt, dass er sich schon seit Längerem mit dem Gedanken trage, sich eine andere Stelle zu suchen. Dazu brauchte er ein Arbeitszeugnis, das ihm seine Bürotätigkeit bescheinigte. Thiel hätte sich aber geweigert, ihm ein solches Zeugnis auszustellen. Weil Balustrach über die Art und Weise, wie sein Chef ihn an diesem Wochenende behandelt hatte, wieder einmal sehr verärgert und frustriert gewesen sei, hatte er die Bitte um ein Zeugnis erneut vorgebracht. Thiel hätte aber nur abgewinkt. Ihn äußerst vorwurfsvoll darauf hingewiesen, dass er noch einen Vortrag zu halten und für eine solche Lappalie weder Zeit noch Nerven übrig hätte. Ein Grund für den Polen, ebenfalls die Nerven zu verlieren? Wäre das Opfer erschlagen worden, wäre das vielleicht eine Option. Aber so ruhig und kaltblütig, wie dieses Tötungsdelikt vonstattengegangen sein musste? Nein. Da hätte Balustrachs hohe moralische Hemmschwelle genug Zeit gehabt, sich zu Wort zu melden. Und außerdem hatte er ein Alibi.

Ein Alibi, das allerdings noch bestätigt werden musste. Von Yvonne Mercier. Einer Zeugin, die vorläufig durch Abwesenheit glänzte. Die am Samstag noch beim Workshop in Münster, nachts dann zusammen mit Balustrach in ihrer Wohnung gewesen sein sollte und sich frühmorgens ohne Handy nach Frankreich abgesetzt hatte. Einer Frau, die Geister sehen konnte. Balustrach hatte sie als seine Chefin bezeichnet. Frau Messerschmidt hatte angedeutet, dass Madame Mercier, wie sie sich wohl für ihre Kunden nannte, das Konzept entwickelt hätte, mit dem im Institut gearbeitet wurde. Aber wenn sie der Kopf des Ganzen war, warum trat sie dann nicht in Erscheinung? Das Bild des illuminierten Türschildes, das inzwischen wie ein Foto im Gedächtnis des Kommissars eingebrannt war, tauchte wieder vor ihm auf. Dort stand nur Thiels Name. Und auch auf den Infobroschüren fehlte jeglicher Hinweis auf eine Partnerin, die obendrein einmal die Geliebte oder Lebensgefährtin des Toten gewesen sein soll?! Warum hatten die beiden sich getrennt? Weil Stella Römer auf den Plan getreten war? Oder gab es noch einen anderen Grund? Yvonne Mercier wohne in einer winzigen Wohnung unterm Dach, hatte Balustrach gesagt. Hatte Thiel sie ausgebootet? Das wäre dann ein zweites starkes Tatmotiv. Nein. Diese Geschichte gefiel Hilzendegen überhaupt nicht, und die Idee, dass er bis zum kommenden Wochenende auf Frau Mercier warten sollte, verstärkte nur noch das Gefühl, es mit einem Phantom zu tun zu haben. Eine blinde Figur in einem Katz-und-Maus-Spiel zu sein. Er musste Dr. Wingerter anrufen. Sie fragen, wie sie die Chancen sähe, für die Wohnung in der Meerweibchenstraße einen Durchsuchungsbeschluss zu erwirken.

Außerdem war da Jana Dreißigacker, die Frau aus Wollmesheim, die sich inmitten einer Großfamilie samt Sanitärbetrieb selbst suchte. Bäumler gegenüber hatte sie erklärt, dass sie zu der Veranstaltung am Samstag nur gekommen sei, weil Thiel einen großen Druck auf sie ausgeübt habe, sie geradezu bedrängt hätte. Und war ihr Mann wirklich so gutmütig und geduldig, wie er sich dem Kommissar gegenüber gezeigt hatte? Oder hatte er insgeheim genug von den kostspieligen Eskapaden seiner

Frau gehabt? Wie reagierte einer wie Tim Dreißigacker, wenn jemand seine Frau bedrängte? Oder gar bedrohte? Hilzendegen malträtierte nachdenklich seinen Kaugummi. Die Dreißigackers hatten aber ein Alibi. Ihre Angaben waren von mehreren Gästen und Nachbarn bestätigt worden. Blieben Nicole Schäfer und Sascha Seibel. Sie hatte Thiel – genau wie Josefine – nicht ausstehen können. Seibel hingegen, wie auch die Buchhändlerin, lobten ihn in den höchsten Tönen. Die Frage, die ihm plötzlich durch den Kopf schoss, überraschte ihn selbst. Gab es auch jemanden, der Hans-Peter Thiel geliebt oder einfach nur gemocht hatte?

Marius hob den Blick und sah Fischlein auf sich zustürzen. Der korpulente Kriminaltechniker trug nur ein Tweed-Sakko über einem dünnen Rollkragenpullover. „Bäumler hat mir gesagt, dass ich Sie hier finde“, keuchte er und ließ sich auf dem Stuhl gegenüber nieder. „Sie ist verschwunden, Hilzendegen. Und Sie sitzen hier seelenruhig herum“, Fischlein ließ seinen Blick auf den mit Notizen übersäten Tisch wandern, „Und spielen Memory?!“

Hilzendegen lachte. „So was in der Art.“ Er tippte auf den *Täter-Zettel* mit der leeren Ellipse. „Irgendwann können wir den mit einem der anderen verheiraten. Und dann ist unser Fall gelöst.“

„Und wenn wir den Täter noch gar nicht kennen?“

Marius packte seine Unterlagen zusammen. „Ich habe auch einen mit *Mr/Mrs X.*“ Dann hob er den Blick. Fischlein rutschte unruhig auf seinem Stuhl herum. „Zu Hause ist sie auch nicht! Ich war gerade dort.“

„Stella Römer?“

„Sie hat sich heute Morgen nicht gemeldet“, rief Fischlein vorwurfsvoll. „Dabei hat sie es mir versprochen, als ich sie gestern Abend zu Hause abgesetzt habe. Ich hatte ihr alles noch einmal ganz genau erklärt."

„Wir wissen doch noch viel zu wenig über Frau Römer", meinte Hilzendegen. „Was glauben Sie, warum ich mich ausgerechnet hierher zurückgezogen habe?"

„Wahrscheinlich, um mit ihrem Chef zu sprechen."

„Er muss noch etwas besorgen, hieß es", der Kommissar zog sein Mobiltelefon aus der Tasche und sah auf die Uhr. „Er müsste jeden Augenblick zurück sein."

„Die Sache gefällt mir nicht."

„Mir auch nicht. Aber Frau Römer ist eine erwachsene Frau. Sie hat das Recht hinzugehen, wo immer sie möchte."

„Sie hatte Selbsttötungsabsichten. Das ist zwar schon zwei Jahre her, aber …"

„Bei der ersten Befragung hat sie sich sehr merkwürdig verhalten. Es war fast so, als ob sie unter dem Einfluss von Drogen gestanden hätte …", unterbrach Hilzendegen nachdenklich. „Wobei andererseits ein starker Schock ja auch die merkwürdigsten Zustände hervorrufen kann. Oder hat sie am Ende ein Alkoholproblem? Ist sie nach all den Aufregungen einfach nur erschöpft, hat ein Beruhigungsmittel eingeworfen und Ihnen deshalb nicht aufgemacht?"

Fischlein griff nach seinem Autoschlüssel, den er vor sich auf den Tisch gelegt hatte und studierte ihn eingehend. „Sie haben die Tür aufgebrochen", seufzte Hilzendegen leise.

„Was heißt Tür? Eine so dünne Gipsfaserplatte, die nachgibt, wenn man sie einmal kräftig anhustet, würde ich ja nun nicht direkt als Tür bezeichnen."

Marius schüttelte den Kopf. Ausgerechnet der sonst so überkorrekte Fischlein!

„Vielleicht hatte sie die Tür ja auch nicht richtig zugemacht", fuhr dieser fort. „Sie scheint doch fast immer mit den Gedanken woanders zu sein."

Hilzendegen grinste. „Was hatte Stella Römer für eine Beziehung zu Thiel? Sie war seine Klientin, seine Angestellte …"

„Und seine Geliebte", ergänzte Fischlein. „Sie klang traurig, als sie das sagte. Meinte, dass sie es eigentlich schöner finden würde, ein richtiges Paar zu sein. Doch er hätte das nicht gekonnt. Und sie zu einem Teil dann doch auch nicht gewollt."

„Hat sie irgendwann einmal im Zusammenhang mit dem Institut eine Chefin erwähnt, eine Yvonne oder Madame Mercier?"

Fischlein schüttelte den Kopf. „Was ist denn nun mit diesem Esel von einem Vorgesetzten …"

Hilzendegen hustete und räusperte sich auffällig, denn in diesem Moment war ein großer, dunkelhäutiger Mann in den Gastraum getreten.

„Sie könnte eine wirklich gute Kellnerin sein. Stella ist flink, nett und in ihrer Serviceperformance unaufdringlich. Nur halt so verdammt dünnhäutig. Aber da kann man nichts machen. Sie muss halt noch lernen, auf sich aufzupassen. Sich ein bisschen zu schützen." In den dunklen Augen des Mannes lag ein Ausdruck der Sorge. „Sie werden sie doch finden, nicht wahr? Ich habe schon mehrfach angerufen … Vielleicht ist sie einfach noch nicht in der Lage, zu telefonieren. In Rodalben bei ihren Eltern haben wir es auch schon versucht. Unter einem Vorwand natürlich, damit die sich nicht unnötig aufregen." Mit einem Ausdruck des Bedauerns fuhr er fort: „Sie war so schön stabil in letzter Zeit. Jetzt, da das mit Thiel passiert ist – es muss die Hölle für sie sein. Es ist überhaupt ein großer Verlust; wer wird sich jetzt um diese Grenzgänger kümmern?"

Als der Kommissar wissen wollte, was er damit meine, begann

der Mann herumzudrucksen, versuchte, sich durch Gemeinplätze und Floskeln herauszuwinden. Doch Fischlein legte eine ebenso zähe, wie in Sanftmut gekleidete Hartnäckigkeit an den Tag, dass der Mann schließlich kapitulierte.

Er erzählte, dass Stella anfangs ziemlich häufig in Tränen ausgebrochen sei und er sie deshalb zwischendurch immer mal wieder im Büro hatte einsetzen müssen. Einmal sei sie aber völlig ausgetickt. „Zum Glück nicht vor den Gästen. Aber sie hätte mir hinten das ganze Porzellan zerschlagen, wenn ich sie nicht gepackt und festgehalten hätte. Ich habe das gemacht, wie Thiel es mir eingeschärft hatte. Sie sanft an eine Wand schieben. Sie festhalten, dabei beruhigend auf sie einreden. Sie ansehen, freundlich, wenn es geht. Lächeln. Irgendwann weint sie. Oder lächelt zurück. Klein, wie eine Maus, natürlich."

17

Josefine machte sich Sorgen. Ralf lag im Wohnzimmer, glühte und weigerte sich vehement, etwas zu essen. Oder – abgesehen von Schmerztabletten – irgendwelche Medikamente einzunehmen. Immerhin hatte sie ihn heute dazu bewegen können, eine Tasse von der guten Hühnerbrühe zu trinken, die sie gestern gekocht hatte. Sie selbst aß gerade den letzten Rest einer großen Portion Frikassee mit Reis. Von dem halbtrockenen Grauburgunder, den sie sich dazu ausgesucht hatte, schenkte sie sich noch ein Achtel ein. Zurückgelehnt, die Füße auf dem Querholz des gegenüberstehenden Stuhls, schmeckte sie dem feinen Bukett mit seinen Stachelbeer- und Pfirsicharomen nach. Wenn Charlotte jetzt hier wäre, würde sie Josefine streng ansehen und ihr vorrechnen, dass sie mehr trank, als allgemein bei Frauen als gesund angesehen wurde. Und niemals würde sie verstehen, wie dankbar Josefine für ein solches Huhn sein konnte, denn in den Augen der Freundin waren die alten Rezepte und Hausmittel nichts als Ammenmärchen. Dass Fleisch Kraft gab und Hühnersuppe oder ein schönes Frikassee Körper und Seele wärmten – Josefine hatte sich abgewöhnt, in Charlottes Beisein von solchen Dingen zu sprechen, denn sie kannte den knapp einstündigen Vortrag über vegan ernährte Marathonläufer inzwischen fast auswendig. Schmunzelnd musste sie an die Frau aus Kusel denken, mit der sie einmal ein Zimmer im Krankenhaus geteilt hatte. Sie hatte vier Kinder auf die Welt gebracht, und das einzige Gericht, das ihr Mann überhaupt kochen konnte, war eine stärkende Hühnersuppe gewesen.

Durch zwei geschlossene Türen hindurch hörte sie, wie Ralf von einem weiteren heftigen Hustenanfall geschüttelt wurde. Josefine trank ihr Glas aus. Seufzend stand sie auf, um die Küche in Ordnung zu bringen. Es fiel ihr schwer, ihn alleine zu lassen, aber sie konnte ihm ja nicht helfen. Und wenn sie zu oft nach drüben ging, um nach ihm zu sehen, riskierte sie nur, ihn zusätzlich zu dieser lästigen Erkältung auch noch zu nerven.

Als sie fertig war, verzog sie sich mit einem kleinen Eimer Wasser, Orangenreiniger, Putzlappen und Trockentuch in ihre Kammer. Vor ein paar Jahren hatte Josefine diesen winzigen Raum hinter dem Essbereich der geräumigen Wohnküche für sich entdeckt. Sie hatte entrümpelt, ein Dachfenster einsetzen und die Wände streichen lassen. Sie sah sich in ihrem Refugium um und musste lachen, als ihr klar wurde, dass die Villa Himmelreich, wenn auch nur in ihrer Essenz, auf diesen sieben Quadratmetern fortbestehen würde. Die hintere Wand wurde von einem Sofa eingenommen, das sie schon kurz nach Eugens Tod hergeholt hatten. Josefine nahm die mit Blumenmotiven bestickten, groben Leinenkissen ihrer Oma Rosa von dem weinroten Velours. Dann griff sie unter die Sitzfläche, hob diese leicht an – die solide Mechanik gab ein Ächzen von sich, während die Rückenlehne nach hinten klappte – und Josefine hatte ein bequemes Bett vor sich.

Über dem Sofa hing ein farbenfrohes Gemälde von Auguste Winterstein, einem bekannten Sinti-Maler, den Eugen sehr geschätzt und wie alle Wintersteins tief in sein großes Herz geschlossen hatte. Auf der linken Seite neben einem Holzregal voller Bücher und kleiner Erinnerungsgegenstände befand sich eine Kommode. Josefine öffnete die Schubladen und sah ihre Nähutensilien, Wollbestände und Stricknadeln durch. Rückte das eine oder andere zurecht und holte aus der Küche die rotmelierte und blauseidene Sockenwolle, die sie aus der Stadt mitgebracht hatte. Sie hätte die Filzwolle, nach der sie eigentlich gesucht hatte, auch kaufen können, sich aber dann doch anders entschieden, weil sie die Arbeit mit den fünf Nadeln eines Stricknadelspiels einfach am meisten liebte.

„Ach, Eugen“, sagte sie leise, als ihr ein Rest dunkelgrauer Wolle in die Hand fiel. Wolle, die weich und robust war und noch ganz dezent nach Schaf roch. Sie hatte sich gut verarbeiten lassen. Jedes Jahr ein Paar Socken für ihn zu Weihnachten. Und eine Dose Plätzchen zum Nikolaus. Und immer hatte er sich so sehr gefreut. Nicht obwohl, sondern gerade weil es immer dasselbe gewesen war.

Josefine legte die Wolle zurück, wischte die Kommode sauber und brachte sie mit einer Politur auf Leinölbasis zum Glänzen. Rechts neben der Tür wartete auf schmalen Beinen das Schreibpult aus Walnussholz darauf, dass ihm eine ähnliche, wenn auch gründlichere Behandlung zuteilwürde. Es war ein einfaches Tischchen, gerade mal sechzig Zentimeter breit, was ein Segen war, weil es sonst nicht mehr hineingepasst hätte. Ralf hatte versprochen, ihr einen passenden Hocker zu bauen, den sie, wenn sie gerade nicht daran saß, untendrunter schieben könnte.

Sie zog die winzige Schublade heraus und schrie überrascht auf. Da lag Eugens Messer. Das Taschenmesser! Gestern hatte sie mit Alexa darüber gesprochen. Josefine wunderte sich. Denn bis zu diesem Gespräch über den Karten hatte sie den Gegenstand, der doch genauso zu Eugen gehört hatte wie seine ewig ungeputzte achteckige Brille, überhaupt nicht vermisst. Danach aber hatte sie sich schon mehr als einmal gefragt, wo das Messer ihres Vaters abgeblieben sein mochte. Froh, einen Vorwand zu haben, ging sie ins Wohnzimmer. „Schau mal, Schatz, was ich gefunden habe!“

Ralf schaltete den Ton seiner TV-Dokumentation aus, nahm ihr das Messer aus der Hand und hielt es ins Licht.

„Was ist das?" Er zog die große Klinge heraus, die vom vielen Schleifen dünn war wie Pergament, starrte sie an und begann hemmungslos zu schluchzen.

Josefine sank neben ihn. Sie fasste sich an die Brust, denn ihr Herz hatte sich angstvoll zusammengekrampft. In den fünfundzwanzig Jahren, die sie nun schon mit Ralf zusammen war, hatte er sich das eine oder andere Mal verstohlen die Augen gewischt. So auch bei Eugens Beerdigung. Doch sie hatte ihn noch nie wirklich weinen sehen, und dass er mit einem Mal so aufgelöst war, verschlug ihr die Sprache.

Ralf legte eine Hand um ihren Oberarm. Eine Geste, bei der nicht klar war, ob er sie trösten oder sich an ihr festhalten wollte. „Es tut mir so entsetzlich leid. Ich weiß gar nicht, wo ich anfangen soll. Ich schäme mich, weil ich mich so anstelle. Dir nicht zuhöre. Ich weiß, dass es nicht richtig ist. Dass es dir wehtut. Aber ich …" Ralf zog ein Taschentuch aus der Box neben sich und schnäuzte sich. „Du machst dir keine Vorstellung, wie sehr er mir fehlt."

Josefine sah ihren Mann erstaunt an.

„Ich bewundere dich dafür, dass du ihn so selbstlos gehen lassen kannst. Und natürlich bin ich froh, dass ihm körperliches Leid und Siechtum erspart geblieben sind. Dass er diese grässlichen alten Geschichten nicht länger durch die Zeit tragen muss. Er hat seinen Frieden verdient."

Josefine nickte gerührt.

„Doch für mich ist es, als hätte mir jemand das letzte Fleckchen Boden unter meinen Füßen weggezogen." Ralf atmete tief. Hustete. „Alles, wofür dein Vater gestanden hat, verliert seinen Wert. Er führte ein einfaches Leben. Ein Leben voller Freude und Güte. Seine Demut vor der Schöpfung. Und seine tiefe, in dieser Demut verwurzelte Bildung!" Ralf strich noch einmal fast zärtlich über die Klinge, dann klappte er sie ein. „Ich würde wetten, sie hat in all den Jahren nie einen Lappen gesehen. Er hat sie einfach an seiner Hose abgewischt. Er wusste, was er tat. Mit welchen Pflanzen und Pilzen er es zu tun hatte. Demnächst werden die Leute ihre Handys und Tablets in den Wald schleppen, mit einer App, die erkennen kann, um welches Gewächs es sich handelt! Sie werden stolz sein auf ihr Wissen und ihre Liebe zur Natur, und danach werden sie das Gerät desinfizieren. Wie sie auch den Müll in desinfizierte Beutel stecken. Eugen hat mich einmal gefragt, was Weißdorn, Aprikosen, Mandeln und Hagebutten gemeinsam haben. Seitdem weiß ich, dass sie alle zur Familie der Rosengewächse gehören und fünfblättrige Blüten haben. Auch Süßkirschen, Schlehen und die Vogelbeere gehören dazu. Eugen konnte sich über eine solche Erkenntnis so sehr freuen! Hat sie mit Begeisterung geteilt." Ralf sah Josefine an und lächelte niedergeschlagen. „Heute hätte dieses Taschenmesser nicht vier Werkzeuge. Heute wäre es vier Zentimeter breit, wäre das tragbare Gegenstück zu allem, was du in meiner kleinen Werkzeugkiste findest, und so schwer, dass du dir Hosenträger kaufen müsstest, wenn du es in die Tasche stecken wolltest." Er wog Eugens Messer noch einen Moment in der Hand. Dann reichte er es Josefine zurück.

„Ich wollte dich fragen, ob du es haben willst?"

„Okay." Ralf sah sie an. Schluckte. „Danke."

Josefine vergrub ihre Hand in seinem Haar.

„Ich weiß, dass ich die modernen Entwicklungen nicht nur negativ sehen sollte", sagte er heiser. „Aber all diese unsinnigen Erfindungen, die niemand braucht. Die nicht dem Leben dienen, sondern nur dazu, die Menschen immer noch weiter von sich wegzubringen. Für jeden Blödsinn werden wertvolle Ressourcen verschleudert, nur um noch schneller, noch höher, noch weiter … noch mehr Geld zu machen. Doch außer mir scheint das niemand zu bemerken. Oder doch zumindest niemanden zu stören."

Josefine wusste nicht, was sie sagen sollte. Sie konnte sich nicht erinnern, dass Ralf jemals zuvor so lange und viel gesprochen hatte.

„Und das, was wichtig wäre, wird nicht angegangen", fuhr er fort. „Ich dachte immer, etwas bewegen zu können, wenn ich mich engagiere, aber alle diskutieren und philosophieren und reden so schlau daher. Die sitzen im Gemeinderat, weil die Familie schon immer im Gemeinderat vertreten war. Oder weil sie Angst haben, dass sich etwas verändern und sie dabei zu kurz kommen könnten. Oder weil es eben schick klingt, von sich behaupten zu können, dass man es in den Verbandsgemeinderat geschafft hat. Aber wenn es drauf und dran geht, will keiner etwas machen. Oder man einigt sich darauf, gemeinsam an Symptomen herumzudoktern, weil niemand den Mumm hat, die Dinge beim Namen zu nennen, damit die Ursachen ausgeräumt werden. Und ich rutsche in diesen endlosen Sitzungen auf meinem Stuhl herum und habe keine Lust mehr, mich ständig zum Watschenmann zu machen. Was mich bislang davon abgehalten hat, vor Frust in die Tischplatte zu beißen, mich wie ein Biber von einem Ende zum anderen zu nagen, war eben Eugen. Ich kann es dir nicht besser erklären. Allein die Tatsache, dass es ihn gab, hat mir die Kraft gegeben, durchzuhalten." Wieder traten Tränen in Ralfs Augen. „Und jetzt weiß ich nicht, wie ich das in Zukunft schaffen soll?!"

„Und wenn du es nicht mehr schaffst?"

„Ach. Ich weiß auch nicht. Ich liege hier und grüble und

grüble. Am liebsten würde ich mich ganz aus diesem Affentheater zurückziehen. Den Betrieb umstellen …"

„Den Betrieb umstellen?", fragte Josefine erschrocken. „Du hast alle Register gezogen, um ihn zu verkleinern, er ist wunderbar, wie er ist. Wir brauchen nicht mehr Geld!"

Ralf lächelte. „Ich spreche nicht von einer Vergrößerung. Ich denke über eine komplett nachhaltige, ökologische und faire Bewirtschaftung nach."

„Davon haben wir ja schon öfter geträumt. Und du hast immer gesagt, dass es aufwendig und kompliziert wäre, zumindest am Anfang."

„Das stimmt schon. Doch andererseits sehe ich Ehrenpreis und Vogelmiere in unseren Weinbergen wachsen. Taubnesseln, bei denen du den Nektar aus den Blüten saugen könntest, wie wir es als Kinder getan haben. Feldsalat und Löwenzahn könnten wir bedenkenlos stechen und Salat daraus machen. Auch für unsere Gäste. Mit den entsprechenden Saatmischungen locken wir Schmetterlinge, Wildbienen und Hummeln an. Ich müsste nur noch mit meinen Mäusen, Maulwürfen und Kaninchen diskutieren. Und die Kunden, die interessiert sind, die würde ich natürlich gerne herumführen. Ihnen alles zeigen."

„Ich finde, das hört sich nach einem wirklich guten Plan an", sagte Josefine.

„Du bist einverstanden?"

„Selbstverständlich. Das hättest du dir doch denken können. Warum hast du mich nicht längst gefragt?"

„Weil ich es dir nicht zumuten wollte. Immer warst du doppelt und dreifach belastet."

„Das macht nichts", lächelte Josefine. „Ich bin ein glücklicher Hamster im Rad."

Es ist so schrecklich, allein in diesem Raum zu sein. Eingesperrt. Während es draußen immer dunkler wird. Eine tiefe, fast violette Wolkendecke treibt der Wind vor sich her. Es pfeift und zieht hier durch sämtliche Ritzen. *Die schwarze Katze* hat ein Fenster gekippt und die Ohren aufgestellt. Da ist immer noch dieses zittrige Kribbeln in mir. Vorhin habe ich das Fenster ganz aufgemacht und einen Zigarillo geraucht. Normalerweise lässt es dann für ein, zwei Stunden nach. Doch wahrscheinlich ist meine Angst einfach zu groß. Außerdem fällt mir gerade ein, dass ich heute noch gar nichts gegessen habe. Wieder denke ich an Bernd Fischlein. Ich versuche mir einzureden, dass er vielleicht ahnt, wo ich gerade bin. Zumindest soll er spüren, dass ich ihm aufrichtig dankbar bin und alles, was er mir beim Abschied gesagt hat, ernst nehme.

Mein Mädchen hat bei der Erinnerung an Bernd Fischlein dessen Geruch in der Nase, und das gibt ihr ein Gefühl von Sicherheit. Und *die Tante* lässt sich darüber aus, wie schön es doch wäre, ihn einmal zum Essen einzuladen. Bis ins kleinste Detail hat sie sich dieses Abendessen ausgemalt und dabei sehr zufrieden, fast glücklich ausgesehen. Doch jetzt jammert sie, weil es hier drin nichts zum Schreiben gibt, sodass sie ihren schönen Plan nicht minutiös festhalten kann.

Wenn ich selbstgerecht und nachtragend wäre, meint *die schwarze Katze*, dann würde ich jetzt sagen, dass dieser Fischlein bestimmt dreißig Jahre älter ist als wir.

Dreißig Jahre älter, ruft *der kleine Wirrkopf* erstaunt aus. Das ist ja mehr als doppelt …

Ich fühle das nicht, unterbricht ihn *die Tante*. Herr Fischlein hat Esprit und Humor. Das sind Eigenschaften, denen das Alter nichts anhaben kann.

Der kleine Wirrkopf will wissen, was Esprit bedeutet, doch *die schwarze Katze* hat etwas gehört. Der Wagen kommt zurück. Es ist ein normales Motorengeräusch, das wir schon vorhin gehört haben, als sie losgefahren ist. Diesmal hat sie nicht diesen alten, klapperigen Lieferwagen bemüht.

„Du solltest etwas essen." Yvonne Mercier wischt sich ihr strähniges, hennarotes Haar aus dem Gesicht. „Es wird eine lange Nacht." Das hat sie schon etliche Male gesagt, seit sie zurückgekommen ist. Dass wir eine lange Nacht vor uns haben. Sie ist nach nebenan gegangen und hat die Rolle der alten Frau abgelegt. Ich habe von hier aus zugesehen, wie sie die Perücke abgenommen und die Frontzähne abgezogen hat. Im Spiegel hat sie gesehen, dass ich sie beobachte. Und es genossen. Yvonne ist groß und kräftig. Doch sie ist mir nicht nur körperlich überlegen. Da ist eine unergründliche Kraft oder Macht, die von ihr ausgeht. Und die mich davon abhält, einfach zur Tür zu stürzen und den Schlüssel umzudrehen. „Ah. Der Schlüssel. Richtig!" Überraschend behände springt sie von ihrem Hocker auf. Ist eine Sekunde später an der Tür, schiebt den Riegel vor, zieht den Schlüssel ab und steckt ihn ein.

Kann die Gedankenlesen?, fragt mich *der kleine Wirrkopf* entgeistert.

„Ja!", sagt Yvonne, während sie sich wieder an der Stirnseite des Tisches niederlässt. „Wie geht's dem kleinen Universalgenie?"

Ganz gut, sagt *der kleine Wirrkopf*, ehe ich ihn bremsen kann.

Yvonne lacht laut und derb auf. Dann wandern ihre moosgrünen Augen gierig über den Tisch. Sie hat so viel Essen mitgebracht, dass es ausreichen würde, um ein ganzes Filmset zu verköstigen.

„Also dann“, sagt sie, während sie sich an einer Packung Kochschinken zu schaffen macht. Wieder wischt sie ungeduldig ihr Haar hinters Ohr. Es ist eigentlich mausgrau. Nun, da sie den Kopf senkt, kann ich den breiten Ansatz oben am Scheitel sehen. Auf ihren langen, gelblichen Fingernägeln befinden sich noch Reste eines tiefroten Lacks. „Schraube mal das Glas mit dem Spargel auf“, sagt sie unwirsch, während sie weiter vorn auf den Tisch deutet.

Ich schiebe es ihr hin. Sie greift hinein, obwohl sie sich die Hände, als sie zurückgekommen ist, nicht gewaschen hat. Den Schinken legt sie auf der Tischplatte aus. Und dann beginnt sie, formvollendete Röllchen zu fabrizieren. Fast alle werden dabei mehrmals auf- und wieder zugerollt, und zwischendurch leckt sie sich immer mal die Finger. Dann bedeutet sie mir mit einer großmütigen Geste, zuzugreifen. Als ich sehr vorsichtig den Kopf schüttle, schaut sie mich beleidigt an. „Das habe ich mir schon gedacht. Dass du versuchst, hier einen auf Spaßbremse zu machen!“ Aus einer Literflasche schenkt sie Weißwein in ein Saftglas, das sie sofort zur Hälfte austrinkt. Dann macht sie sich über ihre Schinkenröllchen her. „Gib mir mal ein Brötchen“, sagt sie mit vollem Mund.

Obwohl ich mich sehr ekle, spüre ich plötzlich meinen leeren Magen. Und da ist *die Tante.* Auch sie spüre ich mehr, als dass ich sie höre. Ich soll etwas essen, mich stärken, dürfe auf keinen Fall riskieren, aus den Latschen zu kippen. Ich nehme das Glas, das Yvonne vor mir hingestellt hat, in die Hand und stehe auf. „Ich hole mir einen Schluck Leitungswasser.“

Sie löffelt einen Krabbencocktail in sich hinein. „Bitte sehr. Du bist ein freier Mensch."

Als ich zurückkomme, verschlingt sie Schillerlocken. Ich zwinge mich dazu, ein Brötchen zu essen, während sie sich geräucherten Lachs und Forellenfilets einverleibt. Sie trinkt. Vertilgt eine Portion Nasi Goreng, eine Käsepizza und kippt ein letztes Glas zimmerwarmen Weines hinterher. „Ahhh! Wie gut das tut. Wenn es immer so sein könnte, würde ich bleiben. Essen, ohne auf diese ganze Kalorien- und Gesundheitsscheiße achten zu müssen!" Sie lehnt sich zurück. Sieht mich an. Mit inzwischen glasigen Augen. „Na, was sagst du? Würde mir dieser Trost ausreichen? Würde er alles aufwiegen?"

Ich koche Kaffee. Ich weiß nicht, ob es die richtige Strategie ist, einfach zu machen, was sie sagt. Mir ist übel. So übel, wie ihr eigentlich sein müsste. Und ich bin einfach nur froh, ein paar Minuten wegzukommen, von dieser Fressorgie. Während ich Tassen suche, sie ausspüle und Kaffee einschenke, reißt Yvonne eine Packung Tiefkühl-Windbeutel auf. „Du musst sie dir in den Mund stecken und mit der Zunge von unten her an den Gaumen pressen, sodass die Creme herausschießt und deinen ganzen Rachen ausfüllt. Da ist dieser Moment, in dem du glaubst, an dieser süßen kleinen Schweinerei fast zu ersticken. Du fängst an, zu schlucken und zu schmecken." Sie rollt genießerisch mit den Augen. „Doch dann ist es schon wieder vorbei!", schreit sie. „Und du musst immer noch eins und noch eins und noch eins nachlegen!"

„Stört es dich, wenn ich rauche?"

„Deine stinkenden Zigarren?"

„Zigarillos."

„Nicht die Bohne."

Ich inhaliere tief. Yvonne hat aus dem angrenzenden Wohnzimmer eine Flasche Weinbrand geholt und sich einen Drei- bis Vierfachen eingegossen. Das Glas ist schon ganz trüb von ihren fettigen Fingerabdrücken. Sie nimmt einen Schluck, schmatzt genussvoll und stöhnt zufrieden vor sich hin. Dann stößt sie mir in die Seite. So heftig, dass ich fast vom Stuhl falle. „Den Franzosen habe ich gut hingekriegt, was? ‚Entschuldigen Sie, ma chère …'" Sie lacht, laut und selbstgefällig. Schlägt sich mit einer Hand immer wieder auf den Oberschenkel, wo ein großes Loch in ihrer Leggins ihre helle Haut durchscheinen lässt. Seit sie sich in sich selbst zurückverwandelt hat, trägt sie außerdem ein abgewaschenes, tiefrotes Oberteil und schwere braune Stiefel.

„Was willst du von mir?", frage ich leise.

„Was?!" Sie wirkt verwirrt.

„Warum hältst du mich hier fest?"

„Familie. Ein Familienleben. Du wärst das Kind gewesen." Ihr Blick verschwimmt. „Hättest das Kind sein können. Die Energien hätten übereingestimmt. Vollkommen …" Sie sieht mich an, mit einem entrückten Ausdruck, der mich an meine Mutter erinnert. Doch blitzartig schlägt er um. Klar und hellwach starrt sie mich an, greift in mein Haar. Sie schüttelt mich grob und heftig. Als sie mich endlich loslässt, läuft ein brennender Schmerz über meine Kopfhaut. „Er war meine Partnerseele, du dumme Nuss! Hast du eine Vorstellung, wie selten das vorkommt? Die zeitgleiche Inkarnation als Mann und Frau; und dass sie sich dann auch noch finden?! Bis wir aus dem Gröbsten raus waren, war es für leibliche Kinder zu spät. Aber das Leben findet ja immer einen Weg …" Wieder starrt sie vor sich auf den Tisch. „Du hast alles kaputtgemacht", raunt sie. Als sie wieder aufsieht, erkenne ich in ihren Augen den blanken Hass. „Du hast dich in mein Bett gelegt! Hast du wirklich geglaubt, den Platz an der Seite eines so großen Mannes ausfüllen zu können? Du warst nichts weiter als ein Werkzeug, um einen kranken Trieb zu befriedigen."

Ich flüchte mich erst einmal hoch zur Toilette. Als ich mich im Spiegel betrachte, bin ich ebenso erstaunt wie erleichtert, dass meine Haare noch alle da sind. Zitternd vor Angst klettere ich die Leiter wieder hinab.

Als ich mich setze, versuche ich möglichst unauffällig etwas mehr Distanz zwischen mir und Yvonne zu schaffen. Sie schaut mich kummervoll an. „Ich bin wie sie", sagt sie. „Wie meine Alten. Ich bin genauso geworden, wie ich nie habe werden wollen. Habe beide Schlechtigkeiten in mir vereint. Als ob es nicht schlimm genug wäre, so eine gewalttätige Drecksau wie mein Alter zu sein. Er war eine Drecksau", schreit sie so aufgebracht, als hätte ich das Gegenteil behauptet. „Heute würde man ihn einsperren. Heute würde man eine Frau und ein Kind vor einem wie ihm schützen. Ihn gesellschaftlich ächten. Wie er mich angesehen hat. Abschätzend. Wie ein Mann eine Frau ansieht, die er kaufen will. Es lag immer ein irgendwie geiler Glanz in seinem Blick. Auch wenn er Autos reparierte. Oder sich mit seiner Mops-Zucht beschäftigte. Autos und Möpse, hat meine Mutter mal geseufzt, als sie im Bad meine Wunden versorgte. Es war ein zutiefst wahrhaftiges Seufzen. Und viel später erst habe ich die Doppeldeutigkeit darin verstanden. Und ich habe sie verstanden … Doch ich kann ihr nicht vergeben!" Wieder sieht sie mich vorwurfsvoll an. Dann sinken Stimme und Haltung in sich zusammen. „Und deshalb werde ich auch nicht mehr gesund. Mein Hass sitzt so tief … Was sie mir angetan hat, war genauso schlimm. War eigentlich schlimmer. Aber viel später, als Erwachsene, da habe ich zumindest verstanden, wie furchtbar überfordert sie gewesen sein muss, mit dieser Meter hohen laufenden Erektion." Yvonne Mercier hält ihr Glas mit zwei Händen fest. Sie schluckt den Schnaps eifrig und geräuschvoll.

Sind ihre Eltern tot?, fragt mich mein *kleiner Wirrkopf* bestürzt.

„Nein. Ich bin gestorben", antwortet sie auf meine Gedanken. „Oder doch zumindest begraben. Sie sind quicklebendig. Gute, anständige Leute. Nett und freundlich. Von allen geschätzt. Nur schade, dass die Tochter so undankbar ist. Sie nie besuchen kommt, wo sie doch sogar in derselben Stadt wohnt." Yvonnes Nase läuft. Sie zieht den Ärmel ihres Pullis über die Hand und wischt sie daran ab. „Meine Mutter hat sich mit Sicherheit eine Erklärung einfallen lassen, bei der sie – ohne auch nur ein einziges positives Wort über sich selbst zu sagen – gut dasteht. Dass sie zu diesem doppelten Spiel fähig war! Sie hat meinen Vater manipuliert. Hat ihn an einer unsichtbaren Leine geführt, den freiheitsliebenden kleinen, dicken Max, der sich hin und wieder mit Leuten anlegte, die nicht einsehen wollten, dass seine Möpse frei laufen müssen. Er war es, der den Gürtel auszog. Er war es, der mich misshandelt hat. Aber sie hat im Hintergrund die Strippen gezogen. Sie wusste genau, was sie sagen und was sie aussparen, wo sie übertreiben und wann sie jammern oder schimpfen musste, damit er hochging. So, wie er eine perverse Befriedigung dabei empfand, mir meinen zarten Hintern blutig zu schlagen, genoss sie die Macht, die sie über uns hatte. Sie schwelgte in ihrer kranken Lust am Drama, das sich danach im Bad bei der inbrünstigen Fürsorge und Pflege fortsetzte." Yvonne schüttelt sich. Und sieht mich an. „Gruselig, was?" Ich sitze mit verschränkten Armen da und nicke.

„Ich würde jede Wette eingehen, dass meine Mutter bis heute davon überzeugt ist, ein guter Mensch zu sein. Und er, mein Vater, der Buhmann, der allein Schuldige. Ob sie selbst gar nicht weiß, dass sie aus seinen Schuld- und Schamgefühlen Ösen gebogen und Fäden daran befestigt hat?"

„Ich glaube, dass viele Menschen Macht mit Liebe verwechseln", philosophiert mein *kleiner Wirrkopf* laut. „Weil es ein stärkeres Gefühl ist. Die wahre Liebe ist leicht und sanft. Still und zärtlich."

Yvonne sieht auf. Sieht sich im Zimmer um, als würde sie nach einer lästigen Fliege Ausschau halten. Dann macht sie eine wegwerfende Handbewegung. „Das war längst nicht das Schlimmste. Meine schlimmste Zeit kam, als es aufhörte. Als ich anfing zu bluten."

Der kleine Wirrkopf zieht sich erschrocken zurück. Es irritiert ihn, wenn Frauen so freimütig von etwas sprechen, was seiner Meinung nach mit Diskretion behandelt werden müsste. *Die Tante* erinnert ihn sanft daran, dass wir zu vier Fünftel auch Frau sind. Und sie flüstert, dass Yvonne Mercier ganz offensichtlich jegliches Gespür für Grenzen und Situationen verloren hat.

„... ich habe mich geweigert." Yvonne Mercier sieht mich strafend an. Ich nicke, um ihr zu zeigen, dass ich weiter zuhöre. „Die Hose! Mein Gott, wenn ich nur daran denke, wie sie mich konditioniert haben. Und diese Angst. Todesangst hat mich jedes Mal angeweht, wenn mein Vater die Hand auf seine Gürtelschnalle legte. Die ersten Male, ich war drei, vier Jahre alt, nässte ich mich schon ein, als er sich mit seinen dicken Fingern an meinem Hosenknopf zu schaffen machte. Dieses Gefühl! Ich werde es niemals vergessen. Du spürst, dass gleich die Hölle losbrechen wird. Doch du kannst nichts tun. Nicht weglaufen. Dich nicht verteidigen. Dich nicht schützen. Und dir wird auch noch der sensibelste Teil deines Körpers freigelegt. Allein schon für diese Demütigung, diese Entwürdigung, könnte ich beide heute noch umbringen." Yvonne greift nach der Weinbrandflasche. Doch sie schenkt sich nicht nach, sondern klammert sich mit beiden Händen daran fest. „Später habe ich es selbst gemacht. Ich selbst habe den Knopf aufgemacht und mich entblößt, sodass er nur noch den Gürtel ausziehen musste und seine Energie auf mir entladen konnte. Und ich lernte diese Energie auszuhalten. Nicht zu pinkeln. Nicht zu kotzen. Nicht zu weinen. Nicht zu schreien. Ich habe mich fortgetragen, an einen Strand …" Yvonne schaut auf. Dann sagt sie tadelnd: „Das ist eine andere Geschichte!"

„Du wolltest davon erzählen, wie es aufgehört hat", sagt *die Tante* taktvoll.

„Ich habe mich geweigert. Ich war fünfzehn, als ich zum ersten Mal meine Tage bekam, und ich wusste, ich würde eher sterben, als in diesem Zustand meine Hose vor ihm auszuziehen. Als er vom Stuhl hochfuhr und sich in Positur warf, habe ich ihm gesagt, dass er mich niemals mehr anfassen dürfe. Dann habe ich meine Mutter angesehen. Und sie hat genickt. Sie muss es an meinem Blick gemerkt haben, dass ich nicht mehr das kleine Mädchen war, das alles mit sich machen lässt. Doch sie hatte ihn aufgestachelt und nun schaffte sie es nicht mehr, ihn zu bremsen. Er fiel über mich her, wie ein Kampfhund. Er schlug mir hart ins Gesicht. Ich flog über einen Stuhl, der krachend auseinanderbrach. Er bearbeitete mich mit geballten Fäusten. Mit seinen kräftigen Füßen, die in festen Arbeitsschuhen steckten. Ich weiß noch, dass ich – als meine Mutter es endlich geschafft hatte, ihn abzulenken – auf allen Vieren in mein Zimmer geflohen bin. Ich habe mich eingeschlossen. Fünfzehn Jahre lang steckte ein Schlüssel in der Tür, ohne dass ich auf die Idee gekommen wäre, ihn umzudrehen." Sie schenkte ihr Glas wieder halb voll mit Schnaps. „Am nächsten Tag schminkte ich mich gekonnt und schleppte mich zur Schule. Ich hatte keine Entschuldigung für den Sportunterricht. Die Lehrerin war streng. Ich wusste nicht, was ich tun sollte, doch ich hatte merkwürdigerweise keine Angst mehr. Ich klopfte an die Tür ihrer Umkleide, ging hinein und begann, meine Bluse aufzuknöpfen. Sie war so überrumpelt, dass es einen Moment dauerte, ehe sie tief Luft holte, um zu protestieren. Doch da hatte ich schon meinen Oberkörper freigelegt. Ich wollte nicht, dass alles an die große Glocke gehängt würde. Das hat sie verstanden. Heute würde das nicht mehr so laufen, weil es andere Vorschriften gibt. Ich weiß nicht, ob meine Lehrerin sich damals strafbar gemacht hat. Eines weiß ich aber sicher: Dass heute niemand mehr einen solchen Mumm in den Knochen hätte!" Yvonne Mercier sah geradeaus, in Richtung Küche. Dann hob sie ihr Glas, als würde dort jemand stehen, dem sie zuprostete. „Sie hat mich gebeten, nach dem Unterricht zu ihr zu kommen. Und dort hat sie mir eine Zeitung in die Hand gedrückt und meinen geschundenen Körper fotografiert. Als ich nach Hause kam, beantwortete ich nicht eine einzige Frage meiner Mutter. Ich drehte nur den Spieß um, mit dem sie mich von klein auf bedroht hatten. Ich würde selbst zum Jugendamt gehen und alles erzählen, wenn sie mich fortan nicht in Ruhe ließen. Ich sehe sie noch ganz genau vor mir, meine Mutter, wie sie in ihrer süffisant-selbstgefälligen Art fragte: ‚Und du meinst, dass die dir glauben?' Und wie die unter ihrem Make-up verborgene Häme aus dem Gesicht glitt, als ich sagte, dass es Fotos gibt. Das war das letzte Mal, das wir miteinander gesprochen haben." Yvonne starrt vor sich hin. „Damals dachte ich, ich sei aus dem Gröbsten raus. Ich habe nicht geahnt, wie grausam Gleichgültigkeit sein kann."

18

Als Fischlein und Bäumler eintrafen, fanden sie Hilzendegen in der Halle, mit tiefzerfurchter Stirn über die Buchhaltungsunterlagen des Instituts gebeugt. „Ist das mühsam", raunte er den beiden Kollegen zu. Er hatte einen großen Tisch freigeräumt und mehrere Ordner und Listen darauf ausgebreitet. „Und dieser Balustrach. Er muss doch etwas gewusst haben!" Er fluchte. „Ich fürchte, ich muss noch mal mit ihm sprechen."

„Dann hatte ich recht?", fragte Bäumler und trat hinter ihn.

„Ja. Abgerechnet wurden die Termine so, wie sie in der Liste stehen, die der Sekretär uns zur Verfügung gestellt hat. Immer mit dem Vermerk: Betrag in bar erhalten."

„Und die Kunden haben nicht gemerkt, dass da etwas nicht stimmt?", warf Bäumler skeptisch ein.

„Die Originalrechnungen sind höchstwahrscheinlich nie rausgeschickt worden."

Bäumler zog seine Jacke aus und warf sie auf einen Stuhl. „Das verstehe ich nicht. Was haben die damit bezweckt?"

„Eine elegante Idee", meine Fischlein, „die eine interessante Frage aufwirft." Er sah Hilzendegen an. „Ein Institut mit einer freundlich-kreativen Philosophie. Man ist dafür da, anderen zu einem besseren Leben zu verhelfen. Und hinter der schönen Fassade werden Gelder in den legalen Finanzkreislauf zurückgeführt."

„Geldwäsche!", rief Bäumler aufgebracht. „Aber warum? Ich meine, wo kommt die Kohle her?"

Fischlein klopfte ihm auf die Schulter. „Das genau ist die Frage."

„Konnte dir seine Bank weiterhelfen?", wollte Hilzendegen wissen.

Bäumler reichte ihm einen Umschlag. „Die Kontoauszüge der letzten vierundzwanzig Monate."

„Es gibt keine Trennung von privaten und geschäftlichen Transaktionen?"

„Nein. Thiel hatte nur ein Konto. Seine Finanzberaterin hatte ihn schon mehrfach dazu aufgefordert, das zu ändern."

„Die Auszüge scheinen mit den Ausdrucken hier im Ordner übereinzustimmen. Mit der Liquidität stand es demnach nicht gerade zum Besten."

„Aber die Gelder sind doch gemäß den fingierten Rechnungen geflossen", beharrte Bäumler.

„Ja. Über die Barkasse des Instituts. Wenn 5.000 Euro zusammengekommen waren, wurde auf das Konto eingezahlt. Den recht ansehnlichen Einnahmen stehen aber hohe monatliche Raten für diverse vorfinanzierte Anschaffungen sowie die Tilgung eines Darlehens gegenüber. Ich nehme an, es handelt sich dabei um die Finanzierung dieses Gebäudes?"

Bäumler verglich die Kontonummern und nickte. „Die Immobilie ist immer noch mit etwas mehr als 200.000 Euro belastet."

Fischlein stieß einen Pfiff aus, während Hilzendegen überlegte, wie er diesen offensichtlichen Abrechnungsbetrug dokumentieren sollte. Und wen er zu informieren hätte. Die Steuerfahndung in Neustadt an der Weinstraße? Die zuständige Abteilung beim Landeskriminalamt in Mainz? Oder gemäß einer kürzlich verabschiedeten Neuregelung, an dessen Wortlaut er sich nur noch vage erinnerte, eine zentrale Stelle beim Zoll?

In den nächsten Stunden waren sie damit beschäftigt, die monströse Regalwand im Arbeitszimmer des Toten zu durchforsten. Bäumler hatte hinten an der Treppe angefangen, Hilzendegen vorn bei den anscheinend aktuellsten Unterlagen und Fischlein arbeitete nach dem Zufallsprinzip. Er griff sich wahllos einen Sammelbehälter nach dem anderen heraus und seine grauen Augen wanderten so rastlos und flink über die Seiten und Dokumente, dass Bäumler, der nur langsam vorankam, murrte. „Man könnte fast meinen, Sie hätten einen Scanner verschluckt", stöhnte er irgendwo zwischen Neid und Anerkennung. „Doch Sie sollten die Teile, die Sie schon durchgesehen haben, irgendwie kennzeichnen. Nicht, dass wir diese schwachsinnige Arbeit am Ende noch doppelt machen." Bäumler zog aus seiner Bauchtasche einen Bogen mit Aufklebern hervor, welche die Spieler seiner Lieblingsmannschaft zeigten.

„Sieh da! Die roten Teufel. Mit dem Fußballspielen hapert es ja im Moment ein bisschen …"

„Sie können sie ruhig auseinanderschneiden", brummte Bäumler verdrossen und versenkte sich in ein Konzept über die Erfindung eines Velocars. Ein verkleidetes und somit vollkommen wetterfestes dreirädriges Fahrrad, dessen Antrieb per pedes durch Solarzellen auf dem Dach unterstützt werden sollte. Er blätterte die mehrseitige Projektbeschreibung, die detailliert ausgearbeitet und mit technischen Zeichnungen versehen war, durch und legte sie anschließend beiseite. „Hier sind Rentenunterlagen. Zwischen einem Katalog für Modelleisenbahnen und der Überlegung, welche mystische Bedeutung ein blauschattiger Kobold in einer Fantasy-Geschichte hätte …" Bäumler schüttelte den Kopf. „Was für ein Chaot. Doktortitel hin oder her, so schlau kann der nun wirklich nicht gewesen sein."

„Doch", murmelte Fischlein leise vor sich hin. „Schlau war der." Der Kriminaltechniker gluckste belustigt. „Ich habe hier eine Urkunde über eine Ehrendoktorwürde, ausgestellt von einer Kirche in den USA."

„Einer Kirche?", fragte Bäumler ungläubig.

„In den USA dürfen Kirchen das. Da es in demselben Ort auch eine bekannte Universität gibt, ist es mir auch erst auf den zweiten Blick aufgefallen. Und höchstwahrscheinlich hätte ich es nicht bemerkt, wenn nicht sein Fachgebiet auf der Urkunde erwähnt wäre", zwinkerte Fischlein. „Aromatherapie! – Außerdem tackert kein Mensch, der dafür jahrelang studiert, geforscht und geistig geschwitzt hat, einen Überweisungsbeleg an ein solches Dokument."

„Er hat sich seinen Doktortitel einfach gekauft?"

„Na ja. Er hat, eine Woche bevor die Urkunde ausgestellt wurde, 5.000 US-Dollar an diese Kirche gespendet." Fischlein reichte Hilzendegen das Papier.

„Juni 2005 – kurz bevor das Institut gegründet wurde. Und es erklärt, warum der Titel in seinem Personalausweis nicht eingetragen ist." Nachdenklich bearbeitete er seine Unterlippe. „Aber was hat er davor gemacht? Welchen Background hatte der Mann?!"

„Er kann doch nicht einfach ohne irgendeine fundierte Ausbildung an den Leuten herumtherapiert haben", protestierte Bäumler.

„Berater oder Coach kann sich jeder schimpfen", meinte Fischlein.

Hilzendegen holte aus der Halle eine der Infobroschüren. „Dr. Hans-Peter Thiel. Passionierter Experte für Zeit- und Selbstmanagement", las er den Text unter dem Foto des Opfers vor. „Dr. Thiel war über viele Jahre hinweg in namhaften Unternehmen der südpfälzischen Wirtschaft tätig, ehe er sich mit der Gründung seines Institutes selbstständig machte."

„Passionierter Experte …" Grinsend wandte sich Fischlein an Bäumler. „Sagten Sie nicht gerade etwas von Rentenunterlagen?"

Bäumler suchte sie aus seinem Stapel heraus. „Er war Angestellter bei einer Möbelfirma in Speyer!"

„Es ist die Abmeldebescheinigung", bemerkte Fischlein. „Im Juni 2005 hat er diesen Job aufgegeben und sich den Doktortitel gekauft."

„Im August wurde dann das Institut eröffnet", ergänzte Hilzendegen, der noch immer die Infobroschüre studierte. „Du solltest morgen dorthin fahren, Florian. Zu dieser Firma. Versuche herauszufinden, was Thiel gemacht hat. Wie er war. Vielleicht gibt es langjährige Mitarbeiter, die sich an ihn und hoffentlich auch an seine familiäre Situation erinnern."

Eine Zeit lang arbeiteten sie schweigend vor sich hin, bis Bäumler aufstand und sich stöhnend räkelte. „Ich finde, wir sollten mal was essen!"

Fischlein gab mit einem wohlwollenden Nicken zu verstehen, dass er gegen eine Pause auch nichts einzuwenden hätte, doch als Bäumler die Tüte aus dem Wagen geholt und der Kriminaltechniker sich in einem der Sessel der Sitzgruppe niedergelassen hatte, zückte dieser zuerst sein Handy und rief die Schutzpolizei an, um nachzufragen, ob sich in Sachen Stella Römer schon jemand gemeldet hätte.

Hilzendegen nahm sich eine Butterbrezel und wunderte sich, als er seinen Kollegen hörte. Bäumler und Fischlein hatten die Fahndung nach der jungen Frau erst am späten Nachmittag rausgegeben. Es musste dem alten Hasen doch klar sein, wie unwahrscheinlich es war, dass sich vor morgen früh jemand rührte. Und darüber hinaus waren alle Kollegen instruiert, sich in diesem Fall sofort mit ihm oder Fischlein in Verbindung zu setzen.

„Nichts. Das war ja klar“, meinte Fischlein etwas kleinlaut und setzte eine Flasche mit alkoholfreiem Bier an die Lippen. Hungrig machte er sich schließlich über ein Schinkenbrot her. Während Bäumler an seinem Fleischkäs'-Weck herumknabberte und durch einen Strohhalm gurgelnd Bionade trank, sah er Fischlein beim Kampf mit den Schinkenscheiben zu. „Meine Mutter schneidet den rohen Schinken immer in mundgerechte Stücke, bevor sie ihn uns aufs Brot legt“, sagte er hilfsbereit zu Fischlein. „Ich würde Ihnen ja ein Messer aus der Küche holen, aber irgendwie kommt mir das hier alles nicht so sauber vor.“

Fischlein winkte nur ab, während Bäumler seinen Blick durch den Raum schweifen ließ. Schließlich blieb er an der antiken Messersammlung über dem Sofa hängen. „Und die sind ja allesamt ein bisschen groß. Wobei, die kleinste …“ Bäumler legte angewidert seinen Weck weg. „Da klebt ja Blut dran!“

Hilzendegen und Fischlein starrten sich an und sprangen nahezu gleichzeitig auf. „Zehn“, sagte Fischlein, nachdem er zweimal gezählt hatte und rieb sich mit beiden Händen über seine Glatze. „Es sind zehn und es waren, als wir den Raum auseinandergenommen haben, definitiv nur neun!“

„Seit wann hängt es da?“, fragte Hilzendegen nachdenklich. Ein leichtes Schaudern kroch über seinen Rücken. „Ich bin gestern mit Balustrach durch alle Räume gegangen, weil er sich von seinem Arbeitsplatz bewusst verabschieden wollte. Der Platz war leer. Das weiß ich genau, weil ich noch daran dachte, dass mir die winzigen Magnete in der Wand niemals aufgefallen wären, wenn Sie sie mir nicht gezeigt hätten. Wir müssen die Nachbarschaft befragen, Florian. Irgendjemand muss doch verdammt noch mal was gesehen haben!" Er wandte sich an Fischlein. „Und was ist mit dem Siegel?"

Der Kriminaltechniker hatte sich bereits Handschuhe übergezogen. Vorsichtig pflückte er die filigranste Klinge von der Wand und steckte sie in eine Plastiktüte. „Ich fahre noch einmal ins Labor. Morgen früh kann ich Ihnen sagen, was die Analyse ergeben hat und ob Fingerabdrücke drauf sind."

MITTWOCH, 29. NOVEMBER

Ich habe meine Eltern getötet. In Wahrheit aber haben sie mich getötet. Sie haben mich geistig misshandelt.

Sie haben mir die Möglichkeit zur Selbstbefreiung genommen, denn Veränderungen, Entwicklungen, Wandlungen beginnen mit Gedanken. Meine Gedanken aber standen unter der Kontrolle ihres Denkens.

Das Denken meiner Mutter war die geistgewordene Negation. Ich kann mich nicht an ein einziges wohlmeinendes Wort, einen einzigen lebensbejahenden Satz aus ihrem Mund erinnern.

Das Denken meines Vaters war unantastbar, mit dem des Schöpfers gleichgesetzt. Zweifel wären gotteslästerlich gewesen.

19

In der Nacht waren die Temperaturen unter den Gefrierpunkt gesunken. Marius Hilzendegen, der vorgehabt hatte, mit dem Fahrrad zur Godramsteiner Straße zu fahren, brummte missmutig vor sich hin und machte sich zu Fuß auf den Weg. Er dachte an Matti, der, wenn er von seiner Reise zurück wäre, eine Plane sowie eine Kordel aus dem Keller holen und das Fahrrad so kunstvoll einpacken und verschnüren würde, wie Christo seinerzeit den Reichstag verpackt hatte. Er gähnte. Es war wieder eine kurze Nacht gewesen. Bis weit nach Mitternacht hatten er und Bäumler die Suche nach erhellenden Unterlagen oder Beweisstücken fortgesetzt und immerhin ein Foto gefunden, auf welchem Dr. Thiel zusammen mit einer großen, vollschlanken Frau abgebildet war. Sie hatte ein gewinnendes Lächeln auf den Lippen, wohingegen Thiel etwas gezwungen in die Kamera schaute. Und dann musste er an Bäumler denken, der zum Ende hin noch einmal Höchstleistungen vollbracht hatte, nachdem Marius ihm gesagt hatte, dass man diese Art des schnellen, fast schon fotografischen Lesens, das Fischlein draufhatte, erlernen beziehungsweise trainieren könne.

Erst kürzlich hatte der erfahrene Kriminaltechniker ihn beiseite genommen und ihm zugeraunt, dass es nicht nur hochanständig, sondern auch klug gewesen sei, Bäumler eine Chance zu geben, der zum SEK gewollt, den berüchtigten, extrem herausfordernden Basislehrgang im Grunde geschafft hatte, sich aber am vorletzten Tag bei einem Lauf über einen Hindernisparcours den Knöchel so schwer gebrochen hatte, dass dieser mehrfach operiert werden musste und schließlich versteift worden war.

Seitdem versuchte Marius, seinem schwerbehinderten Mitarbeiter klarzumachen, dass es bei ihren Ermittlungen nur höchst selten um spektakuläre, körperlich herausfordernde Einsätze ging. Viel wichtiger war eine gründliche und im Sinne der Strafprozessordnung unantastbare Arbeit. Ein akribischer Kriminalbeamter – und ein solcher war Bäumler – konnte entscheidend dazu beitragen, dass die überführten Täter später auch verurteilt und somit der Gerechtigkeit Genüge getan würde.

Eine faltige Frau mit schlohweißem Haar öffnete ihm die Tür. Sie hatte ein winziges scharfes Messer in der einen, ein weiches Tuch in der anderen Hand. In ihrem verklärten, von einer dicken Brille vergrößerten Blick, der ihn schon auf dem Foto von ihr irritiert hatte, lag Neugier. „Sind Sie Frau Balustrach?"

„Jawohl, die bin ich."

Hilzendegen zückte seinen Dienstausweis und stellte sich vor. „Ich würde gerne mit Ihrem Sohn sprechen."

„In welcher Angelegenheit?"

„Das werde ich ihm gleich selbst sagen." Er verbiss sich ein Grinsen, während er in den Flur trat. Das Haus verfügte über den klassischen Schnitt, den er schon in vielen Reihen- und Einfamilienhäusern gesehen hatte. Auf der einen Seite lagen Gästetoilette und Treppenhaus, auf der anderen die Küche. Geradeaus gelangte man ins Wohnzimmer, welches im Hause Balustrach allerdings mehr wie eine Mischung aus Werkstatt und Privatkapelle anmutete. Auf einer Art von Altar stand neben einer Votivkerze mit Madonnenemblem und Blumen auch das Bild eines Heiligen. Eine Wand wurde von einer Hausorgel eingenommen, an der Jarek Balustrach saß und – einen Kopfhörer auf den Ohren – hingebungsvoll in die Manuale griff.

„Sie müssen warten, bis er von selbst aufschaut und Sie bemerkt, sonst erschrickt er sich." Frau Balustrach steuerte auf einen Tisch in der Ecke zu, auf dem mehrere Holzblöcke, halbfertige Schnitzarbeiten und weitere scharfkantige Werkzeuge lagen. Sie setzte sich dahinter auf einen hohen, gepolsterten Stuhl, öffnete das Tuch und machte sich an einem Gegenstand zu schaffen, der sie anscheinend genauso gefangen nahm, wie ihren Sohn seine Orgel.

Hilzendegen ließ seinen Blick über die vierte Wand schweifen. In einem einfachen Holzregal entdeckte er sämtliche Darsteller einer klassischen Weihnachtskrippe in dutzendfacher Ausführung. Außerdem mehrere Engel und Heiligenfiguren verschiedener Größen.

„Oh." Balustrach nahm den Kopfhörer ab, als er den Kommissar wahrnahm. „Entschuldigen Sie bitte vielmals, aber wenn ich die Toccata ... Ja, überhaupt, wenn ich Bach spiele ... Bei Bach hat man doch immer das Gefühl, dass das Göttliche ganz nah ... Also, ich jedenfalls, auch wenn ich die Läufe spiele oder höre, wie bei ‚Jesu bleibet meine Freude', dann geht nach oben hin alles auf, dann ..." Balustrach unterbrach sich. Vielleicht, weil das begeisterte Strahlen, das von ihm ausging, partout nicht auf Hilzendegen übergreifen wollte, vielleicht, weil dem Polen, der nun leicht verlegen an seinem asymmetrischen Bart zupfte, einfiel, dass der Kommissar bestimmt nicht gekommen war, um über die musikalischen Meisterwerke des Barock zu philosophieren.

„Ich muss Ihnen noch ein paar Fragen stellen", begann Hilzendegen. „Können wir uns irgendwo ungestört unterhalten?"

„Wenn Mama an einem Jesuskind arbeitet, vergisst sie die Welt um sich herum."

Irritiert fragte sich Hilzendegen, was in dem Mann vorgehen mochte. Er selbst hatte den Kommissar, bevor er ihm von dem heimlichen Treffen mit Yvonne Mercier erzählt hatte, um

Diskretion gebeten. Während er noch nach einer Formulierung suchte, um den Polen möglichst unauffällig darauf hinzuweisen, fiel es diesem anscheinend selbst wieder ein, und er bat den Kommissar in die Küche. Keine fünf Minuten später tauchte die Mama auf, um den Herren ein Schnäpschen anzubieten, was einen längeren Wortwechsel zur Folge hatte.

Wäre es nicht so nervtötend gewesen, hätte man die Alte um ihre Art, völlig sinnfreie Argumente wie kluge Tatsachen vorzutragen, glatt bewundern können. Irgendwann wurde Hilzendegen klar, dass Balustrach sich nicht durchsetzen würde. Erst als er vorschlug, die Befragung auf dem Kommissariat fortzuführen, verließ die Mutter die Küche.

Balustrach bestritt zunächst, etwas von dem Betrug gewusst zu haben. Er gab sich sogar fast ein bisschen beleidigt, weil es der Kommissar schon wieder wagte, seine Ehrbarkeit und Hochanständigkeit infrage zu stellen. Erst als Hilzendegen ihn rhetorisch von allen Seiten eingekreist und gebetsmühlenartig immer wieder dieselben Fragen gestellt hatte, knickte er ein. „Thiel hat mir Anweisungen gegeben. Ganz genau. Jede Kleinigkeit hat er mir diktiert, als wäre ich ein Idiot. Was der Handlanger eines Betrügers ja auch ist. Er hat mir gesagt, was ich in die Listen eintragen soll. Er hat gesagt, wie viel ich für wen abrechnen soll. Er hat die Originalrechnungen an sich genommen. Und mir das Geld dafür in bar gegeben. Ich habe es bei der Bank eingezahlt. Anfangs habe ich gefragt, warum wir das so machen. Warum nicht ich die Leute abkassiere. Thiel hat solche Aufgaben eigentlich verabscheut. Doch er sagte, wenn ich den Job behalten wolle, sollte ich besser keine Fragen stellen. Und so habe ich mich darauf konzentriert, die Aufgaben, die mir übertragen wurden, korrekt auszuführen und alles andere auszuschalten."

Hilzendegen öffnete seine Wildlederjacke und zog das Foto, das er letzte Nacht in einem der Stehsammler des Instituts gefunden hatte, hervor. Er hielt es Balustrach hin und beobachtete den Zeugen dabei genau. Der Ausdruck, der über sein Gesicht huschte, zeigte weder Trauer noch Freude. Dass er über den Tod seines Vorgesetzten nicht allzu traurig war, konnte Hilzendegen inzwischen nachvollziehen. Aber er schien auch nicht angenehm berührt zu sein, ein Foto seiner Geliebten zu sehen. An sie erinnert zu werden. Vielmehr würde er den Ausdruck des Mannes als ängstlich beschreiben. Ja. Balustrach wirkte auf seltsame Weise verschreckt. „Das ist doch Yvonne Mercier, oder?“

„Ja“, sagte er seufzend. „Ja. Damals war sie noch normal … Ich meine, da sah sie noch besser … Also … Himmeldonnerwetter!“ Die Stimme des Polen wurde merkwürdig hoch, fast schrill. „Das war ganz am Anfang. Als ihre Welt noch in Ordnung war. Über zehn Jahre ist das her. Und irgendwann kommt ein Alterungsschub. Das ist normal.“

„Sieht sie denn heute anders aus?“

„Ja. Nein. Es kommt darauf an. Ich weiß auch nicht.“

Hilzendegen stand von seinem Stuhl auf und atmete tief ein und wieder aus. Dieser Mann zerrte allmählich wirklich an seinen Nerven. Warum musste er bei jeder Frage einen solchen Eiertanz aufführen? War das eine Taktik, um ihn von irgendetwas anderem, was wichtiger gewesen wäre, abzulenken? Oder gar abzuhalten?

„Wenn Sie nicht gekommen wären, hätte ich Sie gleich nach dem Orgelspiel angerufen“, sagte Balustrach mit einem Mal sehr aufgeräumt. „Ich habe Yvonne nämlich gestern gesehen. Ich meine … getroffen. Nein!“, rief er dann energisch. „Ich meinte, sie hat mich angetroffen. Telefonisch, soll ich sagen.“ Er schloss die Augen. „Ich soll Ihnen sagen, dass sie früher zurückkommt. Und sich gleich nach der Ankunft auf den Weg zu Ihnen machen wird."

Hilzendegen starrte seinen Zeugen einen Moment lang völlig perplex an. „Hat sie auch gesagt, wann sie kommt?"

Balustrach schüttelte den Kopf. „Es tut mir leid, ich habe sehr große Schwierigkeiten, mich zu konzentrieren. Wenn Sie mich also vielleicht jetzt entschuldigen könnten."

Hilzendegen riss die Küchentür auf und wäre beinahe mit der Mutter zusammengestoßen. Er sah die Alte etwas ungehalten an, aber sie fand wohl nichts dabei, an Türen zu lauschen. Vielmehr schnappte sie mit ihrer faltigen Hand nach dem Arm des Kommissars. Als sie ihn zu sich herabzog und ihn mit diesen trüben, durch die Brille vergrößerten Augen ansah, dachte er zuerst an ein kleines Mädchen. Dann an eine Schlange. Und dann an eine Schlange, die ein kleines Mädchen spielt. „Es ist etwas im Busch, das spüre ich", raunte sie. „Diese Frau, sie ist in unser Harmoniefeld eingedrungen. Nicht so, wie Sie denken. Weil ich das zu verhindern weiß. Mein Jarek ist ein guter Junge. Er hat nie ein böses Wort zu mir gesagt. Und er hatte nie etwas mit ihr. Ich habe ihn schon einmal vor ihr beschützt. Und solange noch ein Tropfen Blut durch meine verkalkten Arterien fließt, wird da auch nichts passieren." Dann betrachtete sie den Kommissar noch einmal abschätzig. Ihre Augen schienen geradezu in ihn hineinzukriechen. „Sie sind viel zu leichtgläubig, junger Mann. Viel zu leichtgläubig."

20

Als die Fußgängerampel grün wurde, überquerte Hilzendegen die Hindenburgstraße und ging an der Seniorenresidenz vorbei in Richtung Krankenhaus. Inzwischen war er froh, zu Fuß unterwegs zu sein, denn der halbstündige Gang zurück ins Büro würde ihm nach diesem anstrengenden Gespräch und der verwirrenden Begegnung mit dieser Alten guttun. Hinter dem Schwesternwohnheim schlug er einen steil abfallenden Pfad ein, der durch das Fort hinab zur Innenstadt führte. In der waldähnlichen Parkanlage waren Teile der Festung erhalten geblieben, zu der Landau Ende des siebzehnten Jahrhunderts ausgebaut worden war, was auf keinen geringeren als den französischen König Ludwig den XIV., den Sonnenkönig, zurückging, der die Stadt nach dem Dreißigjährigen Krieg in seinen Machtbereich gebracht hatte. Die hohe Steinmauer, die bald links aufragte, war von Moosen und Flechten überzogen. Efeu mit gelbgrünen Blütendolden rankte sich mühsam daran hoch, und im Licht- und Windschatten zu ihren Füßen wucherten Farne. Marius watete langsam, ohne seine Füße zu heben durch das Herbstlaub, hörte die Häher oben in den Bäumen und dachte daran, wie Matti hier irgendwo in einem hohlen Baumstumpf einmal einen Siebenschläfer entdeckt hatte. Kreisrund hatte sich der kleine Kerl eingerollt und von ihren neugierigen Blicken überhaupt nicht stören lassen. Es war ihm bis heute ein Rätsel, wie Matti das Tier überhaupt hatte aufspüren können. Und erst als sie das Nest mit Blättern und Zweigen getarnt und geschützt hatten, hatte er seinen Liebsten dazu bewegen können, weiterzugehen.

Hilzendegen lächelte. Zuerst sehnsüchtig. Dann wehmütig, denn seine Gedanken wanderten zurück zu seinem Fall. Zurück zu der eben erlebten Situation, die irgendwie unangenehm und irritierend gewesen war. Vor allem das Verhalten des Sohnes. Meist versuchten diese *Jungsenioren*, diese selbst schon betagten Kinder, ihre greisen Eltern zu bremsen, wenn sie sich irgendwie merkwürdig oder allzu schrullig verhielten. Hilzendegen konnte sich auch an etliche Situationen erinnern, in denen kein Wort gefallen war, aber ein entschuldigender Blick in seine Richtung Bände gesprochen hatte. Doch Jarek Balustrach hatte einfach nur dagestanden. Groß, breitschultrig und apathisch.

Im Büro angekommen, klebte Hilzendegen all seine Notizzettel auf eine große Moderationstafel, die neben dem Besprechungstisch an der Wand stand. Und auf einen weiteren Zettel notierte er *Frau Balustrach*. Er hielt die Alte durchaus für fähig, einen Mord zu begehen. Sie hätte sich an dem fraglichen Abend leicht Zutritt zum Institut verschaffen, die Tatwaffe von der Wand nehmen und … Ob sie anatomische Kenntnisse besaß? Vielleicht aufgrund ihrer künstlerischen Ausbildung? Hilzendegen hatte selbst einige Semester Kunst studiert und wusste, dass man sich in diesem Zusammenhang auch mit dem Aufbau des Skeletts, den Muskeln und Sehnen, eben mit der Anatomie eines Körpers zu befassen hatte. Und wenn man sie als Täterin in Betracht zog, erklärte das vielleicht auch die gelassene Haltung des Opfers. Vielleicht hatte Thiel nur eine fromme Greisin in ihr gesehen. Und ja, es war das Fromme, diese fast schon übertrieben heilige Ausstrahlung, die Hilzendegen von Anfang an befremdlich gefunden hatte, denn lauerte hinter einem starken Glauben nicht oft auch ein großes Potenzial für Intoleranz und Fanatismus? Doch welches Motiv hätte Frau Balustrach zu einer solchen

Tat treiben können? Es war Thiel, der tot war, nicht Yvonne Mercier.

„Hat er etwas gesagt?“ Fischlein hatte nur pro forma angeklopft und gleichzeitig die Tür aufgerissen. Jetzt starrte er den Kommissar erwartungsvoll an.

„Balustrach hat angeblich keine Ahnung, wo Stella Römer stecken könnte.“ Hilzendegen schaffte es nicht, sich ein Grinsen zu verkneifen.

„Ich glaube, Sie verkennen den Ernst der Lage, Herr Kollege!“, blaffte der Kriminaltechniker ihn an.

„Und ich glaube, es waren nicht nur die Beine“, gab Hilzendegen gelassen zurück. „Aber was dann? Der Augenaufschlag? Das hübsche Gesicht? Ihre Hilflosigkeit?“

„Sie ist auf nette Art ein bisschen verrückt“, sagte Fischlein versonnen. „Und ich weiß, dass sie keiner Fliege etwas zuleide tun könnte.“

Noch einer mit Intuition, dachte Hilzendegen, während sich Fischlein auf einem der Stühle beim Besprechungstisch niederließ. „Und was sagt Ihre Analyse?“

„Das ist es ja eben. Bei dem Messer, das wir gestern von der Wand im Institut gepflückt haben, handelt es sich um die Tatwaffe. Und es sind sowohl ihre als auch seine Fingerabdrücke drauf.“

„Stella Römer und Thiel? Aber Thiel kann sich nicht selbst getötet haben!“

Fischlein zog ein Taschentuch aus der Jacke seines azurblauen Wollblasers und wischte sich die Schweißperlen von der Stirn. „Wir wissen aber auch, dass das nichts heißen muss. Warum war das Stillet verschwunden? Und taucht jetzt wieder auf? Vielleicht möchte ihr jemand die Tat in die Schuhe schieben. Vielleicht ahnt sie was, und vor lauter Angst ist sie davongelaufen …"

Hilzendegen ging nach draußen und bat Frau Hammel um einen doppelten Espresso. Er hätte so gerne weitergemacht. In Ruhe nachgedacht. Denn das war das Einzige, was sie weiterbringen würde. Doch jetzt müsste er Fischlein, einen so viel älteren und hochgeschätzten Kollegen eigentlich daran erinnern, dass es gefährlich werden konnte, die Distanz zwischen sich und einer an einem Fall beteiligten Person aufzugeben. Und er wusste nicht, wie er das anstellen sollte.

„Vielleicht ist sie entführt worden", sagte Fischlein, als Hilzendegen zurückkam. „Ich mache mir eigentlich weniger Sorgen um sie selbst. Also … Ich meine, ihr Chef hat doch auch gesagt, dass sie stabil war. Und sie hat meine Karte. Ich bin sicher, dass sie mich anrufen würde, wenn es ihr schlecht ginge..." Wieder wischte sich Fischlein über seinen kahlen Kopf. „Sie ist in der Hand des Mörders", sagte er dann tragisch. „Vielleicht ist sie auch schon tot."

„Balustrach meinte nur, sie hätte ziemlich häufig von diesem Schauspieler gesprochen. Dem Kollegen, der die männliche Hauptrolle in dieser Serie gespielt hat. Wie hieß die jetzt gleich noch mal …"

„Waldhotel Asselstein", sagte Fischlein schnell. „Haben wir eine Ahnung, wo der Kerl steckt?"

„In Saarbrücken. Dort wird gerade eine weitere Staffel gedreht."

„Der Asselstein liegt doch nicht in Saarbrücken!" Mit einem fast vorwurfsvollen Klirren stellte Frau Hammel die Espressotasse auf dem Tisch ab. „Der Asselstein ist ein imposanter Felsen bei Annweiler!"

Hilzendegen seufzte. „Wahrscheinlich werden nur die Landschaftsaufnahmen hier gemacht."

„Und später schneiden sie dann alles zu einer perfekten Illusion zusammen", meinte Fischlein, schon im Türrahmen. „Ich knöpfe mir diesen Schauspieler vor. Wenn was ist, ich hab das Handy immer am Mann!"

Frau Hammel, die gerade zu einem weiteren Kommentar ansetzen wollte, unterbrach sich selbst. „Da kommt der Bäumler. Na, der wird Augen machen!"

Sie eilte hinaus, und keine halbe Minute später lag die Kopie einer alten Akte aus dem Melderegister auf dessen Schreibtisch. „Ich habe Ihnen doch gesagt, dass mein Bekannter sich im Archiv auskennt", rief sie triumphierend. „Die sind ausgewandert. Die Familie vom Dr. Thiel. Abgemeldet ins Ausland. Der ältere Sohn 1990 und die Eltern dann 2010."

Während Bäumler seine Jacke auszog und sich aus seinem Schal wickelte, studierte Hilzendegen die Unterlagen. „Aberdeen. In Schottland", sagte er dann. „Wir müssen versuchen, mit den Behörden dort Kontakt aufzunehmen."

„Das muss einer von Ihnen machen", schloss Frau Hammel entschieden. „Ich kann kein Schottisch."

Doch Bäumler setzte sich erst einmal zu seinem Vorgesetzten ins Büro, trank den dem Kollegen Fischlein zugedachten Espresso und berichtete, was er herausgefunden hatte.

Während der langen Zeit, in der er wegen seines kaputten Knöchels krankgeschrieben und von einer Reha-Einrichtung an die andere weitergereicht worden war, hatte er angefangen, sich mit Online-Rollenspielen zu beschäftigen und zusammen mit einigen anderen Jugendlichen und jungen Männern eine Gruppe gegründet. Sie spielten übers Internet, und obwohl sie sich mit ihren Laptops von überall hätten einloggen können, trafen sie sich alle paar Wochen bei einem anderen Mitglied, um für zwei oder drei Tage virtuell mit einer anderen Identität in einer anderen Welt unterwegs zu sein. Dabei galt es, Hindernisse zu überwinden und Rätsel zu lösen, um die durch das Spiel vorgegebenen Ziele zu erreichen.

Da Hilzendegen wusste, wie viel Florian diese Zusammenkünfte bedeuteten, hatte er ihm gerne übers Wochenende seinen größeren Wagen überlassen. Und es – auch wenn es aus ermittlungstechnischer Sicht fast grob fahrlässig erschien – nicht übers Herz gebracht, ihn am Sonntagmorgen, als Thiels Leiche entdeckt worden war, dort herauszuholen. Eine Entscheidung, die sich nun auf überraschende Weise als nützlich erwiesen hatte, denn einer der Teilnehmer dieser Spielergruppe absolvierte gerade eine Ausbildung zum Großhandelskaufmann in eben jenem Möbelhaus in Speyer, in dem Hans-Peter Thiel bis vor ein paar Jahren gearbeitet hatte.

„Weißt du, bei diesen Treffen interessiert dieser ganze gesellschaftliche Kram überhaupt nicht. Es ist nicht wichtig, wo du herkommst, was für einen Job du machst. Ob du verheiratet bist, Kinder hast. Wie du materiell dastehst. Ich bin Florian. Punkt. Und entscheidend ist nur, wie ich mich dort gebe. Und im Spiel anstelle."

Hilzendegen grinste. „Und dann begegnet man sich plötzlich im richtigen Leben."

„Zuerst war es wirklich komisch. Aber dann hat mich René einfach rumgeführt. So nach dem Motto: Das ist Florian. Ein Freund aus meiner Gilde. Nebenbei hat er auch noch einen kleinen Job als Kriminalkommissar und müsste euch eben mal ein paar Fragen stellen."

„Und?"

„Die Leute hatten überhaupt keine Berührungsängste mehr."

Und so hatte Bäumler erfahren, dass Hans-Peter Thiel in der Elfenau im Horst aufgewachsen war. Das Viertel lag am nordöstlichen Stadtrand und war in den Sechzigerjahren entstanden. Mit seinem älteren Bruder hatte er sich ein Zimmer in der einfachen Eigentumswohnung in der Kölner Straße geteilt. Nach der Mittleren Reife und einer Ausbildung zum Speditionskaufmann in Neustadt hatte er bei der Möbelfirma in Speyer in der Buchhaltung angefangen.

„Das war nicht sein Traumjob", sagte Bäumler, nur kurz von seinen Notizen aufblickend. „Er hatte sich eigentlich für den Einkauf beworben. Aber in der Buchhaltung war eben gerade eine Stelle frei, um nicht zu sagen, Not am Mann. Der Leiter der Buchhaltung, mit dem ich gesprochen habe, ist schon älter. Wäre eigentlich schon längst in Rente. Er meinte, dass er Thiel anfangs sehr geschätzt hätte. Er sei ihm auch ganz normal vorgekommen. Er war freundlich. Manchmal etwas schwermütig. Und eben sehr ehrgeizig. Das hat er positiv gesehen. Es gehöre ja schon etwas dazu, den Bilanzbuchhalter zu machen. Thiel hat das geschafft, und die Firma hat vorbildlich reagiert, indem sie ihn offiziell zum stellvertretenden Abteilungsleiter ernannt und sein Gehalt entsprechend erhöht hat."

Man hatte, so berichtete Bäumler weiter, Thiel auch damals schon die Leitungsposition in Aussicht gestellt. Doch etwa ein Jahr nach der Bilanzbuchhalter-Prüfung hätte er sich sehr verändert. „Thiel hatte sich in den Kopf gesetzt, ein Buch zu schreiben. Einen richtig dicken Fantasy-Schinken. Der Abteilungsleiter hat die Welt nicht mehr verstanden. Er sagte, Thiel hätte über nichts anderes mehr gesprochen, sei wie besessen gewesen von dieser Idee. Und was die Arbeit anbelangt, hätte er sich angestellt wie ein Auszubildender im ersten Lehrjahr. Man hätte meinen können, er habe alles, was er jemals gelernt hatte, vergessen. Der Abteilungsleiter war ratlos, aber er deckte ihn und bügelte seine Fehler aus. Kurz darauf brach sich Thiel die Hand und fiel für mehrere Monate aus. Als er zurückkam, arbeitete er wieder konzentriert und korrekt, ließ aber das seiner Position angemessene Engagement und jeglichen Ehrgeiz vermissen. Außerdem zog er sich immer mehr zurück. Er plauderte nicht mehr mit den Kollegen, verbrachte seine Mittagspause alleine und nahm nicht länger an den Firmenveranstaltungen teil. Niemand wunderte sich, als er fünf Jahre später seine Kündigung einreichte, um sich mit einer – zumindest in den Augen seines enttäuschten Abteilungsleiters – völlig verrückten Idee selbstständig zu machen.

Hilzendegen nickte anerkennend.

„Ich durfte mir auch seine Kiste ansehen“, sagte Bäumler stolz. „Es ist, als ob dieser alte Buchhalter nur darauf gewartet hätte, dass mal einer kommt, dem er die ganze Geschichte erzählen, dem er alles zeigen kann. Thiel hat seine persönlichen Gegenstände nicht mitgenommen, als er ging. Und auch später nie abgeholt. Dabei waren es seine eigenen, und noch dazu besonders hochwertige Büroutensilien. Dann war da noch ein dreibändiger Schinken im Schuber von einem ...“ Bäumler blätterte in seinen Notizen, „... Hans Henny Jahnn. Fluss ohne Ufer. Und eine merkwürdige Skizze, die ich für uns kopiert habe.“

Sie sah aus wie eine Todesanzeige. Marius brauchte einen Moment, bis er erfasst hatte, dass sie nicht aus einer Zeitung ausgeschnitten, sondern mit einem dünnen, schwarzen Stift gezeichnet worden war. Er betrachtete das Papier eingehend: Hier ruht in Frieden Leonhard Thiel, * 1970, † 1986. „Irgendetwas stimmt hier nicht“, sagte er nachdenklich. „Was rankt denn da um das Kreuz herum?“

„Jedenfalls keine Rose, wie es allgemein üblich ist", sagte Bäumler. „Auch ein Ölzweig, Schilf oder Getreide wird manchmal genommen. Aber das hier ist eine Nutzpflanze. Ich komme nur nicht darauf, welche. Ich könnte heute Abend mal hochgehen und meine Oma fragen."

Hilzendegen lächelte in sich hinein. Doch im Grunde bewunderte er die Bäumlers, die – wenn auch in abgeschlossenen Einzelwohnungen auf drei Etagen – alle unter einem Dach lebten. „Wenn wir keinen Fahrstuhl hätten", so hatte er Hilzendegen schon öfter erklärt, „dann würde die Oma nach unten ziehen, und ich könnte unterm Dach wohnen." So aber würde Florian wohl im Hochparterre bleiben, bis er vielleicht selbst erwachsene Kinder hätte, die Oma das Zeitliche segnen und alle eine Etage aufrücken würden.

„Ich kenne diese Pflanze", ärgerte sich Hilzendegen über sich selbst, weil er nicht daraufkam.

„Es ist eine Gurke", sagte Frau Hammel, die ganz gegen ihre sonstige Art lautlos hereingekommen war. „Und es ist geschmacklos!" Fast sanft legte sie einen Zettel mit der Telefonnummer der Meldebehörde von Aberdeen vor Bäumler auf den Tisch.

21

Ralf schlief. Sie hatten am Abend nur noch kurz zusammengesessen. Dann hatte er sich ins Bett gelegt, und bald darauf war sein gleichförmiges, rasselndes Atmen zu hören gewesen. Er war auch nicht wach geworden, als Josefine sich später ins Schlafzimmer geschlichen hatte, um ihr Bettzeug zu holen. Und auch nicht am Morgen, als sie das Sofa in ihrer Kammer wieder zusammengeklappt, die Sachen zurückgebracht und auf leisen Sohlen ihre Kleider herausgeholt hatte.

Sie hatte alleine gefrühstückt, drei verschiedene Plätzchenteige gemacht, und nun war sie dabei, das überschüssige Eiweiß mit Zucker, den sie langsam einrieseln ließ, zu Schnee aufzuschlagen. Sie gab gemahlene Haselnüsse und etwas Zitronensaft dazu und rührte über einem leicht dampfenden Wasserbad weiter. Dadurch würden die Makronen später beim Backen ihre Form behalten. Als sie das Rührgerät ausschaltete, hörte sie Schritte im Flur. Doch es war nicht ihr Mann, sondern Charlotte, die kurz darauf hereinkam. Josefine freute sich. „Das ist ja eine schöne Überraschung!"

„Ich habe eine Studentin, die bis vierzehn Uhr im Laden die Stellung hält. Da dachte ich, ich schaue mal vorbei. Was um alles in der Welt machst du da?"

„Ich backe Plätzchen."

„Unglaublich." Charlotte zog ihren Wollmantel aus, faltete ihn vorsichtig zusammen und legte ihn über einen Stuhl. Darunter trug sie eine dunkelblaue Stoffhose und einen flauschigen Wollpullover in einem zarten Rosé-Ton. Um ihren kurzen Hals hatte sie einen farblich passenden Seidenschal geschlungen. Als sie sich zu Josefine gesellte, breitete sich ein frischer und dezent blumiger Duft in der Küche aus. „Wie geht es dir, meine Liebe?"

„Ganz gut." Josefine schaute ihre Freundin an. „Und dir?"

„Wunderbar!" Da lag ein tiefes Seufzen in ihrer Stimme. Josefine runzelte die Stirn.

„Es geht mir sehr gut", betonte Charlotte nachdrücklich. „Ich bewahre sein Andenken, indem ich das, was ich von ihm gelernt habe, umsetze."

„Das finde ich prima. Du siehst auch gut aus." Josefine stellte den Spritzbeutel in ein Schoppenglas, füllte die Baiser-Masse hinein und bemühte sich, möglichst gleichgroße Makronen aufs Blech zu drapieren.

„Natürlich fühle ich mich noch immer ein bisschen niedergeschlagen. Aber ich habe wirklich kein schlechtes Gewissen mehr. Eine für mich vollkommen neue und sehr befreiende Erfahrung."

„Wieso schlechtes Gewissen?" Josefine sah überrascht auf.

„Weil meine Wahrnehmung bislang immer auf all das ausgerichtet war, was ich nicht geschafft habe!"

„Und das ist jetzt anders?"

„Ja. Dadurch, dass ich mit Hans-Peter meinen Rahmen aufgebaut und ausgestaltet habe, haben sich ganz von selbst die Vorzeichen geändert. Aus Minus wird Plus." Charlotte breitete mehrere Blätter auf der noch freien Arbeitsfläche zwischen der Küche und dem sich offen anschließenden Esszimmer aus. „Ich beginne erst jetzt zu begreifen, was ich alles leiste. Wenn ich mich abends einen Moment hinsetze, kann ich oft gar nicht mehr aufhören zu staunen. Es ist ein völlig neues Lebensgefühl."

Josefine schob ein Blech in den Ofen und setzte Wasser auf.

„Das freut mich wirklich, Charlotte“, sagte sie, nachdem sie einen kurzen Blick auf die mit vielen bunten Symbolen, Häkchen und Verbindungslinien übersäten Seiten geworfen hatte.“

„Möchtest du es auch einmal versuchen?“

Josefine schüttelte den Kopf. „Ich bleibe bei meinen Kladden.“

„Stimmt. Du schleppst meist einen dieser halbformatigen Blöcke mit dir herum. Aber das, was du immer wieder machen musst, wie putzen, kochen oder bügeln, das schreibst du dir nicht auf.“

„Nein. Natürlich nicht.“

„Aber fühlst du denn dann überhaupt, dass du es gemacht hast?“

Josefine lachte. „Ja, Charlotte. Ich fühle es, wenn ich einen Korb voller Wäsche gebügelt oder das Bad geputzt habe. Und ich fühle es mit jedem Tag mehr!“

Charlotte legte die Stirn in Falten. „Wieso das denn?“

„Weil auch ich älter werde?“

„Du Küken?! Du bist doch erst zweiundvierzig.“

„Trotzdem spüre ich den Unterschied. Ich kann nicht mehr so schnell und so viel arbeiten wie mit Anfang zwanzig. Oder Mitte dreißig. Als Kind habe ich manchmal darunter gelitten, dass Eugen und Oma Rosa so altmodisch, oder wie soll ich sagen – eben extrem bodenständig waren. Doch je älter ich werde, desto öfter denke ich, dass sie einfach verstanden haben, worum es geht. Sie wären jedenfalls nie auf die Idee gekommen, gegen das Altern anzukämpfen. Sich jünger zu geben. Oder sich mehr abzuverlangen, nur um anderen etwas zu beweisen.“ Josefine nahm die feinen Porzellantassen, die Charlotte ihr einmal geschenkt hatte, vom Regal und hängte Teebeutel hinein. „Eugen hat auch immer gesagt, dass man mit jedem Jahr ein kleines bisschen langsamer machen soll. Es gäbe nichts Grässlicheres, als renitente, ungeduldige Alte, die nicht merken, dass ihre Würde mit hängender Zunge hinter ihnen herläuft." Josefine lächelte bei dieser Erinnerung und überbrühte den Tee.

Charlotte raffte ihre Papiere zusammen. Als sie aufsah, lag ein so eisiger Ausdruck in ihrem Blick, dass Josefine fast die Tassen fallen gelassen hätte.

„Was ist ...?" Sie biss sich auf die Lippen. Charlotte war ihre einzige Freundin. Und sie zu verlieren wäre schmerzhafter, als die Alten wegen ihres natürlichen Ganges über die Schwelle loslassen zu müssen. Die Kälte in Charlottes Blick machte ihr beinahe mehr Angst, als die Kälte, die durch den Raum gestrichen war, als der Tod ihre Oma Rosa geholt hatte. „Entschuldige." Sie trug den Tee zum Esstisch und setzte sich. Dachte an ihre Begegnung mit Alexa Wagner. An die Karte, die sie gezogen und die Frage, die das Mädchen ihr aufgeschrieben hatte. ‚Warum verhalten sich dein Mann und deine Freundin so?' In Bezug auf Ralf hatte sich das Thema ganz von selbst gelöst. Aber Charlotte würde sie wohl darauf ansprechen müssen. Ihr Herz klopfte heftig.

Charlotte trat zu ihr. Blieb aber stehen und umfasste die Stuhllehne so fest, dass sich ihre Knöchel unter der rosigen Haut ihrer Hände weiß abzeichneten. Die Freundin war jetzt in sich gekehrt, ihr Blick verschleiert. Josefine nahm ihren Mut zusammen. „Wo ist das Problem?"

Schweigen.

„Mein Vater ist gestorben", versuchte Josefine leise, das Gespräch in Gang zu bekommen. „Aber in mir, in meinen Erinnerungen, lebt er weiter. Wenn zu sterben bedeuten würde, denjenigen, der da geht, komplett auszulöschen, dann wäre es wirklich nicht zu ertragen. Doch genau das scheinst du von mir zu erwarten."

Charlotte ließ sich auf den Stuhl sinken. Ihre Stimme war nur ein Flüstern. „Ich verstehe nicht, wie du so gefasst von ihm sprechen kannst."

„Ich lag drei Tage lang weinend im Bett, wenn du dich erinnerst. Und dann habe ich mich sehr behutsam vom Bett zum Sofa und vom Sofa zur Küche vorgearbeitet. Und es hat vier Wochen gedauert, ehe ich wieder in der Lage war, den Kunden halbwegs souverän gegenüberzutreten."

Charlotte schwieg. Josefine bereitete derweil ein weiteres Blech mit Makronen vor. Dann nahm sie den größten Klumpen Teig aus dem Kühlschrank, knetete ihn durch und bearbeitete ihn so lange mit dem Nudelholz, bis sie eine dünne Platte vor sich liegen hatte. Sie stach Böden und Deckelchen aus, aus denen wiederum kleine Herzchen und Sternchen ausgestanzt wurden. Dies alles würde sie nach dem Backen mit Himbeermarmelade zu zwei verschiedenen Varianten von Terrassenplätzen zusammenkleben. Als sie das letzte Blech aus dem Ofen genommen hatte, gesellte sie sich wieder zu Charlotte.

„Als mein Vater uns verließ, habe ich nicht geweint, sondern in mir ein Messer kreiert", sagte Charlotte sehr leise. „So eine Art geistiges Papiermesser. Und damit habe ich das gemacht, was du gerade als unerträglich beschrieben hast. Ich habe versucht, alle Erinnerungen, die mit ihm zusammenhängen, aus mir herauszuschneiden. Angst und Verzweiflung machten es mir leicht, sie betäubten den Schmerz, und falls überhaupt irgendwelche Skrupel in mir waren, so lösten sie sich auf in dem traurigen Wohlwollen, das meine Mutter mir diesbezüglich entgegenbrachte."

„Oh, Charlotte", rief Josefine mitfühlend aus. „Wie alt warst du da?"

„Vierzehn. Dass er uns im Stich ließ, hat ihre Welt in tausend Scherben zerbrechen lassen. Ich sah sie leiden. Und gab ihm die Schuld dafür. Ich habe mich nie gefragt, warum sie nicht versucht hat, zumindest sich selbst wieder zusammenzusetzen. Mein Vater war ichbezogen und sarkastisch und zuweilen tyrannisch in seinem Ordnungsfanatismus." Josefines breites Grinsen zauberte immerhin ein winziges Lächeln auf Charlottes Lippen. „Aber sie war nicht weniger festgefahren in ihren Vorstellungen davon, wie ein schönes und glückliches Leben zu laufen hätte. Sie hielt sich für eine Expertin auf diesem Gebiet. Was man macht und was man auf gar keinen Fall denken darf. Was ich fühlen sollte. Welche Bedeutungen ich in den Verhaltensweisen meiner Mitschülerinnen hätte erkennen sollen. Oder in denen junger Männer, wenn sie dann kämen, um mich abzuholen. Heute verstehe ich, dass mein Vater es nicht mehr ausgehalten hat. Dass es ihm einfach nicht länger möglich war, seinen brillanten und freien Geist ihren unzähligen, irrwitzigen Regeln zu unterwerfen." Charlotte seufzte tief. „Bevor er ging, hat er zu mir gesagt, dass er mich nicht vergessen wird. Und dass ich, sollte ich einmal eine Tochter haben, ihren Verstand doch bitteschön mit etwas anderem füllen möge als mit potenziertem Blödsinn."

„Ach, Charlotte!" Josefine legte ihr eine Hand auf den Arm. „Und woran ist er gestorben?"

„Gestorben?" Zwischen Charlottes Augenbrauen bildete sich eine steile Falte. „Wieso gestorben? Ich erzähle dir das alles und du hörst gar nicht zu?!"

„Doch! Ich gebe mir alle Mühe … Ich … Du sagst doch immer, er sei von euch gegangen?!"

„Ja. Nachdem er seine Koffer gepackt hatte! Er war Wirtschaftsprüfer. Zuerst ist er nach Frankfurt gegangen. Später ins Ausland."

In Josefines Augen trat ein aufgeregtes Glimmen. „Er lebt noch? Charlotte! Wo? Wo ist er?"

Doch Charlotte setzte eine strenge, beschwichtigende Miene auf. „Ach. Irgendwo in einer Seniorenresidenz im Niddatal."

„Das glaube ich einfach nicht. Wieso hast du mir nie von ihm erzählt?"

„Zum einen", wisperte Charlotte, „weil ich dich beneide. Ja. Ich war … ich bin noch immer eifersüchtig auf diesen greifbaren, klugen, großherzigen Vater, dessen Liebe einen wunderbaren Menschen aus dir gemacht hat. Eine Liebe, die offensichtlich sogar über sein Leben hinausreicht."

Josefine schluckte.

„Und zum anderen …" Charlotte atmete tief ein und aus. „Ich bin nicht wie du, Josefine. Ich hadere mit dem Tod. Fürchte ihn. Hasse ihn! Und seine ungnädige Zwillingsschwester, die Vergänglichkeit, noch viel mehr. Ich habe Jahre gebraucht, um über den Verlust meiner Mutter hinwegzukommen. Sie loslassen zu können. Und erst jetzt, durch das Coaching mit Hans-Peter, bin ich in der Lage, auch meinen Vater mit anderen Augen zu betrachten. Und vielleicht das eine oder andere zurückzuholen. Und zurechtzurücken." Charlotte lächelte zaghaft. „Denn im Allgemeinen pflegen Väter, die ihre Kinder im Stich lassen, nicht die Kosten für ein Studium zu tragen."

„Ich bin vollkommen überwältigt", rief Josefine aus. „Werden wir ihn besuchen? Ich würde ihn wirklich gerne kennenlernen."

„Das müssen wir. Wohl oder übel, denn ich werde umziehen!"

„Um Himmelswillen. Charlotte?! Warum das denn? Jetzt überstürze mal nichts."

„Was soll ich allein in dem großen Haus?"

„Es ist eigentlich eher ein kleines Haus. Hat Thiel dir das eingeredet?"

„Nein. Ich bin von ganz alleine drauf gekommen. Eben dadurch, dass ich alle Arbeiten en détail aufgelistet habe."

„Also, ich – ähm. Entschuldige, aber das ist doch keine Entscheidung, die man einfach mal so schnell nebenbei aus dem Ärmel schüttelt!" Sie starrte die Freundin an, deren Lächeln die Augen nicht erreichte. Es war ein Lächeln, das nichts mit Begeisterung zu tun hatte, sondern vielmehr einer blanken Tapferkeit entsprang.

„Ich verkaufe das Haus und ziehe zu mir."

„Zu dir?" Josefine musste lachen. „In die Buchhandlung?"

„Was? Nein. Der Laden ist doch voll! Und außerdem gemietet. Ich meinte unterm Dach, die Drei-Zimmer-Wohnung, die ich als Lager benutze. Was ein Frevel ist. Sie ist nämlich wirklich schön. Müsste nur mal hergerichtet werden."

„Ist denn der Eigentümer einverstanden?"

„Der Eigentümer ist er", sagte Charlotte. „Mein Vater."

„Ich verstehe. Und bist du sicher, dass du dich in der Stadt wohlfühlen wirst?"

„Ich arbeite nicht gerne im Garten. Ich mache den Garten, damit er schön ist. Und das ist nicht gut. Ein Garten ist etwas für Leute, die die Gartenarbeit lieben. Die wissen, dass es ein Prozess ist, etwas, das nie endet, und die sich darauf einlassen können. Etwas zu tun, nur damit man fertig wird, ist sehr ungesund. Ich habe mich manchmal bemüht, es so einfach wie möglich zu halten. Auch das gibt es. Leute, die das schaffen und dann eben viel Zeit in ihrem Garten sitzen oder liegen.

Aber ich sitze und liege nicht gerne im Garten. Entweder ist es zu heiß oder es zieht, oder es fliegen irgendwelche merkwürdigen Objekte um mich herum. Es krabbelt an meinen Füßen. Und überhaupt wünschen sich Leute mit Häusern und Gärten immerzu Besuch. Ich aber habe Angst, wenn Menschen mir zu nahe kommen. Ich möchte in meinen eigenen vier Wänden keinen Besuch, sondern meine Ruhe haben. Ordnung und Klarheit." Charlotte gähnte. „Außerdem kann ich nicht kochen, und das gängige gesellschaftliche Geschwätz nur in einer geringen Dosierung ertragen. Manchmal bluten mir nach einem Tag im Laden ja schon die Ohren."

„So gesehen ..." Nachdenklich ließ Josefine ihren Blick durch den Raum schweifen. Als er an der Uhr hängen blieb, ging sie schnell zurück in die Küche und setzte Kartoffeln auf. „Vielleicht hast du recht."

„Ich werde endlich wieder lesen, Josefine! Denn das ist es, was ich möchte. Deshalb habe ich Hans-Peter doch aufgesucht. Ich bin kein Mensch, wenn ich nicht lese."

„Ich weiß."

„Und ich weiß, dass ich komisch bin. Aber es gibt Romanfiguren, die sind mir näher am Herzen, als reale Menschen es je sein könnten. Don Quijote zum Beispiel, für den die Dinge eine ganz eigene, besondere Bedeutung haben, und der sich nicht zu schade ist, für seine Träume selbst gegen Windmühlen anzutreten. Oder Edmond Dantès – wie sollten wir ohne ihn mit unseren Rachegelüsten fertigwerden. Wie mit der emotionslosen Rechthaberei des deutschen Mannes über sechzig klarkommen, wenn Elizabeth von Arnim uns nicht die feine Ironie vorgeschrieben hätte, mit der frau einem Otto von Ottringel begegnen kann?" Charlottes Augen begannen sehnsuchtsvoll zu glänzen. „Ach, Josefine, ich vermisse sie so sehr."

STELLA

Syrrrr. Sie ist dort. Auf tiefster Ebene.
Syr ist ein Ort. Ein einsamer Ort. Stille. Endloser Strand. Hier das Meer, dort die Düne. Hohe Kiefern. Kühlender Wind. Ein Strandkorb, in den sie sich zurückziehen kann. Syr ist gut. Ist Schutz. Geborgenheit. Doch eines Tages reicht es nicht mehr. Eines Tages klopfen die Dämonen an die gläserne Wand, die sie wie eine Glocke um sich herum hochgezogen hat. Sie wird dünner. Geräusche dringen hindurch. Erinnerungen kriechen durch poröse Stellen. Sie steht auf, geht ins Wasser. Sinkt. Tiefer und tiefer.

Sinkt an einen Strand. Syrr. Wärme umschließt sie. Weißer, feiner Sand. Gleißende Farben. Azurblau. Palmengrün. Sie geht. Barfuß geht sie. Immer am Wellensaum entlang. Gehen, um nicht fühlen zu müssen. Gehen, um den Dämonen zu entkommen. Um den Dämonen zu entkommen, geht sie wieder ins Wasser. Und sinkt. Lange.

Syrrr ist heiß. Schwüle, schwere Luft umfängt sie. Unendliche Mattigkeit. Kleine Steine am Wellensaum. Rasseln um ihre Füße. Krebse. Rund und wuselig. Locken. Faszinieren. Locken sie ins warme Wasser. Und sie sinkt.

Felsen. Nur Dämmerung und Nacht. Sie sucht das Meer. Zu spät erkennt sie, dass sie Syrrrr erreicht hat. Die tiefste Ebene. Den Urgrund des Seins. Dass hier niemand verweilt. Außer, um Kraft und Geist zu sammeln. Um sich abzustoßen. Um wieder an die Oberfläche zu gelangen. Die Oberfläche, die manche als Realität bezeichnen. Hier unten ist alles eins. Ein Friede. Ein Schmerz. Weltenseele.

Grenzenlos.

Zeitlos.

Und losgelöst von sich selbst ohne Leben.

Viel zu spät merkt sie, dass sie zurück will. Dass sie dieser banalen, grausamen und großartigen Realität wieder angehören möchte. Sie kämpft. Sie rudert und strampelt. Sie gibt alles. Oft schafft sie es auf die zweite, manchmal für kurze Zeit auf die erste Ebene, dann kann sie für ein paar Stunden so tun, als gäbe es keine gläserne Glocke.

Warum hat sie uns diese gruselige Geschichte auch noch erzählt, jammert *der kleine Wirrkopf.* Als ob die über ihre Kindheit nicht schon schrecklich genug gewesen wäre. Wenn ich nicht bald eine Schreibmaschine finde, werde ich das Gefühl, selbst unter Wasser zu leben, wahrscheinlich nie wieder los.

Dass du dir die Geschichten der anderen aber auch immer so sehr zu Herzen nehmen musst, wundert sich *die Tante.*

Der kleine Wirrkopf ist den Tränen nahe. Ich kann nichts dafür – es geht ganz von selbst. Wenn mir einer etwas erzählt, ist das für mich wie Kino.

Ich trete ans Fenster. Es ist kalt geworden. Ich spüre einen eisigen Luftzug und auf den Pfützen, die am Morgen gefroren waren, liegt noch immer eine feine Eishaut. *Die schwarze Katze* hat die Ohren aufgestellt. Es ist derselbe Motor wie gestern, sagt sie, während sie sich in alle Richtungen räkelt. Yvonne hat wieder nicht den Transporter genommen. Wenn wir hier herauskämen, könnten wir damit vielleicht …

Wir kommen hier aber nicht heraus, jammert *die Tante.* Es ist so schrecklich beklemmend. Und jetzt auch noch diese Kälte und bald wird es dunkel.

Mein Mädchen ist ein einziges Zittern. Ich will mich wieder aufs Sofa setzen, sie in den Arm nehmen und trösten. Die ganze Nacht haben wir dagesessen. Eng aneinander gekuschelt sind wir ab und zu ein bisschen eingenickt. Oder haben gedöst. Nur *die schwarze Katze* ist wachsam geblieben. Hat die ganze Zeit über gelauscht, auf die Geräusche geachtet, die aus dem Nebenraum drangen, in den sich Yvonne Mercier kurz nach Mitternacht zurückgezogen hatte. Heute hat sie lange geschlafen. Fast bis elf Uhr. Dann ausgiebig gefrühstückt. Und dann hat sie sich verkleidet. In sich selbst, wie sie sagte. Sie hat eine Perücke aufgesetzt, dunkelblond mit hellblonden Strähnchen, sich in ein Korsett eingehakt und geschnürt. Und dann einfach ein weißes T-Shirt und eine Jeans mit unten ausgestellten Beinen angezogen. Einen Pullover aus dunkelblauem Mohair. Weinrote Stiefel. Einen farblich passenden Schal und einen kurzen Wildledermantel. Für das Make-up hat sie über eine Stunde gebraucht. Doch der Unterschied zwischen vorher und nachher war so frappierend, dass *der kleine Wirrkopf* hörbar nach Luft schnappte. Und meinte, dass es doch Betrug sei, was die Frauen da zuweilen trieben. Yvonne hat schallend gelacht. Dann meinte sie, wenn ich ruhig sitzen bliebe, bis sie weg sei, würde sie darauf verzichten, mich zu fesseln und zu knebeln. So dynamisch, wie sie wirkte, schien mir ein Fluchtversuch aussichtsloser denn je.

Jetzt drängt *die schwarze Katze* darauf, dass wir uns noch einmal in ihrem Raum umsehen. Ich öffne die Tür und ein muffig-feuchter Gestank schlägt mir entgegen. Außer den paar Lampen, die den Schminkspiegel einrahmen, gibt es keine Lichtquelle. Und auch kein Fenster. Immer wieder tastet sich *die schwarze Katze* mit ihrem scharfen Blick an den Holzpaneelen entlang. Doch bald haben sich meine Augen an die relative Dunkelheit gewöhnt. Es gibt auch hier keinen Ausgang.

Die Tante ist entsetzt, als sie entdeckt, dass Yvonne sämtliche Kleider auf den Boden geworfen und sich zum Schlafen draufgelegt hat. Was für eine Schlampe, entfährt es ihr. Bist du jetzt endlich fertig, mir wird ganz übel hier drin, schimpft sie. Doch *die schwarze Katze* nimmt sich ein großes, mit allerlei Kisten und Kram vollgestopftes Regal zur Brust. Und entdeckt einen schweren, etwas altertümlichen Laptop. *Die Tante* meldet schon wieder unzählige Bedenken an, doch *die Katze* ist sicher, dass Yvonne mindestens zwei Stunden lang weg sein wird, und sagt, diese Zeit gelte es zu nutzen.

Also nehme ich das Gerät mit nach draußen, wische es gründlich ab und schalte es ein. Die leise Hoffnung *der Katze*, ins Internet gehen und eine Nachricht absetzen zu können, zerschlägt sich schnell. Doch immerhin gibt es ein Textprogramm. Da *die Tante* für den Tagebuch-Kalender, den sie jeden Abend mit *dem kleinen Wirrkopf* gestaltet, öfter Fotos ausdrucken lässt, habe ich einen USB-Stick an meinem Schlüsselbund. Darauf kann ich die Datei speichern.

Zuerst schreiben wir die Geschichte von Syr(rrr) nieder, die mir Yvonne heute Morgen beim Frühstück erzählt hat. Und dann schreibe ich alles auf, was meinen Lebens-Geistern gerade durchs Gemüt geht. All die Fragen, Ängste und Zweifel, die mich über kurz oder lang völlig lähmen würden, kann ich den Seiten anvertrauen. Anfangs murrt *der kleine Wirrkopf*, weil ihm das lebendige Geklapper der Typen, wenn sie auf die Walze treffen, fehlt. Und weil es nicht klingelt und nicht ratscht. Doch bald schon fliegen meine Finger über die Tasten, und *der Wirrkopf* weiß ganz genau, was wir tun werden, sollten wir jemals diesem Gefängnis entrinnen. So ein wunderbares Gerät will ich haben, ruft er begeistert aus. Auch *die Tante* erwärmt sich mehr und mehr für diese Idee, denn sie rechnet hoch, wie viele Seiten jeden Monat zusammenkämen, wenn wir weiterhin von Hand tippten, und wie viele Ordner sich über die Jahre ansammeln würden.

Der schwarzen Katze fällt ein, dass man Dateien mit einem Passwort schützen kann, und macht sich auf die Suche nach der entsprechenden Funktion. Außerdem gäbe es inzwischen viel leichtere, elegantere Laptops, mit denen es sich gemütlich auf dem Sofa eingekuschelt schreiben ließe.

Nur *mein Mädchen* ist untröstlich. Fast schon hysterisch. Sie kann sich nicht vorstellen, jemals wieder aus diesem grässlichen Schuppen herauszukommen. Und deshalb traut sie sich nicht, sich etwas Schönes auszumalen. Es täte ihr zu weh. *Die schwarze Katze* nimmt sie auf ihren Schoß und versucht, sie aufzubauen, während sie sich weiter durch die Verzeichnisstruktur des Laptops klickt. Was suchst du nur?, klagt *die Tante*. Es gibt hier kein WLAN.

Aber Filme, ruft *die Katze* triumphierend aus, und bevor einer von uns hätte dazwischen gehen können, startet ein Programm.

22

Dass Frau Hammel, eigentlich die Unerschütterlichkeit in Person, wie ein zu Tode erschrockener Schwan in sein Büro geflattert war, hätte Hilzendegen zu denken geben sollen. Die Zeugin Mercier sei nun da. Und die Heizung im Vernehmungszimmer nicht in Ordnung. Ob er denn ausnahmsweise hier in seinem Büro mit ihr sprechen wolle.

„Klar. Kein Problem“, sagte Hilzendegen noch etwas abwesend. Und während er sich aus seinen Gedanken schälte, stand er auf und drehte die Moderationswand mit seinen Notizen um. „Guten Tag, Frau …“. Die Gestalt schien den Türrahmen komplett auszufüllen. Sie sah ihn direkt, fast schon eindringlich an, und in ihren großen, dunkelgrünen Augen lag neben einer Spur Zorn noch etwas anderes. Etwas merkwürdig Einnehmendes, das sich auch unmittelbar auf die Atmosphäre des Raumes auswirkte, sodass er sich vom Rest der Welt abgeschnitten fühlte. „Bitte, nehmen Sie Platz“, sagte er mit einer Stimme, die in seinen eigenen Ohren fremd klang. Und die Geste, mit der er auf einen der Besucherstühle wies, fiel so linkisch aus, dass er sich zusammennehmen musste, um nicht seine Hand anzustarren, zu schauen, ob alles mit ihr in Ordnung war. „Möchten Sie etwas trinken?“ Das fragte er nicht aus Höflichkeit wie sonst, sondern aus dem seltsamen Impuls heraus, noch einmal kurz von ihr wegzukommen, bevor er mit der Befragung beginnen musste.

„Danke. Nein.“

Hilzendegen trat hinter seinen Schreibtisch, griff nach seinem Notizblock und überlegte sich, ob er hier sitzen bleiben sollte.

„Das wäre kein guter Stil." Ihre Stimme klang knarrend. Säuselnd. Wie ein Windstoß, der totes Laub vor sich hertrieb. Und als der Satz verklungen war, fragte Hilzendegen sich, ob er ihn tatsächlich gehört oder ob er das nur selbst gerade gedacht hatte.

„Normalerweise gehen wir so vor, dass wir das Gespräch aufzeichnen. Unsere Sekretärin fertigt ein Protokoll an, welches Sie unterschreiben. Sind Sie damit einverstanden?"

„Nein." Sie ließ ihn nicht aus den Augen.

„Gut. Dann..." Er setzte sich zu ihr an den Besprechungstisch und schob seinen Stuhl etwas zurück. Nun hatte er sowohl sie als auch die offene Tür im Blick. Draußen hörte er Frau Hammel und Bäumler diskutieren. Bäumler hatte schon mit mehreren schottischen Behörden telefoniert, um den Aufenthaltsort der Familie des Opfers zu ermitteln, aber bislang hatte ihm niemand helfen können. Hilzendegen hoffte inständig, dass Frau Hammel nicht auf die Idee kommen würde, die Tür von außen zu schließen.

„Wird sie nicht. Sie schwirrt da draußen herum, um auf Sie aufzupassen", sagte Yvonne Mercier.

„Können Sie damit aufhören?", entfuhr es Hilzendegen.

„Womit?" Ein triumphierendes Glimmen lag in ihrem Blick. Wenn er ihr sagen wollte, was ihn störte, müsste er zugeben, dass sie Gedanken lesen konnte. Und daran glaubte er eigentlich nicht.

„Und woran glauben Sie?"

„An unsere freiheitlich-demokratische Grundordnung", sagte Hilzendegen in der Hoffnung, irgendwie auf das Tötungsdelikt überleiten zu können.

Sie lachte. „Ahhh. Ja! Ein leidenschaftlicher Demokrat. Ein demokratischer Leopard. Oh, was für ein schöner Mann und Hoffnungsträger Sie doch sind, Kriminalhauptkommissar Hilzendegen. Doch Sie sind noch jung. Wissen Sie überhaupt, worum es geht? Die wenigsten Menschen haben den Unterschied zwischen Freiheit und Freizeit begriffen. Ersteres heißt, die volle Verantwortung zu übernehmen. Für das ganze verdammte Leben. Für alles. Sogar für unsere Gefühle sind wir selbst verantwortlich. Wir müssen lernen, groß zu werden. Das heißt, sich selbst Mutter und Vater zu sein." Ihr Ausdruck bekam etwas Finsteres. „Und das andere, das ist nur eine kleine Insel. Die sich aber jeder selbst bauen darf. Um sich ganz nach seiner Fasson erholen zu können. Und da geht es los. Im Allerkleinsten stimmt es schon nicht. Wie soll es da im Großen und Ganzen stimmen."

„Was meinen Sie damit?"

„Ich meine damit, dass wir die Kinder nicht in Ruhe lassen. Dass wir in ihre Räume eindringen. Ihren Rückzug stören. Und statt auf ihre großartige Art zu denken einzugehen und mitzuwachsen, machen wir sie zu kleinen Klugscheißern. Aus denen dann große Klugscheißer werden. Und wenn die ganze Welt eines Tages aufwachen und gesund werden sollte – die Deutschen werden niemals aufhören können, nach dem einzig Wahren und Richtigen zu suchen. Sie werden nie verstehen, dass für jeden etwas anderes wahr und richtig ist. Dass es so viele unterschiedliche Möglichkeiten gibt, einen Tisch zu decken. Ein Essen zu kochen. Ein Leben zu führen ..." Yvonne Mercier war auf ihrem Stuhl etwas zusammengesunken. Unter dem dick aufgetragenen Make-up wirkte sie jetzt grau und müde. „Ja. Das bin ich. Unendlich müde. Und das war Thiel auch." Sie hob die Hände, als wollte sie sich durchs Haar streichen. Doch sie hielt jäh in der Bewegung inne. Erst jetzt fiel Hilzendegen auf, dass sie Handschuhe trug. Dass sie ihre Jacke nicht abgelegt hatte.

„Wir waren auch einmal so voller Zuversicht. Aber wenn Sie einmal so alt sind und noch dazu so tief blicken können wie ich …“ Sie winkte ab. „Liebe ist eigentlich bunt. Und auch für jeden etwas anderes. Für den einen ist Liebe Gemeinsamkeit. Ein anderer ist lieber allein. Ein Dritter spürt sich, wenn er tätig ist. Und der Vierte liebt es, zu denken. Es könnte so einfach sein“, sagte sie eindringlich. Dann winkte sie erneut ab. Sah ihn an, als wäre sie gerade aus einem tiefen Schlaf erwacht. „Was mache ich hier?“

Kaum war Yvonne Mercier zur Tür raus, da hatte Frau Hammel auch schon sämtliche Fenster aufgerissen. Hilzendegen und Bäumler zogen ihre Jacken an und hielten die Krägen vor dem Hals zusammen, während sie die Wand mit den Notizzetteln wieder umdrehten.

„Wieso hast du Geiger und Eichborn angefordert? Sie hätte den Weg zur Kriminaltechnik doch sicher auch selbst gefunden.“

„Wenn sie will, findet sie sicher dahin.“ Der Kommissar hatte Yvonne Merciers Angaben notiert und knetete nachdenklich seine Unterlippe. „Ich kann diese Frau überhaupt nicht greifen. Die Aussagen stimmen überein. Sie und Jarek Balustrach geben sich gegenseitig ein Alibi. Kannst du dir die beiden zusammen vorstellen?“

„Weiß nicht.“ Bäumler trat von einem Fuß auf den anderen.

„Wir dürfen sie nicht wieder aus den Augen verlieren. Ich möchte, dass du ihr folgst.“

„Okay.“

„Das war auf jeden Fall zu glatt. Wie sie das geschildert hat. Ihren Rückzug aus dem Geschäft. Die Trennung von Hans-Peter Thiel. Alles freiwillig. Aus Liebe?!“

„In der Liebe …“, betonte Bäumler. „Sie hat es so nachdrücklich gesagt, dass ich es hier draußen genau gehört habe: ‚Ich bin trotz allem in der Liebe geblieben …‘“ Er fing an zu niesen. „Da könnte sich Frau Hammel mal eine Scheibe abschneiden.“

„Und Sie wollten zum SEK“, spottete Frau Hammel, die mit der nächsten Windböe hereingefegt kam.

„Wenn wir krank werden, haben Sie keinen mehr, der Ihnen beim Räsonieren zuhört“, entgegnete Bäumler.

„Mir tut die frische Luft gerade gut“, meinte der Kommissar. „Ich war irgendwie ganz konsterniert.“

„Die hatte etwas Gruseliges am Leib. Davon abgesehen, dass sie gestunken hat wie ein Kleintiergehege.“ Frau Hammel schloss endlich die Fenster.

„So schlimm fand ich das gar nicht.“ Bäumler blickte fragend zu Hilzendegen. „Bisschen muffig halt. So riecht es doch auch im Theater.“

„Im Theater“, sagte dieser nachdenklich. „Immer wieder kommen wir darauf zurück.“

Die Filme sind schrecklich. Ich weiß nicht, wie ein Mensch auf die Idee kommen kann, so etwas vor einer laufenden Kamera zu sagen. Oder aber – auf der anderen Seite – es aufzunehmen. *Die schwarze Katze* ist davon überzeugt, dass die Leute gar nicht gewusst haben, dass sie gefilmt werden. Da stimmt etwas nicht, beharrt auch *die Tante.* Die haben alle so einen komischen Ausdruck. Als wären sie nicht so ganz bei sich.

Sie sind fast wie kleine Kinder, meint *mein Mädchen.* Und das stimmt. Sie plappern einfach drauflos. Und da es sich um erwachsene, zum Teil gestandene Leute handelt, wirkt das umso befremdlicher.

Sie sagen genau das, was man nicht sagen darf, sinniert *mein kleiner Wirrkopf.* Die sind alle, wie ich bin, wenn ich länger nicht schreibe. Sie sind auf Droge, meint *die Katze.*

Na! Erlaube mal. Wütend tritt ihr *der kleine Wirrkopf* ans Bein.

Hey. Hör auf damit. Das ist eine Autoaggression. Wenn man erst einmal damit anfängt, kann sich das zu schlimmen Krankheiten auswachsen.

Dann sei nicht so gemein zu mir, schmollt *der kleine Wirrkopf.*

Die schwarze Katze kneift ihm zärtlich in die Wange. Du bist eben ein bisschen nature-stoned. Das ist etwas ganz anderes, als wenn man sich … Da ist immer diese Stimme im Hintergrund, unterbricht sich *die Katze* selbst. Sie klingt motivierend und empathisch, aber irgendetwas stimmt da nicht …

Unter ihren Einflüsterungen verwandelt sich ein sympathischer Orthopäde in ein zynisches, geldgieriges Monster: „Interessiert es mich wirklich, wo diese verfluchten Akupunkturpunkte liegen? Am liebsten möchte ich die Nadeln einfach irgendwie reinkrachen. Die Kassen bezahlen es doch! Und wahrscheinlich hilft es, wie alles andere auch, ohnehin nur, weil die Leute daran glauben."

Eine junge Frau erzählt stolz und euphorisch in allen Einzelheiten, wie sie ihren Mann betrügt. Und wie dankbar sie der Stimme ist: „Du hast mir die Augen geöffnet. Nur durch dich habe ich erkannt, dass ich diese idiotische Moral, die mich immer an allem gehindert hat, was ich gerade unbedingt wollte, in den Wind schießen darf! Nie wieder muss ich ein schlechtes Gewissen haben oder mich schämen! Das ist die wahre Freiheit! Danke. Auf ewig werde ich dir dankbar sein!"

Einer Engelsfrau, die einen eigenen Eso-Laden hat, gehen ihre Kundinnen auf den Keks. Das kann ich gut verstehen. Denn im Reich der Engel und Energien, der Chakren und höheren Mächte ist immer alles gut und richtig. Es war ein Zeichen. Es hat genauso kommen sollen. Es gibt keine Fehler. Keine Verantwortung. Und somit auch keine Notwendigkeit, sich selbst mal an der eigenen Nase zu nehmen. Ich weiß durch meine Mutter, wie anstrengend das sein kann. Und doch kann ich es kaum ertragen, diese Frau sagen zu hören, was sie mit ihren Kundinnen gerne anstellen würde. Teeren und Federn ist noch die humanste Variante, die sie in petto hat.

Die schwarze Katze hält den Film an. Ich habe es verstanden, sagt sie ernst. Diese Frau, die man da hört, versucht, das Schlechteste aus den Leuten herauszuholen. *Die Katze* schüttelt angewidert den Kopf. Immer wieder spricht sie von bedingungsloser Selbstverwirklichung und sagt, dass Respekt, Rücksicht und Mitgefühl nur die Komponenten eines öden alten

Kulturlackes seien, den man von sich abkratzen solle. Ja, dass es verlogen sei, höflich und kultiviert miteinander umzugehen. Dabei ist es doch eigentlich das, was uns an allen Ecken und Enden fehlt.

Katze!, schluchzt *die Tante* gerührt.

Ja. Ich bin dabei, etwas zu begreifen, *Tantchen*. Aber jetzt mach bitte keinen Aufstand, okay?

Die Tante nickt stumm. *Mein Mädchen* und *der kleine Wirrkopf* haben jeweils ein Dutzend Fragen zum Thema, die sie abwechselnd stellen.

Schnauze!, raunt *die Katze*. Ähm. Ich meine, seid bitte mal still. Schnell klappt sie den Laptop zusammen und schiebt ihn in die Ecke des Sofas unter ein Kissen. Sie hat etwas gehört. Draußen verstummt ein Motor.

Ihr Zimmer, kreischt *die Tante*. Yvonnes Zimmer!

Ich lösche das Licht im Nebenraum, schließe die Tür und setze mich wieder aufs Sofa. Draußen sind Schritte zu hören. Ein Schlüssel dreht sich im Schloss. Die Tür schwingt auf, und vor mir steht eine überirdisch schöne Frau.

Eine Meerjungfrau, haucht *der kleine Wirrkopf*. Sie hat eine vollkommene Figur und schulterlanges, silbernes Haar. Sie trägt ein äußerst elegantes, hellblaues Seidenkleid, weiße Pumps und eine Polarfuchsstola. In ihren gepflegten, im French-Style manikürten Händen hält sie noch immer den Schlüssel. Sie sieht mich überrascht, dann kritisch an, dreht sich auf dem Absatz um, schließt ab und versenkt den Schlüssel in einer feinen Lederhandtasche.

Mein Mädchen stupst *die Tante* an und macht sie mit gerümpfter Nase auf den Pelz aufmerksam. Der arme, arme Fuchs. *Die Tante* nickt zustimmend und streicht ihr tröstend übers Haar.

Diese Beobachtung lässt *den kleinen Wirrkopf* wieder zu sich kommen. Und als er das Füßchen des Fuchses unter ihrem Dekolleté entdeckt, schlägt die anfängliche Verzauberung ins Gegenteil um. Ich kann ihn gerade noch davon abhalten, seinen Unmut lautstark kundzutun. Ich hasse diese Dekadenz, raunt er in uns hinein. Und er weiß nicht, ob er wütend sein oder weinen soll. Dieser winzige Kirschmund passt überhaupt nicht zum Rest ihres Gesichts, brummelt er schließlich trotzig. Worauf dieser winzige Kirschmund sich öffnet und zu sprechen beginnt. Und mir kriecht eine Gänsehaut vom Scheitel über den Rücken bis hinab zum kleinen Zeh. Es ist die Stimme aus den Videoaufzeichnungen. Die Stimme aus dem Off.

23

Sie streckte sich. Ihre Augen wanderten über den Arbeitsbereich ihrer Küche hinweg, auf dem keine handtellergroße freie Fläche mehr zu finden war. Mit dem Unterarm wischte sie sich einige Strähnen ihres rotblonden Haares aus der Stirn, die sich aus dem lockeren Zopf in ihrem Nacken gelöst hatten. Josefine musste wieder an den Goldhamster denken, den Thiel während seines Vortrags an die Wand projiziert hatte. Und sie musste sich eingestehen, dass sie sich wieder einmal zu viel vorgenommen hatte, um so leicht und entspannt dahinmarschieren zu können.

Klaus sagte immer, man überschätze, was an einem Tag zu schaffen sei, und unterschätze, was man in zehn Jahren leisten könnte. Er hatte Charlotte vorhin die Klinke in die Hand gegeben. Und Ralf lag wieder im Bett, nachdem er zwischendurch einmal kurz aufgetaucht war. Extrem blass und zitternd hatte er mit einem heiseren Flüstern verkündet, dass er lediglich Hunger habe, sonst aber wieder vollkommen hergestellt sei. Sie hatten alle lachen müssen. Nachdem er Charlotte erklärt hatte, welche Weine morgen in der Probe vorgesehen waren und ihr die entsprechenden Bücher und Infobroschüren herausgesucht hatte, hatte es keiner weiteren Argumente bedurft. Er hatte sich freiwillig wieder hingelegt.

Josefine öffnete die Tür der Spülmaschine und ließ heißes Wasser ins Spülbecken einlaufen. Dann nahm sie das letzte Blech mit den feinen Schoko-Orangen-Herzen aus dem Ofen. Während sie sich durch das Chaos in ihrer Küche kämpfte, wunderte sie sich einmal mehr über Charlotte, die trotz Thiels

Tod so aufgeräumt und klar wirkte wie nie. Dass sie mit einem Mal so offen von sich selbst sprechen konnte, fand Josefine einfach nur schön. Und dass ihr Vater noch lebte! Was für eine wunderbare und aufregende Neuigkeit. Sie freute sich darauf, mit Charlotte hinzufahren und ihn kennenzulernen. Mehr noch freute sie sich allerdings über das Selbstverständnis, mit dem die Freundin sich plötzlich bereit erklärt hatte, morgen Abend als Probensprecherin einzuspringen. Ob das wirklich auf dieses Papier zurückzuführen war, auf dem Charlotte unter der Rubrik ‚Menschen und Freunde' neben Josefine auch Ralf und Klaus eingetragen hatte? Sie zuckte die Achseln und schaltete die Spülmaschine ein. Hauptsache, Charlotte ging es gut damit. Und ihr würde es auch gutgehen, denn wenn sie etwas nicht konnte, dann war das, vor einer Menschenmenge zu sprechen. Auf einer Bühne zu stehen – das war schon immer ihr Albtraum gewesen. Und eine Bühne war es, ganz gleich, ob da zehn, zwanzig oder hundert Menschen im Publikum saßen. Schon allein der Gedanke daran ließ ihr Herz schneller schlagen. Sie spürte, wie ihr das Blut ins Gesicht schoss. Wie es in ihrem Magen zog und zwackte. Am merkwürdigsten aber fand Josefine, dass ihr Hirn in einem solchen Moment vollständig aussetzte.

Als Charlotte gegangen war, hatte Klaus ihr wieder von Thiel und seiner Familie erzählt. Und sich lang und breit über alles ausgelassen, was bislang über den Fall in den Medien veröffentlicht worden war. Wieder war er enttäuscht gewesen, dass Josefine dem nichts hinzuzufügen gehabt hatte. Und er nannte sie eine Spielverderberin, weil ihre Gedanken nur um die Pfälzer Tapas-Teller kreisten, die er ihr morgen Abend liefern sollte.

„Ihr habt ja Gottvertrauen!", hörte sie eine freundliche, ihr wohlvertraute Stimme ausrufen.

Josefine wandte sich um. „Alexa! Das freut mich aber, dass du gekommen bist.“

„Du weißt schon, dass bei euch sämtliche Türen offen stehen?“

„Ich habe das Büro abgeschlossen. Das ist einfacher, als jedes Mal hinunterrennen zu müssen, wenn jemand zu uns will.“

Die junge Frau legte Schal und Handschuhe ab und schälte sich aus ihrer Daunenjacke.

„Ich wollte mir gerade einen Kaffee machen. Möchtest du auch eine Tasse?“

Alexa schüttelte den Kopf. Sie setzte sich an den Esstisch und deutete mit einem sehnsüchtigen Lächeln auf den Teller mit zerbrochenen oder etwas zu stark gebackenen Plätzchen. „Kann ich probieren?“

„Herzlich gerne.“ Josefine ließ sich schnell eine Tasse Kaffee aus der Pad-Maschine ein. Dann holte sie eine kleine Pappschachtel aus ihrer Kammer und setzte sich neben Alexa. Für einen Moment saß sie ganz still. Sie atmete tief ein und schob schließlich das Kästchen zu ihr hin. Den fragenden Blick des Mädchens beantwortete sie mit einem aufmunternden Nicken.

„Hammer!“ Alexas tiefblaue Augen hingen an den farbigen Abbildungen der Karten, die wie von selbst durch ihre Finger glitten. Zweimal, dreimal sah sie sie durch, dann drehte sie eine um. ‚Jeu de la vie‘ stand da in dem geschwungenen Zug einer vollendeten Handschrift. „Wo hast du das her?“

„Kannst du etwas damit anfangen? Weißt du, was die Darstellungen und Symbole auf den Karten bedeuten?“

„Aber natürlich. Ich bin total aufgeregt. Es ist, als würde ich in einer Menschenmenge stehen, und alle reden gleichzeitig auf mich ein. Jeder will mir zuerst sagen, was er auf dem Herzen hat. Es ist so cool! Auch weil die Struktur so ist wie bei meinem

– also …“ Sie errötete ein wenig. „Ich denke schon eine ganze Weile darüber nach, ein eigenes, modernes Kartenset zu konzipieren.“

„Das ist doch eine gute Idee!“

„Hast du mich deshalb gebeten, zu kommen? Weil du mir das zeigen wolltest?“

„Ja.“

„Und jetzt soll ich dir damit die Karten legen?“

„Könntest du das denn?“

„Irgendwie würde es schon gehen. Diese Bilder sprechen ja eine sehr klare Sprache. Aber es ist natürlich besser, Karten zu benutzen, die ich schon kenne, die mir vertraut sind …“

„Ich verstehe.“

„Da bin ich aber froh“, rief Alexa erleichtert. „Ich kann schnell runterspringen. Im Roller habe ich meine Karten.“

Josefine winkte ab. Sie bat die junge Frau sitzen zu bleiben. Und dann erzählte sie ihr die Geschichte des ‚Jeu de la vie‘. Sie erzählte von Rubina Winterstein, der Sinti-Frau, die schon als Vierjährige Lesen und Schreiben lernen wollte, als junges Mädchen ein halbes Dutzend Sprachen sprach und ihrem Vater bei der Führung der Geschäfte der Familie zur Seite stand. Außerdem die Mutter bei der Betreuung ihrer zehn Geschwister unterstützte. Sie war sehr belesen, mit vielen Talenten gesegnet und immer auf der Suche nach der Essenz des Lebens gewesen. „An dem Tag, an dem die Nazis sie und ihre Familie verhafteten, verbrannten sie ihre Tagebücher vor ihren Augen. Das Kartenspiel, an dessen Konzeption sie jahrelang gearbeitet und das ihr Bruder erst kurz zuvor für sie gemalt hatte, konnte sie gerade noch unbemerkt meiner Oma zustecken, ehe man sie fortbrachte. Sie wurde in Kulmhof, einem Lager bei Lodz ermordet.“ Josefine wischte sich verstohlen eine Träne aus dem Augenwinkel.

Auch Alexa war berührt. „Das ist echt unendlich krass traurig." Sie nestelte ihr Mobiltelefon aus ihrer Jackentasche. „Ich würde die Karten gerne fotografieren. Oder ist es dir nicht recht? Ich meine, sie sind ja schon irgendwie total wertvoll, oder?"

„Das wird nicht nötig sein", sagte Josefine.

„Wie jetzt?"

„Weil ich dir dieses Kartenspiel gerne schenken möchte."

„Was?!" Alexa starrte Josefine fast entsetzt an. „Aber das kann unmöglich dein Ernst sein!"

„Warum nicht?"

„Du musst doch wahnsinnig daran hängen."

„Ja, in einem gewissen Sinn schon. Es hat mich von klein auf begleitet. Aber das ‚Jeu de la vie' ist kein Kinderspiel. Und es ist eigentlich auch kein Geschenk, sondern vielmehr ein Erbe. Diejenige, die es besitzt, trägt irgendwie auch die Geschichte dieser Frau."

Alexa sah sie fast ehrfurchtsvoll an. „Und das würdest du *mir* anvertrauen?"

„Nach all dem, was du mir kürzlich demonstriert und über deine Zukunftspläne berichtet hast, halte ich dich für genau die richtige Person!" Es sollte noch eine Weile dauern, bis Josefine Alexa davon überzeugt hatte, dass sie sich freuen würde, wenn das Kartenspiel in Hände käme, die wirklich etwas damit anzufangen wüssten. „Ich bin ihm nie gerecht geworden", sagte sie. „Aber vielleicht war das ja auch gar nicht meine Aufgabe. Vielleicht musste ich es nur über die Zeit tragen." Und dann erzählte sie Alexa auch noch von ihrem unfreiwilligen Aufenthalt vor zwei Jahren auf der Rosenhöhe. Von dem Fall, den sie damals gelöst hatte, indem sie nachts allein durch einen Keller in die Wohnung der Opfer eingedrungen war. Wie sie auf der Suche nach Beweisstücken das Spiel erst vervollständigt hatte.

„Welche Karte hatte denn gefehlt?"
Josefine zeigte sie ihr.
Alexa grinste. „Die Wichtigste im ganzen Blatt."

24

Der Kommissar griff sich mit beiden Händen eine Akte und knallte sie wütend auf den Tisch. „Ich muss hier raus!", sagte er laut zu sich selbst, denn Frau Hammel war bereits seit einer Stunde im Feierabend und Bäumler war aufgebrochen, um Yvonne Mercier zu observieren. Er ließ seinen Kopf auf die Akte sinken und schloss für ein paar Minuten die Augen. Als er sich wieder aufrichtete, war nichts besser. Die Staatsanwältin hatte ihn zurückgerufen und vertröstet. Seine Eingaben für den Durchsuchungsbeschluss in der Meerweibchenstraße seien ohnehin sehr dünn gewesen und waren nun, da die Zeugin Mercier zurückgekommen war, überflüssig geworden. „Nun murren Sie nicht länger lautlos in mein Telefon, mein lieber Hilzendegen", hatte sie in ihrer freundlich-ironischen Art gesagt. Oder vielmehr geflötet. Warum durfte sie ihm ins Ohr flöten, er aber nicht lautlos murren? Dabei wusste er, dass sie recht hatte. Und dass seine Ungeduld nicht gesund war, weder für ihn selbst noch für seinen Fall.

Er stand auf und ging in seinem Büro auf und ab. Er war zu frustriert und nervös, um vor seiner Moderationswand stehen bleiben und nachdenken zu können. Und plötzlich ärgerte es ihn, dass sie so knapp besetzt waren. Fischlein kurvte verzweifelt irgendwo im Saarland herum, weil sie nicht die leiseste Ahnung hatten, wo sich Stella Römer aufhielt. Dabei war das überhaupt nicht seine Aufgabe. Am Tatort hatten sie einen Schlüssel sichergestellt, und Hilzendegen fragte sich, wo das Beweisstück abgeblieben war. Er hatte versucht, Fischlein zu erreichen, doch der besorgte Kriminaltechniker, der das Handy angeblich immer am Mann hatte, war ‚temporarily not available'. Außerdem hatte er gehofft, sich noch einmal dieser Schrankwand in Thiels Arbeitszimmer widmen zu können. Irgendwann mussten sie doch etwas finden, das sie weiterbringen würde. Sollte er hinfahren und alleine weitermachen? Oder würden die Ergüsse dieses doch irgendwie nicht ganz gesunden Geistes ihn nur noch weiter verwirren? Redete er sich das jetzt ein, weil er keine Lust hatte, in diesem gruseligen Haus zu sitzen? Einem Haus, in dem jemand durch versiegelte Türen ging, um blutige Tatwaffen an Wände zu hängen? Er schämte sich dieses Gedankens. Und seiner Feigheit. Wurde aber gleich darauf wieder wütend, weil er es einfach nicht in Ordnung fand, dass der arme Bäumler alleine hinter dieser nicht weniger gruseligen Frau her sein musste. Mit der ebenfalls irgendwas nicht stimmte. Aber was? Immer schneller ging er auf und ab. Die Dielen ächzten unter seinen schweren Schritten. Und dann hatte er ihre Stimme wieder im Ohr. Und diesen selbstherrlichen Tonfall. „ … ein Leopard".

Er war schon auf der Höhe der Stiftskirche, als ihm klar wurde, dass er fast rannte. Dass er beinahe fluchtartig das Büro verlassen hatte. „Ich laufe vor mir selbst davon", murmelte er halblaut vor sich hin und ging zurück. Prüfte noch einmal, ob er alle Lichter gelöscht und die Tür abgeschlossen hatte. Dann ging er betont langsamer, über den Süd- und Westring hoch zur Eichbornstraße. Dieser Straße folgte er, bis sie an der Stadtgrenze in einen Feldweg überging. Hier wurde er noch langsamer. Ganz vorsichtig setzte er seine Schritte, bis sich seine Augen an die Dunkelheit gewöhnt hatten. Er stellte fest, dass die Nacht hier draußen in den Weinbergen nicht so schwarz wirkte, wie sie einem aus dem Inneren der Räume heraus erschien, und etwas forscher setzte er seinen Weg nach Rittersheim fort. Dort folgte er der Hauptstraße und schließlich einem schmalen Wirtschaftsweg, der parallel zur Landstraße verlief, die den Ort mit dem benachbarten Birkenfeld verband.

Das Weingut von Josefine und Ralf sah er schon von Weitem. Wie eine erleuchtete Insel ragte es aus dem stillen Meer abgeernteter Rebstöcke. Marius bog in den Hof ein. Da im Büro kein Licht brannte, sah er sich nach einer Klingel um. Dabei stellte er fest, dass die schwere hölzerne Haustür nur angelehnt war. Kopfschüttelnd trat er ein. Nahm die Treppe nach oben. Betrat, da auf sein Rufen hin niemand reagierte, auch die Wohnung und ging durch einen schmalen Flur bis vor eine Tür, hinter der er leise Stimmen zu vernehmen glaubte. Er klopfte an, öffnete und trat in Josefines helle, warme Küche, in der ein überwältigender Duft nach süßen Backwaren hing. „Guten Tag", sagte er vorsichtig.

„Marius?!" Überrascht fuhr Josefine von ihrem Stuhl hoch. „Was machst du denn hier?"

„Sicherheitskontrolle", lächelte er. „Und ich muss dir leider sagen: Das gibt einen gravierenden Abzug in der B-Note."

„Warum?" Sie sah ihn verunsichert an. Jetzt war auch noch sein Versuch, witzig zu sein, nach hinten losgegangen. Vom Tisch hörte er ein Kichern. Eine schöne, junge Frau, die ihm entfernt bekannt vorkam, richtete sich auf und gesellte sich zu ihnen. Sie stieß Josefine in die Seite.

„Weil bei euch alles sperrangelweit offen steht. Jeder kann hier hereinspazieren."

„Ach, so", lachte Josefine und winkte ab. „Das ist nur, weil Ralf im Bett liegt und ich heute hier oben zu tun habe. Eugen, mein Vater, hat das auch immer so gehalten. Merkwürdig. Solange er noch am Leben war, habe ich mir Sorgen gemacht und mich darüber aufgeregt …" Sie zuckte die Achseln. „Er hat immer den Schöpfer gebeten, auf seine Sachen aufzupassen."

„Ich kenne eine Geschichte aus dem arabischen Kulturkreis“, sagte die junge Frau. „Dort heißt es: Binde deinem Kamel die Beine zusammen und bitte Allah um seinen Schutz.“

„Was in deinem Fall bedeutet, dass du deine Haustür unbedingt abschließen und darüber hinaus noch ein paar Sicherheitsvorkehrungen in Erwägung ziehen solltest.“ Marius, der in der warmen Küche zu schwitzen begann, öffnete seine Jacke und Josefine nahm sie ihm ab.

„Was führt dich zu uns? Oh. Entschuldige, ich habe euch noch gar nicht vorgestellt. Das ist Alexa Wagner. Die Tochter unseres Pfarrers. Du kennst sie vielleicht von früher?“

„Ich habe mal in Rittersheim gewohnt. Ist aber schon ein paar Jahre her“, lächelte Marius sie an.

„Marius Hilzendegen ist unser Kriminalhauptkommissar.“

„Echt jetzt?“

Während Josefine seine Jacke im Flur an der Garderobe aufhängte, begann Alexa unruhig umherzutrippeln. Und Hilzendegen fiel auf, dass sie viel jünger war, als er zuerst angenommen hatte. Sie war fast noch ein Mädchen. Sobald Josefine wieder im Raum war, stammelte Alexa eine Entschuldigung. Es sei bestimmt besser, wenn sie jetzt ginge.

„Unsinn“, meinte Josefine. Sie ließ ihren Blick demonstrativ über den Tisch wandern. „Er findet es zwar merkwürdig, was wir hier machen. Aber soweit ich weiß, ist es nicht verboten.“

Hilzendegen, dessen Stimmung sich unterwegs etwas stabilisiert hatte, hätte am liebsten auf dem Absatz kehrtgemacht. Doch er bemühte sich um einen freundlichen Gesichtsausdruck, als er erklärte, dass das Kartenlegen keinen Straftatbestand darstellte.

„Na also“, rief Josefine. „Dann setz dich zu uns. Wir wollten ohnehin gerade …“

„Was?", entfuhr es ihm bitter, als er die vielen Karten auf dem Tisch ausgebreitet sah. „Meinen Fall lösen?"

Für den Bruchteil einer Sekunde flackerte es in Josefines grünen Augen auf. „Wir wollten gerade abräumen. Und etwas zu essen machen. Du hast sicher Hunger?"

„Nein", log er.

Josefine stemmte die Hände in die Hüften. „Warum bist du dann hier?"

„Ich … ähm. Ich habe …" Er sah sich verwirrt um. „In meiner Jacke habe ich ein Protokoll, das Ralf noch unterschreiben müsste. Er soll bezeugen, dass Charlotte Messerschmidt in der Nacht von Samstag auf Sonntag bei euch war."

„Meine Aussage reicht da nicht aus?"

„Es ist eine reine Formsache. Ich wollte es doppelt wasserdicht machen, weil …"

„Weil was?"

„Wir … ähm … wir doch … irgendwie … befreundet sind …?"

„Sind wir das?"

„Josefine, was ist los mit dir?" Alexa legte ihr eine Hand auf den Arm. „So kenne ich dich ja gar nicht."

„Irgendetwas stimmt hier nicht. Und ich kann es nicht erklären. Nicht in Worte fassen. Ich fühle es nur, und darüber wird sich der gute Kommissar Schlauberger jetzt gleich wieder lustig machen."

„Josefine …"

„Sie hat recht", unterbrach Marius. „Ich bin gekommen, um etwas mit dir zu besprechen. Es ist nur …" Unsicher sah er Alexa an. „Es ist alles sehr merkwürdig und verwirrend …"

„Sie ist eine moderne kleine Hexe mit hochethischen Grundsätzen", sagte Josefine und scheuchte ihn und das Mädchen an den Tisch. Während Marius, ohne Namen zu nennen, von Seibels Hypnosesitzung, von dem Lebens-Geister-Konzept des Instituts und dem Besuch der merkwürdigsten Zeugin, die ihm je untergekommen war, berichtete, betrachtete er Alexa, die jede einzelne Karte aufnahm und intensiv ansah, bevor sie sie zurück in die Schachtel legte. „Bin ich wirklich ein Leopard?", fragte er schließlich lakonisch. Und doch schaffte er es nicht ganz, seine Verwirrung aus dieser Frage herauszuhalten.

„Ich glaube nicht, dass Sie verwirrt sind", sagte Alexa freundlich. „Ich fühle Angst."

Marius verdrehte die Augen. Er stand auf, ging zur anderen Seite des Tisches und öffnete die Balkontür.

„Es hat nichts mit Magie zu tun", sagte sie dann sehr leise, „sondern mit Schmerz und Leid."

Er drehte sich um und sah Alexa aufmerksam an. Mit ihrer offenen Art, ihrem natürlichen Charme und diesen Augen würde sie einmal eine atemberaubend schöne Frau sein.

„Manche Menschen spüren sich nicht, weil ein Druck oder andere unangenehme Gefühle, die auf ihnen lasten, einfach zu groß sind. So war es vielleicht auch bei diesem Mann mit der Rebirthing-Erfahrung. Da er die Trauer seiner Mutter, die Trauer um das Zwillingsgeschwisterchen, nicht ständig spüren wollte, hat er sich von seinem emotionalen Teil abgekoppelt. Dadurch hat er weder ein Körperempfinden noch ein Zeitgefühl entwickelt. Sonst hätte er schon viel früher gemerkt, dass etwas bei ihm nicht in Ordnung ist. Unbewusst hat er aber trotzdem die Empfindungen, oder vielmehr die Sehnsüchte, seiner Mutter übernommen."

Hilzendegen schloss die Tür und setzte sich wieder hin. „Wo nimmt sie das her?", fragte er an Josefine gewandt, die sich an der Arbeitsfläche zwischen Küche und Essbereich zu schaffen gemacht hatte.

„Ich habe meinen Bruder verloren, als ich elf war. Er wurde von einer Klassenkameradin bei der Schulfeier erschossen. Es war ein grässlicher Unfall. Denke ich jedenfalls. Ich glaube nicht, dass Dorothea aus einer bösen Absicht heraus gehandelt hat. Und selbst wenn … Es steckt eigentlich immer nur Angst, Schmerz oder Unwissenheit dahinter." Sie hielt einen Moment inne. „Mein Vater grübelt sich seitdem fast zu Tode. Meine Mutter hat uns verlassen. Das hat mich auf die andere Seite geholt. Nach langen Phasen der Trauer und Wut kam die Feinfühligkeit."

„Und Josefine?", fragte Marius mit gerunzelter Stirn.

„Hatte eine tyrannische, missgünstige und eifersüchtige Mutter. Noch bevor sie laufen konnte, hat sie bereits einen feinen Stimmungs-Seismografen entwickelt, um ihre zarte kleine Seele vor unnötigen Angriffen schützen zu können …"

Eine Weile war es sehr still in der Küche und Marius hatte den Eindruck, dass Josefine froh war, ihre Terrassenplätzchen sortieren zu können. „Stimmt das?"

Sie nickte und griff nach dem Marmeladenglas.

„Ich dachte, deine Mutter sei verunglückt."

„Ja. Das ist auch richtig. Aber da war ich schon sieben."

„Schon?!"

„Die frühkindliche Prägung ist da längst abgeschlossen." Sie hob den Blick. Ihr Lächeln war sanft und freundlich wie immer. „In meiner Ausbildung zur Erzieherin ist das damals schon ein großes Thema gewesen. Kinder von Alkoholikern bilden zum Beispiel auch oft solche Antennen aus."

Alexa pflichtete ihr bei. „Ich denke, bei Ihrer Zeugin handelt es sich um einen sehr schwer verletzten Menschen."

Hilzendegen hätte gerne noch mehr erfahren, aber beide beteuerten, dass es nun einmal nicht zu erklären sei. Und dann fragte Alexa mit diesem Leuchten in ihren blauen Augen, warum er sich nicht selbst einfach mal darauf einlassen wolle. So funktioniere nämlich auch das homöopathische Prinzip. Eine Krankheit werde geheilt mit der vielfach potenzierten Substanz eines Stoffes, der sie auslöste. Marius dachte an Matti. Wäre sein Liebster zu Hause gewesen, säße er wahrscheinlich gar nicht hier. Dann hätte er sich von ihm den Kopf waschen und wieder runterbringen lassen können. Matti schwor auf Globuli und all die anderen Präparate, die so viel Gutes bewirken konnten und überhaupt keine Nebenwirkungen hatten. Und wie zu Hause verkniff er es sich, zu sagen, dass das in seinen Augen nichts anderes war als ein teures Placebo forte.

„Nur das Böse kann das Böse vertreiben", murmelte Josefine vor sich hin, sah dann zu ihnen herüber und kicherte. „Das hat meine Oma immer gesagt, wenn ich gejammert habe, weil der Hustensaft so eklig geschmeckt hat."

„Wo ist eigentlich Ralf?", fragte der Kommissar schließlich ein wenig hilflos, musste aber selbst grinsen und stimmte schließlich in das fröhliche Gelächter der beiden Frauen mit ein, was als Zustimmung ausgelegt wurde.

„Okay", meinte Alexa. Sie nahm die Karten wieder aus der Schachtel und mischte sie durch. „Das Thema ist also Ihre Angst."

„Nennen wir es ein ungutes Gefühl."

„Gut", sagte sie freundlich. Und ihr Blick zog sich wieder nach innen. „Ein ungutes Gefühl."

„Es kostet übrigens 80 Euro", soufflierte Josefine von der Küche her.

Hilzendegen sah das Mädchen kurz zusammenzucken, ehe

sie zufrieden lächelte. „Stimmt." Dann forderte sie ihn auf, sich auf sein ungutes Gefühl zu konzentrieren, was er so gut und ernsthaft wie möglich versuchte, denn er beschloss, dass er jetzt auch etwas haben wollte für sein Geld. Wenn er so weit wäre, solle er Bescheid geben, und dann legte Alexa ein kleines Kreuz für ihn aus.

„In der Mitte, hier auf dieser leeren Fläche, liegt Ihr Problem, das ungute Gefühl", begann sie. „Die Karte darüber, im Kopf, zeigt an, was Ihnen schon bewusst ist oder bewusst sein sollte." Alexa drehte die Karte um. Es war eine Frau dargestellt, in einer Pose, die ihn an den Denker, die berühmte Skulptur von Rodin, erinnerte. Sie saß jedoch nicht auf einem Felsbrocken, sondern quer auf einem Baumstamm. Sie trug ein hochgeschlossenes, weißes Kleid, und ihr Blick war mehr geradeaus als nach unten gerichtet. Darunter stand in einer geschwungenen Handschrift: Die Vernunft.

„Aha!"

„Ja", bemerkte Alexa zufrieden. „Die Vernunft hat ihren Platz in der Ganzheit. So wird ein Schuh draus. Andersrum nicht. Die rechte Seite ist die Seite der Aktivität. Die Karte, die ich jetzt gleich aufdecken werde, zeigt, was Sie zu tun haben."

„Den Verbrecher jagen", meinte Hilzendegen ironisch, denn auf der ganz in Schwarz- und Grautönen gehaltenen Karte war ein etwas verschlagen wirkender Mann dargestellt, und die Bildunterschrift lautete: Der Feind.

Alexa lachte und schüttelte den Kopf. „Nein. Also, das müssen Sie ja sowieso Ihr ganzes Leben lang tun. Wenn Sie diesen Fall abgeschlossen haben, kommt ein anderer an die Reihe."

Marius verzog grummelnd das Gesicht. So betrachtet fühlte sich das ziemlich anstrengend an.

„Mit dem Feind an dieser Stelle ist Ihr innerer Feind

gemeint“, fuhr Alexa unbeirrt fort. „Und den sollten Sie nicht bekämpfen, sondern zu Ihrem Verbündeten machen.“

„Mein innerer Feind?“

„Verhaltensweisen, mit denen Sie sich selbst ein Bein stellen?“

„Ich bin die Ruhe in Person. Bis der Kanal voll ist. Dann fange ich an, mich über jede Kleinigkeit zu ärgern. Werde ruhelos und ungeduldig.“

„Und was hilft Ihnen dann?“

„Ich gehe joggen. Wenn ich regelmäßig jogge, passiert es eigentlich gar nicht. Aber im Moment ist mein Freund nicht da, der auf mich aufpasst. Mich motiviert. Und dann diese Dunkelheit. Und dieser verflixte Fall. Na ja. Immerhin bin ich ja im Schweinsgalopp zu Fuß hierhergekommen.“

Alexa nickte zufrieden. Die andere Seite, klärte sie ihn dann weiter auf, sei die Seite des Hinnehmens. Und die Karte – Die Selbstfürsorge – zeige an, was er wertschätzend dem Leben überlassen dürfe. Überrascht und etwas kleinlaut gestand er, dass er seit dem Frühstück nichts mehr gegessen und einen Bärenhunger hatte, was Josefine dazu veranlasste, sofort von ihrer Puderzuckermühle abzulassen, die Kühlschranktür aufzureißen und sich an ihrem Herd zu schaffen zu machen.

Es gab noch eine vierte Karte. Diese repräsentiere den Bauch, sagte Alexa. Das Unbewusste. Sie zeige an, was als Nächstes kommen würde. Sie betrachtete ihn skeptisch und fragte dann, ob sie die Karte wirklich aufdecken solle, oder er sich vielleicht lieber überraschen lassen wolle. „Manchmal ist für den Anfang ein kleiner Bogen auch schon genug“, meinte sie und sah ihn forschend an.

Er nickte. Lächelte. Und ging nach draußen, um aus seiner Jacke das Portemonnaie zu holen.

STELLA

Bis vor ein paar Stunden hätte ich nicht gedacht, dass ich einmal erleichtert sein würde, Yvonne Mercier zu sehen. Ich sitze oben neben der Toilette auf dem Boden. Ich sitze im Schneidersitz, ganz leicht an die Wand angelehnt. Ich halte meinen Rücken aufrecht und lasse den Kopf leicht nach vorne sinken. Irgendjemand hat mir mal erzählt, dass das eine Haltung sei, in der man stundenlang sitzen könne, ohne sich zu verspannen. Und ohne dass einem etwas einschläft. Und ich habe den Eindruck, dass ich noch lange hier werde sitzen müssen.

Die Frau, die Stimme aus dem Off, heißt Edna. Und als sie mich angesehen hat, hat sich meine *schwarze Katze* vor uns geschoben. Sie hat ihrem durchdringenden Blick standgehalten, indem sie ihm ihre tiefe dunkle Sehnsucht entgegengesetzt hat. Das hat der schillernden Erscheinung nicht gefallen, und sie hat gar nicht mehr einlullend, sondern fast schon hysterisch geklungen, als sie mit einer herrischen Geste auf die Leiter deutete und meinte, ich solle ihr bloß aus den Augen gehen. Dann hat sie ihre Polarfuchsstola ausgezogen. Und wieder an. Sie ist im Nebenraum verschwunden. Wieder rausgekommen. Ist mit ihrer Handtasche darin verschwunden. Wieder herausgekommen. Sie hat sich an den Tisch gesetzt und sich die Lippen nachgezogen. Hat versucht, jemanden anzurufen. Mehrmals. Ganz wuselig ist sie dabei in dem wohnzimmerartigen Teil des Raumes direkt unter mir herumgelaufen. Die Unruhe und Aufregung, die sie dabei ausgestrahlt hat, was so stark, dass *der kleine Wirrkopf* große Schwierigkeiten hatte, still sitzen zu bleiben.

Schließlich ist Yvonne zurückgekommen. Aber nicht als sie selbst, sondern in der Verkleidung der alten Dame. Sie hat geflucht, gejammert und sogar geweint, als sie sich die Oma-Pumps von ihren roten, geschwollenen Füßen gezogen hat. „Ich musste meinen Verfolger abschütteln! Komisch, dass ich nicht gemerkt habe, dass er vorhatte, mir jemanden auf den Hals zu hetzen. Er ist doch eigentlich so durchschaubar wie eine Glaskugel."

„Wer?" Edna klingt gelangweilt.

„Na, der süße kleine Kommissar. Wenn ich einen letzten Wunsch frei hätte, dann wollte ich noch einmal für eine einzige Nacht dreißig sein", sagt sie sehnsüchtig.

„Er ist schwul."

„Oh!"

„Auch das hast du nicht gesehen, Madame Mercier?" Jetzt ist Ednas Stimme die reine Verachtung. Und doch ist sie immer noch ... schön? Nein. Das ist nicht das richtige Wort. Doch sie hat etwas Schillerndes. Brillantes. Es geht ein irgendwie überirdischer Zauber von ihr aus, dem man sich wohl nur schwer entziehen kann.

Nicht, wenn man nicht weiß, wozu sie diese Gabe einsetzt, knurrt *die schwarze Katze.* Und bis die Leute es merken, hat sie sie am Wickel. Ich würde wetten, es hat etwas mit dem zu tun, was hier abgeht. Die beiden führen etwas im Schilde. *Mein Mädchen* hat sich tief in mir verkrochen und die Augen geschlossen. Sie sagt, das sei okay. Ich soll sie einfach in Ruhe lassen. Es sei wie Zahnarzt. Und sollte dieser Termin hier jemals überstanden sein, könnten wir ihr ja Bescheid geben. *Die Tante* weint. Vor Rührung, weil *die schwarze Katze* aufgewacht ist. Wort gehalten hat. Und ihre Fähigkeiten einsetzt, um uns alle zu beschützen.

In Zukunft werde ich mich mehr auf die Stärken meiner

Mitmenschen konzentrieren, sagt *die Katze*. Mich für alles, was in unserem Lebensplan steht, stark machen. Und auch anderen helfen, wenn ich kann. Das verspreche ich dir, *Tantchen*. Aber jetzt lass uns besser horchen, was die beiden da unten zu besprechen haben.

DONNERSTAG, 30. NOVEMBER

Ich habe meine Eltern getötet. Doch in Wahrheit haben sie mich getötet. Denn sie haben mir meine zutiefst menschlichen Gefühle verboten.

Ich hätte lernen sollen, meine Wut zu fühlen, sie in Mut und Tatkraft zu verwandeln, statt ein Sklave zu sein im Garten meines Vaters.

Ich hätte Trost und Aufmunterung erfahren sollen, doch meine Mutter lehrte mich, zu funktionieren wie ein Rädchen in einer Uhr.

STELLA

Yvonne schnarcht. Obwohl sie die Tür zum Nebenraum zugemacht hat, ist es entsetzlich laut. *Der kleine Wirrkopf* stöhnt. Ich bitte ihn, leise zu sein, denn Edna liegt direkt unter mir auf dem Sofa. *Die schwarze Katze* hat von Zeit zu Zeit ihr Ohr aufgestellt und sich sehr konzentriert. Dann konnte sie sie atmen hören. Doch jetzt ist das natürlich vorbei. Und meine innere Ruhe, die schon fast an einen schlafähnlichen Zustand heranreichte, ebenfalls. Ich stehe auf. Gehe zur Toilette. Strecke mich und schleiche mich vorsichtig nach unten, um mir aus der Küche etwas Brot zu holen. Yvonne hat gestern Abend wieder so eine Fressorgie veranstaltet. Edna hat Champagner getrunken, Kaviar gegessen und hie und da ein bisschen genascht. Mich hatten sie hier oben vergessen.

Ich habe den Eindruck, dass Edna Yvonne total verachtet, und mich gefragt, warum die große Seherin das nicht merkt. Oder will sie es nur nicht wahrhaben? Vielleicht ist es ihr aber auch einfach egal. Die beiden haben lange über Hans-Peter gesprochen. Dies alles mit anhören zu müssen, ist sehr schmerzhaft gewesen, vor allem für *die schwarze Katze.*

Ich habe noch etwas verstanden, sagt *die Katze* tapfer. Ich weiß jetzt, was *die Tante* gemeint hat, warum sie immer gegen das Verhältnis mit Hans-Peter gewesen ist. Ich habe da wirklich emotional etwas verwechselt. Sie grinst schuldbewusst. *Der kleine Wirrkopf* und ich, wir können uns mit allen menschlich verbunden fühlen. Das lässt sich in unserem Beruf ja auch ganz prima ausleben. Und vielleicht auch bald in einem Freundeskreis. Es ist auch eine Art von Liebe, leicht und unkompliziert.

Aber es hat nichts mit diesem Gefühl von ewiger Verliebtheit zu tun, in das ich mich immer so gerne hineingeträumt habe.

Das war wirklich ein krankes Spiel, seufzt *mein Mädchen*. Und wie ich dir schon hunderttausend Mal gesagt habe: Für solche Gemütszustände gibt es Geschichten – Filme und Serien!

Das stimmt. *Die Katze* nickt nachdenklich. Und ins Bett gehen sollten wir wohl wirklich nur mit einem, der auch *der Tante* gefällt. Denn es ist doch eigentlich schon ziemlich intensiv.

Es ist das Intensivste, das du überhaupt mit einem anderen Menschen teilen kannst, ereifert sich *der kleine Wirrkopf*, und da die eine oder andere weniger angenehme Erinnerung hochsteigt, schüttelt er sich heftig.

Denken wir nicht mehr daran, meint *die Katze* und macht eine Geste mit ihrer Pfote, als wolle sie all das ein für alle Mal wegwischen. Wir wissen jetzt, dass wir nicht für ein lockeres Liebesleben geschaffen sind. *Die schwarze Katze* grinst. Wenn wir einen Mann wollen, dann müssen wir wohl wirklich nach einem Ausschau halten, der unserem *Tantchen* die Knie weich werden lässt. Was übrigens immer passiert, wenn wir an Herrn Fischlein denken …

Es gibt Dinge, die werden besser, wenn man darüber spricht, sagt *die Tante* leise. Und andere nicht. Du hast dich ganz prima herausgemacht, *Katze*. Ich bin dir sehr dankbar. Und unendlich stolz auf dich. Es ist nicht schlimm, sich einmal zu irren, das haben wir ja von Hans-Peter gelernt. Und dass es nicht darum geht, immer alles richtig zu machen, sondern sich einzulassen auf das Leben. Und aus den Erfahrungen zu lernen. Wir haben einen guten Freund verloren. Er hätte wirklich etwas Besseres und Liebenswürdigeres verdient als diese beiden Harpyien da unten.

Ich frage mich, woher Edna und Hans-Peter sich gekannt haben. Ich habe sie niemals zuvor gesehen. Weder im Institut noch auf einem Foto. Und ich kann mich auch nicht daran erinnern, dass er einmal über sie gesprochen hätte. Kurz bevor Yvonne sich resigniert in ihr Kabuff zurückgezogen hat, haben sich die beiden fast gestritten. Yvonne wollte, dass sie es diesmal „ohne Stoff" durchziehen. Sie sei ja immer schon der Meinung gewesen, dass das gar nicht nötig sei, weil jeder „einen Zugang" habe. Und im Moment, da die Polizei Hans-Peters Büro auseinandernähme, sei es außerdem auch viel zu gefährlich. Die schillernde Edna aber wollte davon nichts hören. Sie hat Yvonne attackiert und verhöhnt. Und erst als diese von einer alten Geschichte angefangen hat, in die wohl Ednas Tochter mit verwickelt ist, hat Edna gesagt, dass sie keine Wahl hätte. Es sei bereits alles arrangiert. Und außerdem brauche sie das Geld, weil ihr idiotischer Mann sich von ihr scheiden lassen wolle.

Irre ich mich, oder habe ich da gerade etwas gehört?

Die schwarze Katze nickt. Edna stöhnt im Schlaf. Dreht sich unruhig auf die andere Seite. Murmelt etwas. Wirft sich noch einmal herum – und etwas fällt polternd zu Boden.

Der Laptop, haucht *der kleine Wirrkopf* und hält vor Angst den Atem an. Unsere Notizen sind auf dem Stick hier in meiner Hosentasche, beruhige ich ihn stumm.

Edna flucht, macht Licht und bückt sich nach dem Laptop. Sie schaut zur Tür, hinter der noch immer Yvonnes Schnarchen dröhnt. „Was bist du doch für eine blöde, schlampige Kuh", sagt Edna und klappt den Laptop auf. Sie klickt eine Weile darauf herum. Dann atmet sie erleichtert auf. „Wenn die Filme weggewesen wären, hätte ich dich abgestochen", flüstert sie, und mir läuft es eisig über den Rücken. „Aber natürlich!", ruft sie plötzlich aus. „Das ist doch ein gefundenes Fressen für die Medien.

Warum habe ich nicht gleich daran gedacht." Sie beginnt zu lachen. Grausam. Boshaft. Und siegessicher. „Ein, zwei kleine Anrufe bei den richtigen Leuten und ich bin saniert." Ihr Lachen verliert sich in ihrer eigenen Stimme aus dem Video. Und einer anderen, von der ich dachte, dass ich sie nie wieder hören würde. „Ich bin ein Lügner", sagt Hans-Peter. „Ein gemeiner und feiger Hund." Mein Herz zieht sich schmerzhaft zusammen. So ruhig und ernsthaft habe ich ihn nie sprechen hören.

„Ich bin Buchhalter, kein Philosoph. Meinen Doktortitel habe ich aus dem Internet. Ich bin kein Psychologe. Und der schlechteste Coach auf der ganzen Welt. Ich hasse meine Kunden. Ich hasse ihre Dummheit, ihre Ausflüchte, ihre Larmoyanz und ihre Blockaden. Ich hasse auch die, die ihren Weg gehen und ihren Rahmen füllen, weil sie mir vor Augen führen, was ich selbst niemals schaffen werde. Und weil es mich innerlich zerreißt, so tun zu müssen, als würde ich mich mit ihnen freuen. Ich hasse Yvonne! Sie hat mich vor ihren Karren gespannt und noch immer versucht sie, mir einzureden, dass es für jeden eine Möglichkeit der Befreiung gäbe. Ich habe meine Eltern getötet. Ich nutze Jarek aus. Ich habe nicht den Mut, Yvonne zu sagen, dass es aus ist zwischen uns. Dass ich Stella liebe. Ich hasse mich selbst, weil ich auch ihr etwas vorgaukle. Weil ich nicht weiß, ob ich überhaupt lieben kann. Und weil ich mich erpressen lasse, von einer skrupellosen Kriminellen."

25

Um fünf Uhr war Hilzendegen aufgestanden. Er hatte vergessen, Mattis Wecker auszumachen. Was ihn nicht wunderte, denn er war am Abend zuvor gegen zehn Uhr völlig erledigt und betrunken nach Hause gekommen. Josefine würde sich über die Beschreibung der Situation mit Sicherheit köstlich amüsieren. Sie hatte ihnen ein Bauernfrühstück vorgesetzt und eine Literflasche von ihrem halbtrockenen Portugieser aufgemacht, was bedeutete, dass er so viel Rotwein getrunken hatte, wie in eine kleine Getränkedose passte. 0,33 ml. Wenn überhaupt. Aber weil er extrem übernächtigt gewesen und obendrein – im Gegensatz zu Josefine – an Alkohol überhaupt nicht gewöhnt war, hatte er die Wirkung dieses zugegebenermaßen recht süffigen Rotweins sofort gespürt. Gegen halb zehn hatte er sich daher ein Taxi gerufen, war nach Hause gefahren und sofort ins Bett gefallen.

Vielleicht hätte ich ihr alles erzählen sollen, dachte er und schüttelte wieder einmal über sich selbst den Kopf. Doch sie hatte etwas, das die Leute dazu brachte, ihr unterwegs, beim Friseur oder sogar in der Schlange beim Einkaufen Dinge zu erzählen, die sie sonst niemandem anvertrauen würden. Er hätte sie fragen sollen, was sie über Thiel gehört hatte. Was sie ihm damals, als er auf der Rosenhöhe ermittelte, unter die Nase gerieben hatte, stimmte natürlich. Die Leute erzählten Josefine Dinge, die sie niemals der Polizei mitteilen würden. Sollten ihm die Lösung des Falles, die Ergreifung des Täters, die Sicherheit von Stella Römer nicht wichtiger sein als sein kriminalistischer Stolz?

Er sah auf die Uhr, stöhnte und fragte sich, wo der Vormittag geblieben war. Bäumler war zur erneuten Befragung der Anwohner mit Unterstützung der Schutzpolizei ins Fliegerviertel gefahren, und tatsächlich gab es zwei Zeugen, die eine stämmige alte Dame in der Straße und vor der Haustür des Instituts gesehen haben wollten. Und zwar am Dienstag um die Mittagszeit. Das passte. Am Montag, als er mit Jarek Balustrach noch einmal sämtliche Räume des Instituts durchschritten hatte, war der Platz am unteren Ende der Messersammlung leer gewesen. Und am Dienstagabend hatten sie die blutverschmierte Tatwaffe dort an der Wand vorgefunden.

Einer der Zeugen war Modedesigner. Er war viel unterwegs, dann arbeitete er wieder ein paar Tage lang von zu Hause aus. Er konnte sich gut an die Frau erinnern, weil er an diesem Vormittag, über einer neuen Idee brütend, ziemlich häufig aus dem Fenster geschaut hatte. Als Bäumler den Mann aufforderte, ihm die Person genauer zu beschreiben, fertigte er aus dem Stegreif eine Zeichnung an. Während Hilzendegen noch mit der zuständigen Redakteurin des lokalen Radiosenders telefonierte, formulierte Frau Hammel die entsprechenden Aufrufe für die sozialen Medien und stellte sie zusammen mit dem Bild online. Zwei Stunden später gingen die ersten Hinweise ein. Die ältere Dame war dienstags später am Nachmittag auf dem Marktplatz, in der Kronstraße sowie am Eingang zur Katharinenkapelle gesehen worden. Das kleine Gotteshaus aus dem 14. Jahrhundert lag etwas versteckt in der Kaufhausgasse, genau dort, wo Bäumler gestern am frühen Abend Yvonne Merciers Spur verloren hatte. Seitdem versuchte sich der arme Bäumler verzweifelt zu erinnern, ob er – nachdem die Mercier dort verschwunden war – diese ominöse alte Dame gesehen haben könnte.

Hilzendegen hatte ihn nicht aufgehalten, als er vorschlug, sich in der kleinen Kirche einmal umzusehen, und sich der Beweisstücke angenommen, die Fischleins Mitarbeiter ihnen endlich zur Verfügung gestellt hatten. Er bat Frau Hammel, den Text auf der Kassette, die in Balustrachs Schreibtisch sichergestellt worden war, zu Papier zu bringen. Er selbst machte sich mit dem Schlüssel auf den Weg zu Thiels Hausbank, um aber nur zu erfahren, dass das Opfer dort kein Bankschließfach gemietet hatte, und danach alle anderen Banken der Stadt abzuklappern. Ebenso erfolglos. Hilzendegen starrte seine Moderationstafel an, die er um eine Karte – *unbekannte Alte* – ergänzt hatte, als Fischlein hereinkam. Er hatte den Kollegen noch nie so niedergeschlagen gesehen.

„Den Ausflug nach Saarbrücken hätte ich mir schenken können. Die haben keine Ahnung, wo Stella steckt!“ Der Kriminaltechniker setzte sich an den Besprechungstisch und starrte auf einen Gegenstand in seiner Hand. „Sie wirkten geradezu peinlich berührt, als ich nach ihr gefragt habe. Irgendwas ist da komisch. Aber ich kann mir nicht vorstellen, dass sie wirklich etwas ausgefressen hat.“

„Und was haben Sie da?“

„Ihr Telefon.“

„Frau Römers Handy? Wie haben Sie das aufgetrieben?“

„Eine Frau aus Impflingen hat es gefunden. Oder vielmehr ihr Hund. Sie hat mich angerufen.“

„Sie hat *Sie* angerufen?“

Fischlein lächelte stolz und verlegen zugleich. „Sie hat gedacht, sie versucht es erst einmal mit dem Namen, der mit einem Herzchen-Symbol versehen ist.“

„Haben Sie es schon auf Fingerabdrücke untersucht?“

Er zog die Schultern bis fast zu den Ohren. „Nur die Hälfte

ihres rechten Zeigefingers. Und natürlich die der Dame, die mich angerufen hat …“

„Und Nachrichten. WhatsApp, SMS?“

„Das Übliche. Eigentlich geht es fast nur um Verabredungen. Ab und zu ein kurzer Text an eine Tante.“

„Haben Sie angerufen und nachgefragt. Vielleicht ist sie dort zu Besuch?“

„Ist sie nicht.“ Er verschränkte die Hände hinter seinem Kopf und räkelte sich. Dabei blieb sein Blick auf dem Kalender hinter Hilzendegens Schreibtisch hängen. „Ist heute der 30. November?“, fragte er völlig konsterniert.

„Ähm. Ja …?“

„Donnerstag, der 30. November?! Ich habe heute Abend Gesangsvereinskonzert! Und seit einer gefühlten Ewigkeit nicht mehr geschlafen. Ich wollte eigentlich gleich ins Institut weiterfahren, um in dieser unendlich großen Schrankwand weiter nach Hinweisen zu suchen, aber – wir haben das ganze Jahr über geprobt.“

Hilzendegen nickte.

„Ich singe ein Solo.“

Er blickte Fischlein überrascht an.

„Es ist … ähm … na ja. Es ist eigentlich nicht so wichtig. Aber doch andererseits alles, was ich habe. Ähm. Abgesehen von meinem Garten und der Arbeit natürlich.“

„Sie sollten nach Hause fahren und sich ins Bett legen“, lächelte der Kommissar. „Dann singen Sie, und morgen früh …“ Hilzendegen knetete seine Unterlippe. „Vielleicht sollten wir wirklich die Hundertschaft und die lokalen Rettungsdienste verständigen. Einen Hubschrauber anfordern?!“

Fischlein erhob sich langsam. „Bei Ihnen hat sich niemand gemeldet, oder?“

„Nur Jonas. Der siebenjährige Sohn der Zeugin Schäfer aus Völkersweiler. Er hat uns mitgeteilt, dass dieser schwarzhaarige Fernsehkoch, der mit dem buschigen Oberlippenbart, der so gerne Werbung macht …"

„Johann Lafer?"

„Genau! Der soll Stella Römer entführt haben. Und zwar in einem alten, klapperigen Lieferwagen ohne Nummernschild. Der prominente Koch soll sogar einen Fußgänger fast über den Haufen gefahren haben. Jonas hat das nicht selbst gesehen, weiß es aber von seinem großen Bruder, der es von seiner Freundin weiß, die in die Maria-Ward-Schule geht."

„Der gute alte Nonnenbunker." Fischlein zögerte kurz. Dann lachte er. „Nein", meinte er dann kopfschüttelnd. „Das scheint mir wirklich an den Haaren herbeigezogen zu sein." In der Tür drehte er sich noch einmal um. „Wenn was ist, rufen Sie trotzdem an. Ich hab das Handy immer am Mann!"

STELLA

Seit dieser Mann hereingekommen ist, zittere ich. Ich sitze immer noch hier oben auf dieser Art von Empore unter den Kleiderhaken, die anscheinend niemand benutzt. Mit meiner Linken umfasse ich die kühlen Streben eines eisernen Schirmständers, weil *die schwarze Katze* meint, das würde sie beruhigen. Meine Beine spüre ich kaum noch, mein Rücken scheint auch aus Metall zu sein, und dort, wo früher einmal mein Nacken war, pocht eine glühende Stahlplatte. Der Hunger ist gekommen, gegangen und als dumpf-schmerzender Krampf in meinem Bauch wiedergekommen. Nichts erscheint mir im Moment erstrebenswerter, als in mein kleines Leben zurückzukehren, das mir armselig vorkam, damals, als ich es mit Hans-Peter zusammen auf einen Zettel geschrieben und an meinen Küchenschrank geklebt habe.

Er ist blond, oder war es. Er gehört zu den Männern, die nicht ergrauen, wenn sie älter werden. Ihr Haar wird nur fahler. Und kleine Falten rahmen seine eisklaren Augen ein, die alles abtasten.

Ich habe Angst, wispert *der kleine Wirrkopf.* Ich ermahne ihn, still zu sein, denn der Mann kommt die Leiter hochgeklettert. Während er mich taxiert, stelle ich mich schlafend. Tue so, als sei ich nur kurz hochgeschreckt und dabei, wieder einzunicken.

Edna strahlt und wirkt, wenn auch auf eine kühle Art, noch glamouröser, seit er da ist. Als er sich unten im Wohnzimmerbereich wieder zu ihr gesellt, packt sie ihn am Kragen und küsst ihn. „Lass das!“ Er tritt ein, zwei Schritte zurück. Für den

Bruchteil einer Sekunde ist ihr Blick genauso hart wie seiner. „Ich habe eine Kleine herbestellt."

„Herbestellt?! Sag mal, bist du noch zu retten ..."

Er winkt ab. „Sie ist die reine Unschuld. Hält mich für ihren festen Freund. Etwas ganz Besonderes wartet auf mich." Er streicht über die Brusttasche seines Hemdes. „Für meine Prinzessin habe ich hier etwas, dass sie in mehr als einer Hinsicht süchtig machen wird nach ihrem Zoltan." Ob er den leisen Schatten, der durch Ednas Ausdruck gehuscht ist, auch gesehen hat?

„Wenn wir es sehr geschickt anstellen, dann könnte die schöne Alexa sogar zu einer wahren Goldgrube werden. Sie hält sich nämlich für eine äußerst begabte Kartenlegerin und hat irgendwelche Karten geschenkt bekommen, die einmal einer echten Zigeunerin gehört haben sollen."

„Du meinst ...?"

„Sie kann hier arbeiten. Wir werden ihr ein bisschen unter die Arme greifen. Alles schön inszenieren. Sie hofieren. Und sie wird uns Kunden bringen – junge Leute!" Er lacht perfide.

Edna nickt abwesend. Der Mann streckt seinen Zeigefinger aus. Hebt ihr Kinn an. „Eifersüchtig, kleine Nachtigall?" Der Tadel in seiner Stimme ist kaum wahrnehmbar.

Sie räuspert sich. Richtet sich auf. „Mach dich nicht lächerlich!"

Wieder grinst er, greift in seine Hosentasche und drückt ihr etwas in die Hand. „Und was machen wir mit dem Häufchen Elend da oben?"

Gerade noch rechtzeitig habe ich es geschafft, die Augen niederzuschlagen. Und die Körperbeherrschung *der schwarzen Katze*, die uns mit ihrer Schwere genau im richtigen Moment mattsetzt, hat endlich auch einmal etwas Gutes.

„Es ist jetzt fünf. Ich könnte sie in den Van schaffen und dafür sorgen, dass sie unterwegs verloren geht. Dann hätte ich einen Platz, wo ich mit unserer Prinzessin ungestört sein kann."

„Du kannst mit ihr in die Garderobe." Yvonne steht in der Tür derselben.

Als ich ihre Stimme höre, schaue ich vorsichtig unter meinen gesenkten Augenlidern hervor. Sie trägt wieder diese löchrigen Leggins und den weiten weinroten Pulli. Die Perücke hat sie abgenommen und sie ist barfuß.

„Da drin stinkt es", rümpft Zoltan angewidert die Nase. „Genau wie du."

Yvonne schaut ihn an. Auf ihre intensive Art. „Jeder stinkt auf seine Weise", sagt sie dann. „Und die junge Frau da oben ist meine Angelegenheit."

Er widersetzt sich nicht. Was mich sehr wundert. Irgendwie scheint er Respekt vor Yvonne zu haben.

Die Kleine, von der Zoltan gesprochen hat, ist noch sehr jung, unendlich sympathisch und bildschön. Als sie auf ihrem Roller vorfährt, vollzieht sich eine solche Wandlung in ihm, dass ich ihm den frisch Verliebten, für den es etwas ganz Besonderes ist, seine Freundin endlich seiner Schwester Edna vorstellen zu können, fast abkaufe. Er verabschiedet sich galant mit einem Handkuss von Alexa, bevor er in die angrenzende Küche geht, um Tee zu machen. Für alle. Denn es sei ja eine ganz besondere Zeremonie, eine Zusammenkunft außergewöhnlicher, spiritueller Persönlichkeiten, zu der sie eingeladen sei.

Während Alexa mit Edna auf dem Sofa sitzt, vor sich auf dem Couchtisch unzählige Karten ausbreitet und voller Begeisterung erzählt, frage ich mich verzweifelt, was ich tun könnte, um sie zu warnen. Da erscheint Yvonnes Kopf vor mir über dem Rand der Empore. Sie keucht. Mit der einen Hand hält sie sich an der Leiter fest. In der anderen balanciert sie einen Korb, den sie vorsichtig auf den groben Brettern abstellt, ehe sie ihren massigen Körper hinaufwuchtet. „So!“, sagt sie. Sie stellt den Korb vor mich hin und sinkt zu meiner Linken nieder. Zwischen uns ist nun der Schirmständer, an dem sie sich ebenfalls festhält. „Wie Hans-Peter“, sagt sie und lacht rasselnd. „An dem haben wir uns auch beide festgehalten.“

In dem Korb sind Hefeteilchen, zwei Tassen Kaffee und eine Flasche Wasser.

„Iss“, sagt sie. „Ich habe dich halb verhungern lassen. Das war nicht gut. Aber jetzt brauche ich jemanden, der meine Henkersmahlzeit mit mir teilt!“

Ich weiß nicht, was sie damit meint. Während ich versuche, das Zittern meiner Hände in den Griff zu kriegen, reiche ich ihr eine Tasse und eines der Hörnchen. Warum werde ich das Gefühl nicht los, vom Regen in die Traufe gekommen zu sein?

„Nein, nein! Bist du nicht.“ Mit zwei Bissen verschlingt sie das Teilchen. Schüttet ihren Kaffee hinterher und stöhnt wohlig auf. „Das wäre ein für alle Mal erledigt. Was für eine Anstrengung, täglich für all diese Mahlzeiten sorgen zu müssen.“ Ich wärme mir die Hände an der Kaffeetasse. Nippe vorsichtig daran.

Yvonne lacht. „Ich habe nichts hineingetan. Im Gegensatz zu den Herrschaften da unten halte ich nichts von Drogen. Wir haben Fantasie. Schöpferkraft. Und wenn es uns gelänge, eine nachhaltig lebensbejahende Geisteshaltung einzunehmen, wären die Probleme, die wir haben, nur noch ein Witz.“

Ich trinke meinen Kaffee. Und zwinge mich, zu essen. Wieder signalisiert mir *die Tante*, dass sie erleichtert ist, denn wir wüssten ja nicht, was kommt, und es könne nicht schaden, gestärkt zu sein.

„Weißt du, dass er mich angerufen hat, in jener Nacht? Er wollte, dass ich es tue. Ihn erlöse. Es gibt so viele Dinge, die schlimmer sind, viel schlimmer als der Tod. Wie dumm und kleingeistig wir sind, ihn so sehr zu fürchten."

„Du hast ihn erstochen?", hauche ich.

„Er bat mich, zu kommen. Ich wusste, dass seine Liebe verzerrt, seine Energien blockiert waren. Wir alle haben solche Phasen. Deshalb bin ich auch nicht böse auf dich, kleine Stella." Sie dreht den Kopf. Sieht mich fast liebevoll an. Legt ihre Hand auf meine. „Über ihn sind wir miteinander verbunden. Du warst das Gefäß seiner kranken Wollust. All seine anderen Kanäle waren blockiert. Was hätte er tun sollen?"

„Du hast ihn erstochen?", frage ich noch einmal. Diesmal etwas lauter. Sie zieht ihre Hand zurück.

„Ich habe mir ein Taxi genommen. Ließ mich ins Krankenhaus fahren. Erzählte dem Fahrer, dass es mit einer Verwandten zu Ende gehen würde. Sobald er weg war, ging ich das kurze Stück zu Fuß zurück ins Institut. Hans-Peter hat versucht, mich zu provozieren. Eine Menge unschöner Dinge hat er zu mir gesagt. Er wollte, dass ich es im Affekt mache. Er wollte es zu meinem Schutz." Sie schüttelt den Kopf, nachsichtig und mit einem verklärten Ausdruck. „Als ob ich mich nicht selbst schützen könnte." Mühsam rappelt sie sich auf. „Ich musste nur den armen Jarek ein bisschen malträtieren. Er kann nicht lügen, wie du weißt. Und doch hat er es für mich gemacht. Weil ich damit gedroht habe, seiner heiligen kleinen Mama den Hals zu brechen." Sie lacht. Tief und selbstgefällig. Dann schluchzt sie auf, und kurz darauf lächelt sie zufrieden, fast selig. „Es hat ihm nicht wehgetan, kleine Stella. Die gute alte Yvonne weiß, was sie tut. Es wird auch uns nicht wehtun."

Yvonne macht sich an einem kleinen Medizinschränkchen, das neben der Garderobe an der Wand hängt, zu schaffen. Komisch, dass mir das bislang nicht aufgefallen ist. „Hier habe ich alles, was für ein möglichst sanftes und schmerzfreies Entschlafen unerlässlich ist."

Ich traue meinen Augen nicht. Mit wenigen routinierten Handgriffen hat sie eine Spritze ausgepackt, eine Nadel daraufgesteckt und jetzt sticht sie durch die gummierte Öffnung einer Glasflasche und zieht eine Flüssigkeit auf. „Eine Mixtur aus Morphium und einem höchst wirkungsvollen Schlafmittel", verkündet sie stolz. „Wie viel wiegst du eigentlich?"

26

Es war längst dunkel, als Florian Bäumler zurückkam. Fröstelnd schüttelte er sich.

„Regnet es?"

„Es ist mehr so ein Nieseln und es wird neblig. Wo ist Fischlein?"

„Beim Gesangsvereinskonzert."

„Was will er denn da?!"

„Er wirkt mit."

Bäumler wuchtete einen großen Müllsack auf den Besprechungstisch.

„Was ist das?"

„Yvonne Mercier."

Hilzendegen sah ihn irritiert an.

„Eine blonde Perücke und die Kleider, die sie gestern Nachmittag getragen hat. Inklusive Stiefel und Handschuhe." Bäumler grinste. „Hab ich in der Sakristei gefunden."

„Das heißt, als du sie hinter dem Alten Kaufhaus aus den Augen verloren hast, ist sie in dieser Kapelle verschwunden und hat sich dort umgezogen?"

„Davon können wir ausgehen. Ich habe noch eine Zeugin gefunden, die sie am Dienstagnachmittag in der Rolle dieser Alten in der Kirche gesehen hat. Die Frau gehört zum Förderverein und hat sich gewundert, was eine Fremde am Schrank mit den Messgewändern zu suchen hat. Aber es kämen ja immer mal wieder neue ehrenamtliche Helfer, also hat sie sich erst einmal zurückgehalten. Und später, als sie dann gesehen hat, dass sich die alte Dame mit dem Organisten unterhält, dass der gute

Balustrach sie ganz offensichtlich kennt, da hat sie sich dann keine Gedanken mehr gemacht."

„Der gute Balustrach", stöhnte Hilzendegen und raufte sich mit beiden Händen die Haare. „Diesmal gehst du!"

„Och, nö!"

Der Kommissar grinste: „Einer muss …" Doch dann hielt er plötzlich inne, hob die Hand und suchte auf seinem Schreibtisch nach der Telefonnotiz, die er beinahe weggeschmissen hätte.

„Theater, Florian. Das war doch deine Rede. Diese Frau steckt dahinter. Sie führt im Hintergrund Regie. Sie hat ein Ein-Personen-Stück inszeniert, um uns irrezuführen. Sie schlüpft in die unterschiedlichsten Rollen." Hilzendegen sprang auf und begann auf und ab zu gehen. „Die einer älteren Dame." Er deutete auf die Requisiten in der Mülltüte. „Vielleicht ist das ihre Vorstellung von sich selbst?! Doch wer ist die Frau hinter der Maskerade wirklich? Und – was noch viel wichtiger ist – wenn sie sich so gekonnt verkleiden kann, dann vielleicht auch in Johann Lafer?!"

„Der Fernsehkoch?!" Bäumler sah seinen Vorgesetzten an, als hätte er den Verstand verloren.

Nachdem Hilzendegen ihn über den Telefonanruf des kleinen Jonas aufgeklärt hatte, nahm er seinen ursprünglichen Faden wieder auf: „Einer muss mit den Jungen, vielleicht sogar mit der Freundin von Jonas' Bruder sprechen. Und mit Balustrach. Der andere zur Sicherheit noch einmal in der Meerweibchenstraße vorbeifahren und dann im Institut weiter nach Hinweisen suchen."

Bäumler seufzte. „Ich habe die Wahl zwischen Pest und Cholera."

„Morgen früh werden wir weitere Schritte einleiten. Sollte an der Geschichte der Kinder etwas dran sein, dann müssen doch noch mehr Leute diesen Lieferwagen gesehen haben! Dann muss doch dieser Zeuge, der beinahe umgefahren worden ist, aufzutreiben sein!“

Bevor Hilzendegen sich auf den Weg machte, legte er das Schulterholster mit seiner Dienstwaffe an. Unterwegs hielt er an einer Metzgerei und kaufte sich eine Flasche Wasser und zwei belegte Brötchen. Die Verkäuferin schenkte ihm noch ein drittes dazu und packte alles in eine Tüte. Als er sich zwei Stunden später, so gegen halb neun, am Schreibtisch des Toten heißhungrig darüber hermachte, hatte er bereits mehrere Stehsammler durchgesehen. Hatte sich durch Werbebroschüren, technische Zeichnungen, Schriftstücke und weitere Ergüsse des Toten gekämpft und fragte sich zum hundertsten Mal, ob es überhaupt sinnvoll war, was er hier tat. Er war gerade dabei, mit sich selbst zu verhandeln, wie lange er hier noch weitersuchen sollte, als sein Mobiltelefon klingelte. Was der Kollege vom LKA in Mainz zu berichten hatte war tragisch und zugleich höchst interessant. Hilzendegen ließ sich seine Nummer geben und rief den Kollegen im Drogendezernat zurück. Als er auflegte, war seine Entscheidung gefallen.

Er zog seine Jacke an. Löschte das Licht. Machte es wieder an und starrte wütend auf die Regalwand. „Irgendwo in diesem verdammten Chaos muss es doch einen Hinweis geben!“ Und plötzlich musste er heftig gegen den Impuls, diese ganzen Stehsammler einfach herauszuziehen und auf den Boden zu schleudern, ankämpfen. Stattdessen schlug er nur mit geballter Faust auf die Rückendeckel ein, die nicht einmal nachgaben, was ihn umso wütender machte. Er schlug heftiger zu und schrie schmerzhaft auf. Das Teil, das er getroffen hatte, war aus härterem Material. Er zog es heraus. Optisch gab es kaum einen

Unterschied, doch dieser massive Behälter war aus Metall, viel schwerer – und es gab ein Schloss!

„Ein Minitresor, also“, murmelte er vor sich hin. „Und den Schlüssel habe ich noch in der Tasche. Es ist doch wirklich schön, wenn ab und an mal etwas funktioniert.“

Obenauf im Tresor lagen sieben Briefbögen. Edles Papier, von Hand beschrieben. Es war Thiels Schrift, wie Hilzendegen sofort erkannte. Der erste Text las sich fast wie ein Geständnis. Und auch die letzte Seite fesselte die Aufmerksamkeit des Kommissars in besonderer Weise: *„Ich habe meine Eltern getötet. Und jetzt töte ich mich selbst. Auf die denkbar niederträchtigste Art und Weise. Das Böse war nicht in mir angelegt. Durch ihre Angst und ihren Hass haben sie es gesät. Mit ihrer bedingungslosen Kontrolle und der fanatischen Unterdrückung meiner geistigen und schöpferischen Fähigkeiten haben sie es in der Tiefe genährt. An dem Tag, an dem er meinen Bruder erschlug und sie diese Lüge gebar, die sie in mich einbrannten, bis sie selbst daran glaubten, begann es zu wachsen. Wuchs über mich hinaus. All meine Lebens-Geister sind zu Dämonen geworden. Ich habe nicht die Kraft, aus diesem Teufelskreis ein Lebensrad zu machen. Kann mit meinen Lügen nicht leben. Ohne die Wahrheit nicht sterben.“*

Hilzendegen blätterte weiter. Vor ihm breitete sich die akribische Dokumentation eines Betruges aus. Hans-Peter Thiel hatte es geschafft, den Behörden vorzugaukeln, seine Eltern seien 2010 nach Schottland umgezogen. Nach Aberdeen. In die Stadt, in der 1990 angeblich auch schon sein Bruder sesshaft geworden war – nachdem er sich für einige Jahre einer Schaustellertruppe angeschlossen hatte. Den Kommissar überlief es kalt, als er verstand, dass Thiels Eltern nie mit ihm in einer Eigentumswohnung im Osten von Landau gewohnt, sondern einen eigenen Hof zwischen Offenbach und Herxheim besessen hatten. Er fand Speditionspapiere, die belegten, dass im August 2010 ein größerer Möbeltransport von diesem Hof zu einem Lager in Speyer stattgefunden hatte. Auch sämtliche Rechnungen dieses Lagers waren in den Unterlagen. Und ein Lageplan.

Er wusste, dass es mehr als unvernünftig war. Dass er zumindest Bäumler oder Fischlein hätte verständigen sollen, doch zuerst wollte er sich mit eigenen Augen überzeugen, dass dieser Hof wirklich existierte. Hätte er nicht vermutet, dass es dieses Anwesen geben würde, es wäre ihm niemals aufgefallen. Hohe, schlanke Bäume umstanden den Hof. Von Weitem wirkte er wie ein malerischer Hain inmitten der Landschaft. Nach kurzer Suche fand er die Zufahrt zu einem geschotterten Parkplatz. Die Scheinwerfer seines Wagens beleuchteten einen verwilderten Garten. Anhand einer Markierung auf dem Lageplan und der Legende, die Thiel angefertigt hatte, glaubte Hilzendegen zu wissen, was Fischleins Mitarbeiter morgen früh dort ausgraben würden.

Es war dunkel. Die Taschenlampe seines Telefons mehr als unzulänglich und der Mond nur eine schmale Sichel am Himmel. Doch als Hilzendegens Augen sich an die Dunkelheit gewöhnt hatten, erkannte er die Gebäude, die auf dem Plan eingezeichnet waren. Das quadratische Wohnhaus. Daneben die etwas höhere, zweistöckige Scheune. Hilzendegen trat leise in den Hof. Kniff die Augen zusammen. Auf der anderen Seite sollten die Stallungen liegen. Ein Geräteschuppen und eine Waschküche. Doch in dem Gebäude, das sich Hilzendegen als Hühnerstall eingeprägt hatte, brannte Licht!

Er näherte sich langsam, bemüht, möglichst keinen Laut von sich zu geben. Er war so sehr auf dieses Licht fokussiert, dass er die Veränderung des Bodens unter seinen Füßen nicht sofort bemerkte. Erst das Knarren der in die Jahre gekommenen Holzbretter ließ ihn innehalten. Das konnte nur die Jauchegrube sein, die neben dem Eingang zur Scheune lag. Hilzendegen dachte daran, was er noch vor weniger als einer Stunde in Thiels erstem Text gelesen hatte, und erschauerte. Als er sich anschickte, vorsichtig weiterzugehen, gaben die Bretter unter ihm nach.

27

„Ja. Der Dunkelfelder ist in der Tat etwas herb, fast bitter im Abgang." Charlotte lächelte den älteren Herrn, der eine Frage gestellt hatte, an. „Deshalb haben wir diesen kräftigen, gerbstoffreichen Rotwein auch ans Ende der Probe gestellt. Er ist farbintensiv, körperreich und durchaus auch ein bisschen eigenwillig, doch mit milder Säure. Früher wurde er fast ausschließlich als Deckwein verwendet, um die Farbintensität der leichteren Sorten, wie zum Beispiel einem Portugieser, zu erhöhen. Inzwischen nimmt er aber mehr und mehr seinen eigenen Platz im Reigen der Rebsorten ein. Er passt besonders gut zu Wild- und Grillgerichten, würzigem Gorgonzola, dunkler Schokolade, und er ist auch ein idealer Begleiter zu einem dicken Klassiker des 19. Jahrhunderts wie zum Beispiel Victor Hugos ‚Les Misérables' oder ‚Verbrechen und Strafe' von Dostojewski."

„Ein solches Buch hat Dostojewski nie geschrieben", rief der Gast energisch, was alle zum Lachen brachte. „Ich besitze die gesammelten Werke und habe sie schon mehrfach gelesen."

„Die Älteren unter uns kennen den Roman unter ‚Schuld und Sühne'", erwiderte Charlotte höflich. „Doch Swetlana Geier – eine Frau mit einer ganz außerordentlichen Sprachbegabung und eine bedeutende Übersetzerin russischer Literatur – hat dem Werk in ihrer Neuübersetzung diesen anderen, treffenderen Titel gegeben."

„Das ist wirklich überaus interessant", meinte der Mann anerkennend und machte sich eine Notiz auf seiner Weinkarte. Charlotte erhob ihr Glas. Bedankte und verabschiedete sich, auch in Josefines und Ralfs Namen, und erntete einen langen Applaus.

Josefine stand neben der Tür und forderte die Mitarbeiter des großen Steuerbüros aus Mannheim auf, sich einen Geschenkkarton – rot, weiß oder gemischt – auszusuchen. Fast alle bedankten sich für den schönen Abend. Die gelungene Weihnachtsfeier. Der Geschäftsführer schüttelte ihr überschwänglich die Hand, versprach, im nächsten Jahr wiederzukommen, und die Assistentin, die alles organisiert und mit ihr abgestimmt hatte, umarmte sie herzlich. „Ach, Frau Laux! Es war wie immer wunderbar! Und Ihre Idee, die Namensschildchen an kleine Tütchen mit selbst gebackenen Plätzchen zu binden, ist prima angekommen!"

Josefine zog ihre Strickjacke enger um sich, trat in den Hof und sah, wie sich die Tür des Reisebusses hinter dem letzten Nachzügler schloss und er langsam auf dem Feldweg davonfuhr. „Wenn ich eine Angestellte wäre, würde ich in dieser Firma arbeiten wollen", sagte sie zu Charlotte, als sie kurz darauf ins Büro kam.

„Sie sind wirklich unglaublich freundlich und aufmerksam gewesen." Charlotte saß an Josefines Schreibtisch und machte sich über ihren vegetarischen Tapas-Teller her. „Wenn ich wüsste, dass es immer so schön ist, würde ich mich glatt zur Weinprobensprecherin ausbilden lassen."

Josefine schüttelte den Kopf. „Das bist du doch schon. Sie waren so zufrieden. Das nächste Mal solltest du die Bücher, die du erwähnst, vielleicht einfach mitbringen. Falls jemand auch literarisch auf den Geschmack kommt."

„Das ist eine gute Idee." Charlotte nippte an ihrem Glas. „Ist es okay, wenn ich vorher noch in Ruhe aufesse?"

„Vorher?"

„Na, ehe wir aufräumen."

Josefine winkte ab. „Wir haben jetzt alle Zeit der Welt. Ich kann das auch morgen machen." Sie ging nach draußen, um sich ein Gläschen Sekt zu holen und setzte sich ihrer Freundin gegenüber. „Auf dich, liebste Charlotte", rief sie aus und prostete ihr zu. „Herzlichen Dank!"

„Es war mir, wie gesagt, eine Freude ... Oh, dieser Kartoffelsalat mit Senf und Ei ist wirklich ganz ausgezeichnet."

„Ich werde es Klaus ausrichten." Josefine schaltete das Radio aus. „Das läuft schon den ganzen Tag. Ich kann die Nachrichten bald auswendig", meinte sie lachend. Doch es blieb ihr irgendwie im Hals stecken. Und dann schaltete sie das Radio wieder ein. Ja. Sie hätte die Worte mitsprechen können, doch was sie bedeuteten, drang erst jetzt zu ihr durch. Und sie hörte gar nicht richtig zu, als Charlotte vom Liptauer schwärmte. Von den eingelegten Champignons. Und den Tomate-Mozzarella-Spießchen.

„Er hat auch seinen Platz in der Welt gefunden, nicht wahr?"

„Wer?"

„Na, Klaus?"

„Klaus", sagte Josefine abwesend. Und dann wurde sie ganz blass.

„Das war keine Einladung zum Teetrinken!" Josefine saß in Charlottes cremefarbenem New Beetle Cabrio hinterm Steuer und fuhr viel zu schnell. „Wenn ihr etwas passiert, werde ich mir das niemals verzeihen."

„Ich habe nicht die leiseste Ahnung, wovon du sprichst?"

„Von meiner Engstirnigkeit. Davon, dass ich mich stur und beleidigt zurückgezogen habe, ohne daran zu denken, dass es auch anderen schaden könnte." Als sie Landau erreichten, zeigte das Hinweisschild am Straßenrand 60 km an. Josefine ging nicht vom Gas. „Ich hätte es Marius erzählen können, als er gestern da war. Zumindest das, was ich von Klaus über die Thiels weiß!“

„Wo fahren wir denn jetzt hin?“

„Zu diesem ominösen Hof. Wenn wir ihn finden!“

„Soll ich das Navi programmieren?“

Josefine schüttelte den Kopf. „Vielleicht ist es auch nur ein Irrlicht, dem ich hinterherjage. Aber ist es nicht besser, sich an einen winzigen Hoffnungsschimmer zu klammern, als gar nichts zu tun?“

Charlotte schwieg.

„Warum geht Marius denn nicht an sein Telefon?!“, rief Josefine verzweifelt aus.

Sie fuhr über den Nord- und Ostring zur Rheinstraße, nahm die Queichheimer Brücke über die Bahngleise und blieb auf der Umgehungsstraße, die in östlicher Richtung schnurgerade aus der Stadt hinausführte. Hier draußen war es stockdunkel und der Nebel wurde dichter.

„Wenn *mir* etwas passiert, wirst du dir das auch niemals verzeihen“, sagte Charlotte merkwürdig ruhig. „Also nimm jetzt bitte mal deinen Fuß vom Gas und sag mir, was los ist. Ganz offensichtlich hat es etwas mit diesem Selbstfindungs-Seminar in Mainz zu tun, über das schon den ganzen Tag im Radio berichtet wird.“

Josefine drosselte das Tempo und nickte wütend. „Selbsterkenntnis unter Drogen. Dabei sind zwei Menschen gestorben!“

„Ich habe darüber gelesen. Solche Veranstaltungen sind längst keine Einzelfälle mehr; keine verantwortungslosen Spielchen unter alternativen Spinnern. Vielmehr ist die Drogenszene dabei, sich in einer Welt mit immer aufgeklärteren Menschen neue Absatzmärkte zu erschließen. Dass Ecstasy viel kaputtmacht im Körper und Heroin oder Kokain schon nach dem ersten Mal süchtig machen kann, weiß heute jedes Kind. Frauen sind generell nicht so leicht zum Drogenkonsum zu bewegen wie Männer. Aber neugieriger, mehr auf der Suche – nach sich selbst, nach einem guten Leben. Sie interessieren sich für Psychologie, und genau da setzt diese Drogen-Wellness an. Spricht von Bewusstseinserweiterung statt von Trips. Und die Droge wird angeblich aus natürlichen Stoffen wie Tees, Pilzen oder Wurzeln gewonnen. Die Sehnsucht des modernen Menschen nach Natur, Gemeinschaft und Ritualen wird voll bedient."

„Und dabei wirft einer Legal Herbs ein und bezahlt mit seinem Leben", grummelte Josefine.

„Das waren weder Kräuter noch legale Substanzen, die man in Mainz eingenommen hat", seufzte Charlotte. „Es ist wirklich schrecklich. Aber ich habe immer noch nicht verstanden, warum es dich so mitnimmt."

„Weil Alexa Wagner, die junge Frau, der ich das Kartenspiel geschenkt habe, seit Kurzem einen Freund hat. Einen schon etwas älteren, irgendwie geheimnisvollen, aber voll süßen Typen. Und der hat sie übers Wochenende zu einer Teezeremonie eingeladen!"

„Oh, mein Gott!"

„Es ist mir gleich komisch vorgekommen. Schon als sie es mir erzählt hat. Aber ich konnte nicht sagen, warum. Und wollte sie doch nicht verunsichern. Ihre Freude nicht trüben." Josefine wurde noch langsamer, bog rechts ab und blickte angestrengt durch die Nebelschwaden. „Und ich kann dir auch sagen, wer da noch mit drinhängt. Edna Marquardt-Engel! Die Frau unseres Apothekers. Einem kaltblütigeren Menschen bin ich in meinem ganzen Leben noch nicht begegnet. Als Klaus heute die Tapas gebracht hat, liefen nämlich auch gerade die Nachrichten. Und da hat er mir erzählt, dass ihr viel zu laxer Umgang mit Drogen schon immer ein offenes Geheimnis gewesen ist. Und dass es damals, als ihre Tochter Dorothea bei einer Schulfeier auf Alexas Bruder geschossen hat, schon Gerüchte gegeben hätte." Josefine erzählte Charlotte, was damals geschehen war. „Klaus meint, dass Edna ihre Tochter zu einer solchen Veranstaltung mitgeschleift hat. Kannst du dir das vorstellen? Eine Siebzehnjährige?! Und Dorothea hat dadurch ihre gesunde Grenze zwischen Fantasie und Wirklichkeit verloren ..."

Charlotte fasste sich an die Brust. „Sie ist in der Welt der Bedeutungen, der Symbole und Mythen stecken geblieben", sagte sie dann ergriffen. „Hat sie wahrscheinlich eins zu eins in die Realität übertragen. Und als Amor ihrem Liebsten einen echten Pfeil ins Herz geschossen."

„Das Mädchen sitzt bis heute in der Psychiatrie. Wo eigentlich ihre Mutter hingehört!"

Josefine schaltete das Fernlicht ein. Die Scheinwerfer beleuchteten das Ortsschild von Herxheim. Fluchend trat sie auf die Bremse. „Und weißt du, was mich am meisten ärgert?", schimpfte sie, während sie wendete. „Dass diese beiden jungen Menschen ineinander verliebt waren. Wenn man sie in Ruhe gelassen, und dem Leben ein bisschen Zeit gegeben hätte ..." Während sie noch langsamer, noch intensiver nach einer Abzweigung suchend zurückfuhren, wischten sie sich beide möglichst unauffällig eine Träne aus dem Augenwinkel.

28

Der Kommissar stieß, wenn auch sehr leise, derbe Flüche aus. Nur mit Mühe konnte er sich an einem der morschen Balken festhalten. Seine Beine hingen ins Leere. Hingen in die ehemalige Jauchegrube, aus der ein modriger Geruch aufstieg. Äußerst vorsichtig verlagerte er sein Gewicht auf die linke Seite und zog mit der Rechten sein Telefon aus der Jackentasche. Durch die Gewichtsverlagerung ächzte das Holz bedenklich. Als er sich anschickte, das Telefon mit nur einer Hand zu entsperren, entglitt es ihm. Aufgrund der Zeit, die es brauchte, um auf dem Grund der Grube anzukommen, schätzte Hilzendegen ihre Tiefe auf drei bis vier Meter. Er wusste, dass er gar keine andere Wahl hatte, als ruhig zu bleiben. Doch als das verdammte Telefon, kaum dass er es verloren hatte, mit sich wiederholender Penetranz anfing zu klingeln, musste er doch schwer an sich halten. Er dachte zurück an seine Ausbildung unter Hubert Hartmann. Der alte Kommissar hatte genau wie er eine große Kraft in sich gehabt, die sich zuweilen in einem Anfall von Jähzorn Bahn brach. Von ihm hatte Marius gelernt, was sein alter Chef zwar verstanden, selbst aber nur selten hingekriegt hatte: den Adrenalinschub vom Körper auf den Geist umzuleiten, die Konzentration zu schärfen.

Doch so sehr Hilzendegen auch versuchte die Situation zu überdenken, er fand keinen Ausweg. Ihm wurde lediglich klar, wie hoffnungslos unprofessionell er gehandelt hatte. Niemand wusste, wo er war. Dass die Behörden die Familie Thiel nicht mit diesem Hof in Verbindung brachten, dafür hatte Hans-Peter Thiel mit der Akribie eines Buchhalters gesorgt. Die

Unterlagen, die den Kollegen etwas über seinen derzeitigen Aufenthaltsort verraten würden, lagen im Institut. Doch bis sie morgen früh auf die Idee kämen, dort nach ihm zu suchen, um ihn dann hier zu finden … das konnte dauern.

Er stöhnte auf, als ihm wieder einfiel, dass er sich um fünf Uhr mit dem Drogenteam des LKA einschließlich Hundeführer beim Institut verabredet hatte. Die Kollegen hatten ihn informiert, dass eines der Opfer einer Drogen-Wellness-Veranstaltung in Mainz, kurz bevor es gestorben war, Thiels Namen genannt hatte. Eigentlich im Zusammenhang mit einem anderen Ausdruck. ‚Thiel doof', vielleicht. So hatte es zumindest die Frau des Toten gedeutet. Doch er hatte sich nicht mehr klar ausdrücken können. „Thiels Hof", sagte Hilzendegen laut vor sich hin. Und plötzlich verstand er, dass hier alle Fäden zusammenliefen.

Hans-Peter Thiel war in diesem Haus aufgewachsen. Ein hochbegabter, sensibler Junge, der nicht nur nicht geachtet, sondern darüber hinaus auch noch unterdrückt, gedemütigt und in seiner Entwicklung behindert worden war.

Hier, in der Küche des Anwesens, hatte der Vater in seinem kalten, selbstherrlichen Zorn den Bruder erschlagen. Ein Unfall, wenn Hilzendegen den Text, den er zuvor gelesen hatte, richtig einordnete. Der alte Tyrann hatte den großen Bruder weiter unterjochen, ihm für seine Aufmüpfigkeit eine Abreibung verpassen wollen. Doch dieser hatte sich, aufgrund der Wucht des Schlages, das Genick an der Kante des Kachelofens gebrochen. Dort vorn, in dem von Unkraut und Gestrüpp überwucherten Beet hinter dem Parkplatz, in dem früher Gurken und Kürbisse angepflanzt worden waren, hatten Thiels Eltern die Leiche des Bruders vergraben, was die von Hans-Peter gezeichnete Todesanzeige in einem anderen Licht erscheinen ließ.

Hilzendegen konnte nachvollziehen, dass Thiel später, als er seine Ausbildung absolviert, in Speyer eine Arbeit und in der Elfenau eine Wohnung gefunden hatte, den Wunsch verspürt hatte, sich von diesen dunklen Erfahrungen loszusagen. Und so hatte er sich eine andere, normalere Herkunft erfunden. Und doch hatte ihn seine eigentliche Geschichte eingeholt. Wie die Wahrheit die Menschen immer einholte.

Was letztendlich den Ausschlag dazu gegeben hatte, dass Thiel seine Mutter und mit ihr indirekt auch den Vater in diese Grube gestoßen hatte, über der er nun hing? Hilzendegen konnte nur Vermutungen darüber anstellen, was vor sieben Jahren an einem Tag im August hier geschehen war. Er hatte etwas von einem ‚Katechismus der Verfehlungen' gelesen, den sie wohl auswendig gekannt und dem Sohn bei jeder sich bietenden Gelegenheit vorgehalten hatte. Und Hilzendegen erinnerte sich an die vielen Texte, in denen sich Thiel voller Leidenschaft und Sprachgewalt über das Recht ausgelassen hatte, das eigene Leben frei und den persönlichen Vorstellungen entsprechend gestalten zu dürfen.

Fast schon grotesk fand er, dass Hans-Peter Thiel versucht hatte, sein Verbrechen auf exakt dieselbe Art zu verdecken, wie sein Vater es Jahre zuvor im Falle seines Bruders gemacht hatte. Abgemeldet ins Ausland.

Und heute? Was ging heute, ging gerade jetzt dort vorn in diesem hell erleuchteten Hühnerstall vor sich? Und was hatte es mit Thiel, mit dem Hof, mit seiner Geschichte zu tun?

Er fand es erschreckend, wie schnell sein Zeitgefühl verloren gegangen war. Hing er hier seit zehn Minuten oder schon seit Stunden fest? Immerhin war er noch satt. Und plötzlich sehr dankbar, dass er daran gedacht hatte, sich etwas zu essen zu kaufen. Hatte am Ende wirklich diese Karte, die die schöne Alexa für ihn ausgelegt hatte, etwas damit zu tun? Die Frauen waren schon auf ihre ganz eigene Art raffiniert, und er wusste noch immer nicht so richtig, was er davon halten und vor allem, wie er damit umgehen sollte.

Zuerst war er sicher, dass er sich alles nur einbildete. Dass sein Verstand ihm einen Streich spielte, weil er eben gerade an sie dachte. Doch er sah, wie ein paar Scheinwerfer, die Dunkelheit durchschnitten, und hörte, dass ein Fahrzeug auf dem Parkplatz zum Stehen kam. Da war der Lichtkegel einer starken Taschenlampe. Er hörte unverkennbar die aufgeregte Stimme von Frau Messerschmidt und die von Josefine, die versuchte, sie zu beschwichtigen. „Wieso ist sein Wagen hier?“, hörte er Frau Messerschmidt fragen. „Wenn die Polizei schon da ist, dann brauchen wir doch nicht …“ Ein Schrei entfuhr ihr, als der Strahl der Taschenlampe über das Loch im Boden wanderte. „Josefine! In dieser Grube ist jemand. Es ist so schrecklich hier! Wie in einem Gruselfilm …“

Hilzendegen schloss vorsorglich die Augen. Er ahnte schon, dass das intensive Licht der Taschenlampe ihn gleich erneut blenden würde. Doch dann hatte Josefine seine Lage erfasst. „Oh, Herr Hilzendegen“, flüsterte Frau Messerschmidt. „Wie ist Ihnen denn das nur passiert?“

„Habt ihr ein Telefon dabei?“, fragte er hoffnungsvoll.

Josefine nickte abwesend, während sie sich weiter umsah.

„Kannst du bitte meine Kollegen anrufen …“, bat Marius. Josefine ging, gefolgt von Frau Messerschmidt, um die Grube herum, dicht an die Stelle, an der er hing. „Bitte, Josefine. Hör mir zu! Ich sehe ja ein, dass du möglicherweise über irgendwelche übersinnlichen Fähigkeiten verfügst. Aber ihr könnt mir hier nicht heraushelfen!“

Doch Josefine schnaubte nur und wandte sich um. Neben der Scheunentür, an einem weit hervorstehenden Balken hing ein Seil über einer rostigen eisernen Rolle.

„Das wird nie und nimmer funktionieren. Erstens ist hier alles morsch und zweitens bin ich viel zu schwer."

Josefine ging in die Hocke und warf das Seil vorsichtig über den Querbalken, sodass Marius es greifen konnte. Dann legte sie die Taschenlampe auf den Boden, packte das andere Ende des Seils und bat Charlotte, ebenfalls mit anzufassen. „Früher haben sie eine ganze Sau damit hochgezogen", sagte sie. „Auf drei hängen wir uns mit unserem gesamten Gewicht hier dran."

Hilzendegen sah plötzlich eine kleine Möglichkeit, dem Spott seiner Kollegen, ja vielleicht sogar einer Ermahnung seitens der Staatsanwältin zu entkommen. Nach einigen Schrecksekunden und einem haarsträubenden Ächzen und Quietschen, das einem durch die Stille der Nacht unerhört laut in den Ohren klang, hatte er wieder festen Boden unter den Füßen.

Ich kenne die Menschen", sagt Yvonne. „Ich habe sie lange genug beobachtet. Jahrelang habe ich als Krankenschwester gearbeitet, ehe ich meine Bestimmung, die Menschen zu heilen, von der körperlichen auf die seelische Ebene heben konnte." Sie schaut mich verwirrt an. So, als würde sie ein Bild betrachten, in dem sich ein Fehler befindet. „Der Fehler bist du."

Sie sitzt rittlings auf mir. Mein rechter Arm liegt unter mir und mit dem Gewicht ihres Knies hält sie ihn dort fest. Um meinen linken Oberarm hat sie eine Manschette zur Blutstauung angebracht. Und jetzt greift sie wieder nach dieser unsäglichen Spritze.

Ich will nicht sterben. *Der kleine Wirrkopf* weint und ich schaffe es nur mit Mühe, seine Tränen nicht nach außen dringen zu lassen.

„Ich habe es schon immer gesehen", sagt sie. „Was den Menschen fehlt. Wo der Hund begraben liegt. Ich sah es bei den Halbgöttern in Weiß genauso wie bei meinen Patienten. Doch sie wollten nicht auf mich hören. Im Gegenteil, sie nahmen es mir übel, wenn ich aussprach, was aus meiner Sicht offensichtlich war. Der Einzige, der mich in all meinen Fähigkeiten erkannt und wertgeschätzt hat, war Hans-Peter. Er lag auf meiner Station, hatte sich die Hand gebrochen. Dachte, es sei der Untergang der Welt, weil er sich in den Kopf gesetzt hatte, ein Buch zu schreiben. Irgendwas mit Fantasy. Was weiß ich, es war ein sinnloser Blödsinn. Ich habe sofort gesehen, dass in ihm ein weitaus bedeutenderes Potenzial vorhanden war. Anfangs glaubte er mir nicht. Doch er konnte auch nicht von mir ablassen. Es gibt Anziehungskräfte, die über das menschliche Maß hinausgehen und denen wir machtlos unterworfen sind.“ Yvonne rülpst. „Er hat mir gezeigt, wie erschreckend ich in meiner Fähigkeit, auf tiefster Ebene hören und sehen zu können, auf meine Mitmenschen wirke. Und so haben wir gemeinsam, anhand seines Beispiels, das Lebens-Geister-Konzept erfunden. Als er dann durch die ganzen emotionalen Verästelungen und Mythen hindurchgeschaut und das Leben auf diese in seiner Einfachheit geniale Übersicht verdichtet hat, wusste ich, dass wir etwas Grandioses entwickelt hatten. Wir dachten, wir könnten die Seelen der Menschen wieder in Ordnung bringen. Und ich sah unseren Weg vor uns liegen, geradlinig und erleuchtet, wie wenn Sonnenlicht auf eine goldene Brücke fällt.“

Verwirrt schaut sie auf mich herab. So, als wüsste sie gerade nicht, wo sie ist. Und was sie hier macht. Ich überlege fieberhaft, ob es irgendeine Möglichkeit gibt, sie aufzuhalten. Ihr die Spritze aus der Hand zu schlagen. Doch im Moment ist es aussichtslos.

„Die erste Zeit war so wunderbar: Konzepte, Gespräche, Gemeinschaft. Zufriedene, strahlende Kundinnen und Kunden. Ein Haus kaufen. Träume, Visionen – fachsimpeln mit dem Architekten. Essen. Tanzen. Genuss und Lebensfülle … Glücklich lagen wir uns am Abend in den Armen …“ Wieder sieht sie mich an. „Du bist nicht der einzige Fehler. O nein. Edna! Edna, die dort unten mit dieser engelsgleichen Stimme alle in ihren Bann schlägt, hat mit einem weitaus größeren Misston das Kunstwerk verunstaltet, das ich erschaffen wollte.“ Yvonne hält inne und schaut voller Abscheu auf Edna, die in einem Kreis von vielleicht fünfzehn Frauen sitzt und Mantras singt. „Es ist ein fauler Zauber! Sie kann es nur hier. Nur weil er sie unter Drogen gesetzt hat! Und sie fühlt sich mit niemandem verbunden. Dazu ist sie viel zu selbstsüchtig. Früher waren unsere Frauenseminare wahrhaftig und voller Liebe. Dann kam sie eines Tages an, mit diesem Schwaben im Schlepptau. Er hat die Drogen hereingebracht. Die Angst, den Druck. Die Erpressung. Ich bin ausgerastet, als ich dahintergekommen bin, dass Hans-Peter ihnen über das Institut die Gelder wäscht. Und er wollte mir nicht sagen, warum. Es gab ein Geheimnis, das er nicht mit mir teilen wollte. Das hat uns entzweit. Nicht du." Tränen laufen über Yvonnes grobporige Wangen. „Ich konnte es einfach nicht ertragen, dass er mir nicht vertraut hat."

Sie hält die Spritze vor sich, drückt, bis ein paar Tropfen aus der Nadel austreten. Sie beginnt, meine Venen zu bearbeiten, während die Gesänge unten immer rhythmischer und intensiver werden.

Ich ziehe mich nach innen. Versuche mit meinen Lebens-Geistern einen letzten Kontakt aufzunehmen. Mich von ihnen zu verabschieden. Ich habe einen Kloß im Hals. Und das Schamgefühl *der schwarzen Katze*, die erst jetzt erkennt, was sie damals auf der Brücke beinahe angerichtet hätte, durchflutet uns alle heiß.

29

Staunend hatte Hilzendegen zugehört, was Josefine ihm zu berichten hatte. Doch er hatte es nicht geschafft, sie dazu zu bewegen, nach Hause zu fahren. Sie hatte sich in den Kopf gesetzt, Alexa Wagner zu retten, und nur dank der Unterstützung von Frau Messerschmidt war es ihm gelungen, sie wenigstens davon zu überzeugen, in der Nähe ihres Wagens zu bleiben. Er hatte sie gebeten, dort auf die Kollegen und Rettungskräfte zu warten und sie zu informieren – vor allem über die Tücken des Anwesens.

Nun stand er in dem engen Durchgang zwischen dem ehemaligen Schweine- und dem offensichtlich umgebauten Hühnerstall, seitlich neben einem vergitterten, gekippten Fenster, und versuchte, sich ein Bild von der Lage zu machen. In der zusammengekrümmten Gestalt, die auf einer Art Empore lag, glaubte er Frau Römer zu erkennen. Auf einem gewaltigen Tisch in der Mitte des Raumes saß eine Frau mit schulterlangen silbernen Haaren und sang. Sowohl ihre Stimme als auch ihre Ausstrahlung hatten etwas Betörendes. Das musste Edna Marquardt-Engel sein, die Frau, von der Josefine gesprochen hatte.

Eine andere – sie war extrem zierlich und trug ein dunkelblaues Strickkleid – hatte sich eine bunte Federboa um den Hals drapiert. Sie tanzte barfuß, wobei sie immer wieder ausrief: „Ich bin eine Libelle. Ich bin eine Libelle." Die meisten lagen still mit geschlossenen Augen oder abwesendem Blick auf Matten, mit denen der ganze Raum ausgelegt war. Manche summten oder murmelten etwas vor sich hin. Plötzlich bäumte eine sich auf, warf sich hin und her und verfiel in Bewegungen wie beim Liebesakt. „Ja!“, schrie sie. „Ja! Gib es mir. Du bist der König! Oh, ja! Der Kööönig!“ Die Frau neben ihr weinte. „Er will mich nicht verlassen. Er wird mich nie verlassen. Aber ich habe solche Angst, dass er mich verlassen könnte. Ich mache alles kaputt.“

Hilzendegen entdeckte das Mädchen, das Josefine retten wollte. Alexa Wagner lag auf einem Sofa, über ihr ein Mann, den er sofort erkannte. Die Kollegen vom Drogendezernat hatten ihm das Fahndungsfoto aufs Telefon geschickt. Er nannte sich Zoltan, führte wahrscheinlich einen gefälschten tschechischen Pass mit sich, hieß aber in Wirklichkeit Niels Häberle und kam aus Freiburg. In ihm vermutete man beim LKA in Mainz den Kopf eines Drogen-Wellness-Rings, der sich über Rheinland-Pfalz, das Saarland und Baden-Württemberg erstreckte, und er wurde außerdem wegen besonders schweren Diebstahls und Körperverletzung in mehreren Fällen gesucht.

Den Kommissar überlief es kalt. Auch wenn es für den Moment den Anschein hatte, als wolle Häberle das junge Mädchen verführen, war ihm allein der Anblick ein Gräuel.

Er zwang sich zu höchster Konzentration, ging hinten um das Gebäude herum, duckte sich unter dem Küchenfenster und sah über den Hof Fischlein und Bäumler auf sich zukommen. Leise beriet er sich mit den Kollegen. „Die Tür ist, soweit ich das sehen konnte, verriegelt. Die Fenster bis auf eines mit Gittern versehen. Das sieht nicht gut aus. Ich denke, wir sollten das SEK einschalten … “

„Bis dahin positionieren wir uns an den Fenstern, und wenn er zudringlich wird, schießen wir“, sagte Bäumler.

„Ein großes Risiko“, gab Fischlein zu bedenken. „Ich verständige die Kollegen. Doch versucht es hinauszuzögern, solange es irgend geht. Ein angeschossenes Raubtier in einem Raum, in den wir nicht hineinkommen, könnte für alle, die mit ihm da drin eingesperrt sind, höchst gefährlich werden."

Hilzendegen gab Bäumler ein Zeichen, ihm zu folgen, doch ein hysterisches Kreischen ließ sie innehalten. Schnell schlichen sie zu den beiden vorderen Fenstern und beobachteten die Geschehnisse im Inneren des Stalls.

„Ich kann fliegen, meine lieben Freunde", säuselte die Zierliche mit der Federboa, „soll ich es euch einmal vorführen? Ich steige jetzt auf dieser Leiter hoch zum Gipfel. Von dort oben gleite ich auf meinen weiten Schwingen sanft hinab ins Tal."

„Ich habe dir gesagt, du sollst die Bahn freigeben", kreischte Edna Marquardt-Engel, die vor ein paar Minuten noch so betörend gesungen hatte. Sie stieß die andere grob von der Leiter weg. „Ich muss zum Klo. Du weißt doch, dass ich nach meiner zweiten Pille immer kotze."

„Oben ist Yvonne", sagte Häberle ungerührt und wandte sich wieder Alexa zu.

„Ein ganz harter Brocken", raunte Fischlein Hilzendegen ins Ohr. „Wenn wir den zu fassen bekämen …" Das entschlossene Flüstern des Kriminaltechnikers erstarb, als er die leblose Gestalt auf der Empore entdeckte.

„Diese verdammte Kuh …" Edna Marquardt-Engel krümmte sich, ließ die Leiter los und hechtete auf die gegenüberliegende Tür zu. „Warum muss sie auch immer so viel fressen!" Sie hielt sich eine Hand vor den Mund und riss den schweren Eisenriegel zurück. Als sie die Tür aufschloss, um nach draußen zu rennen, fuhr Häberle hoch. Drei Schusswaffen waren auf ihn gerichtet.

FREITAG, 22. DEZEMBER – STELLA

Ich bin in Pleisweiler in seinem Haus. Es ist total süß. Unten gibt es nur zwei Zimmer und eine gemütliche Wohnküche. Und oben ein großes Bad, ein Schlafzimmer und eine Nische, in der ein Rattansessel steht, auf dem ich die meiste Zeit über sitze und in den Himmel schaue. Heute Morgen war er blaugrauviolett. Ein Schneehimmel, hat Bernd gesagt, bevor er sich auf den Weg gemacht hat.

Ich schaue durch eine Glastür, die auf einen winzigen Balkon hinausführt. Er ist gerade groß genug für einen Stuhl und einen Tisch, doch Bernd meint, dass auch zwei Stühle draufpassen würden, wenn wir die Blumentöpfe in den Hof tragen. Und dass wir hier oben eigentlich keine Blumen bräuchten, weil wir von hier aus ja direkt in seinen von hohen Bundsandsteinmauern umschlossenen Bauerngarten schauen.

Ich möchte spazieren gehen. Mit *meinem Mädchen* all ihre Lieblingsfilme anschauen. Schreiben. Eine Liste machen. Doch ich sitze nur hier und schaue hinaus. Über die Dächer dieses unwirklich malerischen Dörfchens hinweg. In den Schnee. Es sind riesige feuchte Flocken. Er wird nicht liegen bleiben.

Alexa meint, das sei völlig normal. Ich sollte mir Zeit geben, bis meine Seele hinterhergekommen ist. Die stecke vielleicht noch immer in dem umgebauten Hühnerstall auf Thiels Anwesen fest.

Ich bin ohnmächtig geworden, da oben auf der Empore, als ich dachte, dass es nun endgültig aus und vorbei sei. Und Yvonne? Ich weiß nicht, warum sie von mir abgelassen hat. Glaubte sie, dass ich schon tot wäre? Als ehemalige Krankenschwester müsste sie den Unterschied doch eigentlich bemerkt haben. Oder ist ihr einfach die Zeit davongelaufen? Bernd und seine Kollegen glauben nämlich, dass sie es mit Absicht so eingefädelt hat. Sich auf dem Hof umzubringen, damit das Drogen-Event auffliegt und Edna ihre Quittung bekommt. Die sitzt jetzt in Klingenmünster im Maßregelvollzug. Und Alexa hat mir erzählt, dass ihre Tochter in eine offene Wohngruppe gewechselt ist.

Wir telefonieren jeden Tag miteinander. Sie bewundert mich für meinen Langmut. Ich sie für ihre Klugheit und ihr Selbstvertrauen. Sie hat gleich kapiert, dass da etwas nicht stimmen kann, und nur so getan, als ob sie die Pille, die Zoltan ihr gegeben hat, schlucken würde. Der hat sich natürlich gewundert, dass sie nicht bereit war, auf diesem ungemütlichen Sofa vor all diesen Leuten mit ihm zu schlafen, denn eigentlich hätte die Droge sie hemmungslos machen müssen.

Nach Weihnachten werde ich zurückgehen in meine Wohnung. Bernd hat veranlasst, dass eine solide Sicherheitstür eingebaut wird. Am liebsten würde er mich hierbehalten. Er sagt es nicht direkt, gibt nur immer mal durch die Blumen entsprechende Bemerkungen von sich. Doch *die Katze* will es diesmal viel langsamer angehen lassen. Sie versteht jetzt, was *die Tante* damals bewogen hat, als sie sich weigerte, bei Hans-Peter einzuziehen. Es ist nicht gut, sagt sie, sich zu sehr abhängig zu machen, seine Eigenständigkeit aufzugeben. Die müssen wir uns erst einmal aufbauen, meint *die Tante*. Wieder anfangen zu arbeiten. Die Prüfung nachholen. Und ein paar Fahrstunden nehmen.

Autofahren?! *Der kleine Wirrkopf* reißt die Augen auf. Das schaffe ich nie und nimmer! Rechts und links. Und diese ganzen Regeln und Vorschriften. Und alles wutscht so schnell an meinem Kopf vorbei …

Wir sind doch früher auch gefahren, versucht *die Tante* ihn aufzubauen.

Ja, aber das war, bevor wir ... verrückt geworden sind.

Wir haben auch das Schreiben mit dem Zehnfingersystem gelernt, erinnert *die Tante.* Wir lernen, wieder zu fahren, kaufen uns ein Auto und dann können wir jederzeit hierherkommen ...

O ja, ruft *der kleine Wirrkopf,* dem es in dem kleinen Haus ausgesprochen gut gefällt. Und auch *mein Mädchen* ist mit einem Mal ganz da. Wir haben jetzt *die Katze* auf unserer Seite, sagt sie zufrieden. Für die ist das alles ganz einfach.

Doch *die schwarze Katze* schweigt nachdenklich. Und macht sie sich nicht auch schon wieder so schwer? Hhmm, murrt sie schließlich. Das ist ja alles gut und schön. Aber er hat gesagt, dass wir einen Psychologen aufsuchen sollen. Er will, dass du normal wirst, Stella. Dass wir uns abschaffen.

Der kleine Wirrkopf regt sich so furchtbar auf, dass mein Herz zu rasen beginnt. Wir können doch nicht ohne uns leben, schreit er. Doch *die Tante* tätschelt ihm beschwichtigend die Schulter. Nur über meine Leiche, sagt sie. Und alle lachen. Auch *der kleine Wirrkopf,* als er endlich begreift, dass sie einen Witz gemacht hat. Weißt du, mein kleiner Schatz, meint *die Tante,* jemanden lieb zu haben bedeutet nicht automatisch, dass man ihm alles erzählen muss.

Oh! Okay. *Der kleine Wirrkopf* schluckt tapfer. Wenn wir endlich einen Laptop kaufen, kriege ich das hin!

Und was diesen Termin beim Psychologen angeht ..., zwinkert *die Tante* der *Katze* zu. Es kann doch leicht passieren, dass der bei all dem, was wir jetzt gleich auf unsere lange Liste setzen werden, einfach hinten runterfällt.

Ich spüre, wie sich ein warmes, helles Gefühl in meiner Herzgegend ausbreitet. Und auch *mein Mädchen* lächelt zufrieden in sich hinein. Vielleicht, sagt sie leise, will Bernd uns ja nur abschaffen, weil er sich gar nicht vorstellen kann, wie wunderbar es ist, sich selbst so gut zu kennen.

DANK

Ich bedanke mich sehr herzlich bei allen, die zum Entstehen dieses Buches beigetragen haben:

Thomas – ziemlich bester Freund, Erstleser, Roadie und Göttergatte.
Dr. Julchen und Simone für die moralische Unterstützung und psychologische Beratung beziehungsweise Begleitung.
Herbert für eine großzügige Schenkung, die mir ein sechsmonatiges „Stipendium" ermöglichte.
Britta Federmann, die Josefine in Zeiten der Blockade Auftrieb und frischen Schwung verliehen hat.
Dr. René Heinen, Anna-Maria Reichardt und dem ganzen Team des Societäts-Verlages für die langjährige, professionelle und angenehme Zusammenarbeit.
Allen Freundinnen, Freunden, Verwandten und Veranstaltern, die mich bestärkt und ermutigt haben.

Und vor allem danke ich meinen Lesern.

ZITATNACHWEIS

Kapitel 1, S. 14: „Zwar ist es leicht, doch ist das Leichte schwer“
Goethe, Johann Wolfgang von: Werke in sechs Bänden. 3. Band. Faust I und II. Die Wahlverwandtschaften. Frankfurt a. M. [u. a.]: Insel 2007.

Kapitel 2, S. 26: „Hamilkar Schaß, mein Großvater, ein Herrchen von, sagen wir mal, einundsiebzig Jahren, hatte sich gerade das Lesen beigebracht, als die Sache losging“ / „Nur noch das Kapitelchen zu Ende.“
Lenz, Siegfried: Der Leseteufel. In: So zärtlich war Suleyken. Masurischen Geschichten. Frankfurt a. M.: S. Fischer 1955.

AUTORIN

Anne Riebel, geboren und aufgewachsen in der malerischen Landschaft der Südpfalz, zog 1994 nach Berlin, wo sie in namhaften Wirtschaftsunternehmen verschiedener Branchen tätig war. 2003 hatte sie – ausgelöst durch einen Traum – die Idee für einen Krimi. Vier Jahre später erschien ihr erfolgreicher Debüt-Krimi „Riesling pur oder ein mörderischer Jahrgang" im Societäts-Verlag.

Zeitfracht Medien GmbH
Ferdinand-Jühlke-Straße 7,
99095 - DE, Erfurt
produktsicherheit@zeitfracht.de